I0561777

MONDE DES FAË

À PROPOS DU PRINCE DES FAË
DE LUCIFER

Les rubans sont fascinants.
Ils s'enroulent et s'entortillent, mais se dénouent si joliment.
Surtout lorsqu'ils entourent les formes sensuelles d'une
femme.

Hélas, j'ai tissé tant de nœuds complexes autour de Camillia de
la Croix que je crains qu'elle ne m'accorde jamais le privilège de
la délier.

Ma jolie petite captive est têtue. Puissante. Si délicieusement
parfaite.
Je la voulais depuis de nombreuses lunes.
Pour la goûter.
La subjuguer.
L'habiller de rubans et la dévorer.

Mais alors que je suis sur le point de passer à l'action, de lui
montrer enfin qui je suis vraiment, elle m'échappe pour se
rendre dans un endroit que je croyais détruit depuis
longtemps. Et je suis le seul à pouvoir la ramener.

Cependant, il va falloir que tout le cercle des compagnons me donne le pouvoir de le faire.

Typhos. Az. Ajax. Moi.

Puis-je les convaincre de jouer le jeu ?
Ou sommes-nous destinés à passer l'éternité sans notre belle compagne ?

Ne t'inquiète pas, petit ange.
Je te trouverai. Je tuerai pour toi. Et puis...
Nous te vénérerons tous.

Note des autrices : *Le Prince des Faë de Lucifer* est une romance paranormale sombre avec quatre compagnons tourmentés et aucun choix requis. Si vous aimez les antihéros dominants et sexy, vous êtes au bon endroit : au royaume des Faë de l'Enfer, où la romance est torride et où le pardon n'est pas nécessaire. Ce livre fait partie d'une série de cinq livres et se termine sur un cliffhanger.

Un mot de Lexi et Jen

Merci d'avoir choisi *Le Prince des Faë de Lucifer !* Nous espérons que vous apprécierez ce monde obscur autant que nous.

Pour celles et ceux qui découvrent cette série, nous conseillons fortement de lire ces livres dans l'ordre, car il s'agit d'une histoire qui se suit.

Juste une petite mise en garde : cette série contient de fortes connotations sexuelles, des scènes violentes et des thèmes liés au consentement équivoque. Plusieurs relations fortes entre hommes existent également dans ce monde, et ceux-ci aiment particulièrement s'envoyer en l'air ensemble. Mais ils inviteront Cami à se joindre à eux... une fois qu'elle aura prouvé sa valeur. 😏

Cependant, Cami n'est pas le genre d'héroïne à se laisser faire. Elle se battra jusqu'au bout.

Ses compagnons ont du pain sur la planche.

Et ils devront aussi ramper un peu en cours de route.

Leur périple ne sera pas facile. Mais il aura le goût délicieux du péché.

Alors poursuivez votre randonnée dans le monde des Faë de l'Enfer. Prenez garde à qui vous faites confiance. Et attention aux fameux mirages.

Rien n'est ce qu'il paraît.

Tout comme nos compagnons Faë de l'Enfer...

INTRODUCTION

La beauté des jeux de cordes réside dans leur polyvalence. C'est une méthode
de contrainte, qui est aussi libératrice. Elle t'emmène vers de nouvelles profondeurs. T'initie à des plaisirs intenses. Tout en t'offrant une bouée de sauvetage dont tu ignorais que tu avais besoin.

C'est peut-être une énigme.
C'est peut-être prophétique.
Ou peut-être que tout ce qui été fait jusqu'à présent était trompeur.

Allons-nous le découvrir ?
Tourne la page, petit ange.
Et laisse-moi être ton guide en tant que *Prince des Faë de Lucifer*.
—*Melek*

LES ROYAUMES DES FAË DE L'ENFER

UNE PAGE RÉVÉLÉE DE VITA, LE LIVRE DE LUCIFER

Il était une fois un ange qui chuta. Ses plumes lui furent arrachées, sa lumière s'éteignit et il atterrit dans les feux d'une terre brisée.

Mais ce n'était pas un ange ordinaire.

Il savait que son monde était sur le point de s'effondrer avant que ne survienne l'ultime trahison, et en lui, il cachait la source de sa lumière. Son véritable pouvoir. Son ultime vengeance.

À partir de cette braise ardente d'énergie, il créa un nouveau monde : le royaume des Faë de l'Enfer. Et en son sein, il accepta toutes les créatures que les autres royaumes Faë rejetaient.

Les Faë du Cauchemar. Des abominations. Des monstres.

À mesure que sa nouvelle cour se développait, plusieurs royaumes s'établirent. Chacun d'entre eux est gouverné par un Faë du Mythe protecteur et, en dessous de lui, par divers rois Faë.

Cette section est considérée comme un index de ces

royaumes et des espèces connues qui y vivent. Il change et s'enrichit chaque jour, mais je suis *Vita*, le livre le plus précieux de Lucifer. Je sais tout. Je documente tout. Et maintenant, je vais partager ce savoir avec vous, chers lecteurs...

Terres Stériles : Zones arides semblables à des déserts, aux paysages rocailleux et pratiquement dépourvus d'eau. Centaures, Manticores, Minotaures, Dragons des Airs, Griffons et Boggarts y ont élu domicile. Elles ont aussi récemment servi à abriter les candidates au mariage des Faë de l'Enfer dans un paradigme unique.

Royaume des Faë de l'Enfer : Un royaume centralisé que Typhos Lucifer appelle sa maison. Toutes les créatures qui ne sont pas des Faë du Cauchemar y résident, de même que les infâmes Cerbères de Lucifer.

Terres Marécageuses : Les eaux troubles et les plantes des marais en font un lieu de résidence idéal pour les Nagas et les Unseelies.

Royaume de Morphée : C'est le pays des rêves, où les Faë du Cauchemar se nourrissent de terreur et d'effroi. Les Goules et les Stigoris y vivent, mais on y trouve également l'une des créations personnelles de Lucifer : le Faë Kuntilanak.

Royaume de l'Au-delà : Les ténèbres et de ternes rayons de lune hantent les cimetières de ce royaume, ce qui en fait un havre parfait pour les Faë des Cadavres et les Faë de la Mort.

Royaume Sous-marin : De vastes océans et des châteaux semblables à des coraux peignent ce royaume d'une mer de couleurs uniques. Les Kelpies et les Dragons d'eau l'habitent, mais certaines créations personnelles de Lucifer, comme les Sirènes, y vivent également.

DOMAINE DES FAË DE L'ENFER

TERRES MARÉCAGEUSES

ROYAUME DES FAË DE L'ENFER

ROYAUME DE MORPHÉE

ROYAUME SOUS-MARIN

TERRES STÉRILES

ROYAUME DE L'AU-DELÀ

PROLOGUE : MELEK

« POUR QUE JE puisse t'offrir du réconfort, un foyer, ton poste de Gardien, l'accès à la source des Faë de l'Enfer et l'épouse Faë de l'Enfer de ton choix, tu devras devenir mon compagnon, Ajax. »

Les paroles de Ty tournaient en boucle dans ma tête, me faisant sourire davantage à chaque écho.

Bon, la réaction d'Ajax n'avait pas été aussi excitante que je l'avais espéré.

« Tu as une semaine pour te décider, Ajax. Choisis sagement. Ce pourrait être la dernière décision que tu prendras jamais », avait ajouté Ty.

Ajax avait simplement plissé les yeux une demi-seconde. Puis ses traits s'étaient durcis en un masque de pierre, ne laissant rien transparaître.

— Tu auras ma réponse au bal des Faë interroyaume.

Après cette déclaration décevante, il s'était volatilisé. J'aurais pu le suivre à la trace, mais je soupçonnais notre Gardien d'avoir besoin d'un peu d'espace pour réfléchir. Que je lui avais accordé. J'avais diverti mon roi à la place.

Hmm, fredonnai-je, me prélassant toujours sur mon trône

tandis que Ty se détendait à côté. Il paraissait satisfait de la nonchalance d'Ajax. Les mots *potentiel* et *compagnon* revenaient sans cesse dans son esprit, suivis d'un rare soupçon d'admiration.

Une admiration qu'il me réservait généralement. Et parfois à Az.

Haussant un sourcil, je me levai et le rejoignis d'un pas tranquille.

— Es-tu en train d'envisager comment serait notre cher Gardien au lit, mon roi ? lui demandai-je.

Les yeux de Ty, évoquant l'océan, croisèrent les miens.

— Le seul que je veux dans mon lit, c'est toi, petit prince.

J'arquai mon sourcil un peu plus.

— Ah ?

Je m'arrêtai entre ses cuisses écartées. Sa posture détendue était en contradiction avec le trouble qui assombrissait notre lien.

Le royaume des Faë de l'Enfer était attaqué. Des portails en forme de vortex menaçaient nos domaines. Et nous étions loin de découvrir le coupable de ces assauts.

Il y avait eu également plusieurs fausses pistes. Comme Maliki dans le royaume de l'Au-delà. Il avait ouvert ce portail pour que les Goules s'échappent dans une réalité alternative afin de participer à un quelconque rituel d'accouplement connu sous le nom de Nuit des Monstres.

Jusqu'à présent, cela semblait être une coïncidence.

Mais mon roi ne croyait pas aux coïncidences.

Quelque chose de plus grand était en jeu ici, perturbant ses épreuves nuptiales et blessant sa réputation jusque-là immaculée.

De plus, il nourrissait des doutes au sein de son cercle restreint. Des doutes concernant Camillia de la Croix. J'étais peut-être en partie responsable de cette situation. Mais je ne m'excuserais pas.

Elle était la clé. *La solution*. Et le roi des Faë de l'Enfer apprenait peu à peu pourquoi. Chaque couche ôtée révélait davantage de son potentiel. Bientôt, il la désirerait autant que moi.

Tombant à genoux devant lui, je posai doucement mes mains sur ses cuisses.

— Tu sais à quoi je pense ? attaquai-je d'un ton désinvolte, glissant progressivement mes mains vers le haut.

Il inclina la tête sur le côté, ses longs cheveux tombant en vagues sombres sur ses épaules musclées.

— Que tu veux fêter ta victoire en me suçant la queue ?

— Oui, ça, admis-je avec un sourire. Mais je pense aussi que tu te mens à toi-même, Ty.

J'atteignis son pantalon et défis adroitement du pouce le bouton au-dessus de sa braguette.

— À quel propos ? grogna-t-il.

Je baissai sa fermeture éclair, libérant son érection proéminente. Je levai les yeux sur les siens tandis que son gland se dressait vers ma bouche.

— Je ne suis pas le seul que tu veux dans ton lit, mon amour.

Je refermai mes lèvres autour de sa hampe avant qu'il réponde, suscitant un faible gémissement de la part de mon roi. Il fourra aussitôt ses doigts dans mes cheveux, me retenant contre lui et me forçant à en prendre davantage.

— Je veux Ajax pour le pouvoir, gronda-t-il. (Sa poigne devint douloureuse en un instant.) C'est un candidat idéal et un compagnon digne d'estime. Mais ce n'est pas pour autant que je veux le baiser, Melek.

— Hmm, acquiesçai-je autour de sa queue. *Et Cami ?* demandai-je mentalement puisque ma bouche était occupée.

Les narines du roi des Faë de l'Enfer se dilatèrent et son regard s'assombrit.

— Quoi, Cami ?

Souriant simplement, je suivis de ma langue sa tige palpitante, ce qui me valut un autre de ces délicieux ronflements de poitrine.

Je parie qu'elle aimerait apprendre à te faire plaisir, mon amour, murmurai-je. *Te prendre entièrement. S'étouffer autour de ta longueur.*

Ce que je soupçonnais qu'elle était actuellement en train de faire avec notre Commandant. Car je ressentais son excitation brûler mon lien. Son désir obscur était une balise qui me fit presque me téléporter dans le royaume des Faë de Minuit juste pour les regarder s'amuser, Az et elle.

Il était une bête. Un Faë métamorphe aux besoins sauvages. Et d'après ce que j'en savais, elle répondait à ses besoins en ce moment même. Notre ange parfait, en train de pécher à genoux.

Mon roi devait le sentir aussi, percevoir l'euphorie d'Az à travers le lien d'accouplement qu'ils partageaient.

Ty ne comblerait peut-être pas notre Commandant de manière sexuelle, mais cela ne l'immunisait pas contre la vague érotique qui tourbillonnait à travers leur connexion. Il pouvait ressentir chaque onde de plaisir, tout comme moi, sauf que je les percevais à travers Cami et non Az.

L'excitation du Commandant devait être encore plus intense, son héritage de Phénix noir étant truffé d'énergie primitive. Ty avait déjà ressenti le plaisir d'Az, notamment lorsqu'il avait joué avec notre Gardien. Mais là, c'était différent. Il s'agissait d'*elle*.

Je me doutais bien que Ty n'avait pas fermé son lien avec notre Commandant comme il l'aurait fait normalement. Parce que mon roi désirait aussi notre petit ange. Il n'était tout simplement pas prêt à l'admettre. Y compris à lui-même.

— Putain, grinça Ty. Je ne veux pas penser à elle, petit prince. Pas quand c'est ta bouche qui entoure ma bite.

Menteur, l'accusai-je, mordillant son épaisse longueur.

Il m'arracha de lui si vite que j'eus à peine le temps de saisir ses intentions avant que mon dos atterrisse brutalement contre un mur. Il darda sur moi un regard embrasé tandis qu'il me coinçait là, son corps musculeux tendu et intimidant contre le mien.

— Je ne mens pas, dit-il entre ses dents serrées. Pas à toi. Jamais à toi.

J'appuyai ma main sur son cœur et adoucis mon expression.

— Ce n'est pas à moi que tu mens, mon amour.

Il plissa les paupières.

— Melek...

— J'arrêterai d'insister, promis-je, posant mes lèvres sur les siennes. Mais seulement si tu me donnes autre chose à penser.

Un tic se déclencha dans sa mâchoire, que je sentis contre ma bouche lorsque je me penchai pour l'embrasser de nouveau. Il ne bougea pas. Il me maintint juste bloqué contre le mur, sa poitrine se soulevant et s'abaissant lentement contre la mienne.

Tant de rage refoulée. Tant de frustration. Tant d'*excitation*.

Il était content de son accord avec Ajax, impatient d'entendre comment le Gardien allait répondre à son offre. Et il était obscurément intrigué par le plaisir croissant d'Az. Je le sentais irradier à travers lui, creusant son envie de baiser.

— Je ne veux pas la désirer, avoua Ty de sa voix la plus douce, montrant une vulnérabilité inhabituelle mais tout à fait justifiée. Elle est dangereuse, Melek.

Ma main remonta de sa poitrine à sa joue.

— Tout changement est dangereux, mon roi.

Il secoua la tête.

— Je ne lui fais pas confiance.

— Je sais.

— Elle est une menace pour la Source, poursuivit-il.

— Non, pas du tout.

Il posa ses mains sur mes hanches, pressant sa bite encore dure contre la mienne à travers mon pantalon.

— Tu n'en sais rien, Melek.

— Je le sens, répliquai-je, mes doigts dérivant vers sa nuque. Ses intentions sont bonnes, mon roi.

— On verra bien, répondit-il.

— Oui, acquiesçai-je. Maintenant, à propos de cette distraction...

— Pour moi ou pour toi ? demanda-t-il en me serrant encore plus contre le mur.

— Pourquoi pas pour nous deux ? Nos compagnons sont en train de s'amuser, Ty. Tu le sens. Je le sens. Rejoignons-les à notre manière.

Il secoua la tête, non pas pour me démentir, mais en un geste de défaite.

Tout le monde voyait en ce Faë un être intimidant, semblable à un dieu et doté d'un immense pouvoir. C'était vrai. Mais il était aussi mon Ty. Mon roi. Mon amour.

— Laisse-moi t'adorer, murmurai-je. (J'attrapai les boutons de sa chemise et commençai à les défaire.) Et en retour, tu peux prendre soin de moi.

— Je prends toujours soin de toi, petit prince.

— Je sais. Tu prends soin de nous tous. (Je me penchai pour embrasser sa gorge.) Et maintenant, je vais te remercier pour ça.

— Melek...

— Chut, le fis-je taire. Laisse-moi jouer. Je te promets que tu vas apprécier.

Il me serra la nuque, forçant mon regard à croiser le sien. Son expression était intense. Le monde se dissolut autour de nous et notre chambre apparut.

— À mon tour de jouer, petit prince.

Il me fit reculer jusqu'au matelas, et une longueur de corde se matérialisa comme par magie dans sa main.

Hmm, on aurait dit que mon roi était d'humeur à punir.

— Dis-moi quoi faire, Ty, le défiai-je, impatient de me lancer dans une sensuelle bataille de volontés.

— Déshabille-toi et va sur ce putain de lit, exigea-t-il.

Je ronronnai pratiquement en réponse. À moins que ce soit le ronronnement d'Az que j'entendais dans l'esprit de Cami. Quoi qu'il en soit, ç'allait être amusant.

Tout comme les semaines à venir...

CHAPITRE 1

CAMI

Je suis en feu.

Pas littéralement. Ou peut-être littéralement. Je... je n'aurais su dire. Tout *brûlait*. Et cela à cause du puissant mâle qui ronronnait sous moi.

Azazel. *Az.* Le Commandant des Faë de l'Enfer.

Des flammes violettes dansaient dans ses iris, son Phénix intérieur me scrutant tandis que l'homme évaluait mon expression. Mon esprit. *Mes désirs.*

Ce dont j'avais envie devait être assez évident pour lui. Ce n'était pas pour rien que je le chevauchais sur ce canapé. Que j'avais empoigné ses épaules musclées, avais moulé ma poitrine vêtue sur la sienne nue, l'avais *embrassé.*

Pourtant, il m'observait comme s'il se demandait quoi faire de moi.

— Apprends-moi, murmurai-je d'un ton suppliant impossible à masquer.

Faë, je le voulais. Je me *languissais* de lui.

Il m'avait donné quelque chose que je ne pouvais pas définir. Une vérité qui avait abattu mes murs, pénétré mes dernières réserves, anéanti tous mes doutes.

Une Faë Vertueuse – *Vivaxia* – en avait fait son toutou. Putain, si jamais je rencontrais cette salope, je la tuerais. Elle avait asservi le Phénix d'Az, l'avait forcé à accomplir des choses ignobles en usant d'un sort. *Semblable à celui qu'Ajax a lancé*, pensai-je, la gorge nouée.

Mais Az avait vaincu ce sort. S'était libéré. Non, pas tout à fait. Il avait... il avait *guéri* son esprit, combiné l'homme et la bête. Mais il avait laissé son Phénix aux commandes, en signe de respect. Envers moi. Envers Ajax. Pour s'excuser de tout le mal qu'il avait fait. Pour prouver sa valeur en tant que... *en tant que compagnon.*

Je voulais aussi prouver ma valeur maintenant. Lui montrer que je lui pardonnais. Que je l'*acceptais*. Et surtout, que je pouvais m'occuper de lui.

— Montre-moi comment tu baises, ajoutai-je à voix haute, répétant les mots que je venais de prononcer dans son esprit. S'il te plaît, Az. S'il te plaît...

Une vague de chaleur intense me vola ma voix, me laissant pantelante dans son sillage.

— Je ne veux pas te baiser, petite guerrière, murmura Az, ses lèvres chaudes contre les miennes. Je veux te *consumer*.

Je frissonnai, sa chaleur s'infiltrait sous ma peau et attisait le feu qui brûlait dans mes veines.

— Ce que tu ressens n'est qu'une fraction de mon besoin, reprit-il. Une dose de ce que je veux te faire.

Je déglutis. Mon corps était presque paralysé par le pouvoir qui grésillait à travers tout mon être.

Tu me mets en garde, réalisai-je en un murmure à travers notre lien.

— Je te prépare, corrigea-t-il à voix haute. (Son nez longea ma joue jusqu'à mon oreille.) Je vais te dévorer, Camillia. (Il embrassa mon pouls emballé.) Il te faut un mot de sécurité.

Un quoi ? Je savais ce que ce terme signifiait, mais l'entendre de sa bouche m'étonna.

— Un mot qui me fera m'arrêter, expliqua-t-il, ayant dû entendre ma pensée. Je ne veux pas te faire du mal.

— Tu ne pourrais jamais me faire du mal, soufflai-je, resserrant mes cuisses autour de ses jambes.

— Si, je pourrais. (Il empoigna mes hanches et me tint fermement contre lui.) Je suis le pouvoir incarné, Cami. Quand je te revendiquerai, je te détruirai. Je dois savoir si tu peux le supporter. Donne-moi un mot de sécurité.

— Tu ne m'as jamais donné de mot de sécurité, intervint une voix grave, dont le possesseur avait l'air plus qu'un peu énervé.

Ajax, me dis-je. Jetant un œil par-dessus mon épaule, je le vis debout devant la porte, appuyant une épaule contre le mur.

— Tout ce que tu as jamais fait, c'est *prendre*, poursuivit-il, ses yeux noirs dardés sur Az. Et mentir.

Az se hérissa sous moi.

— Je ne t'ai jamais menti.

— Ah ? Alors tu n'as pas prétendu que ton oiseau était aux commandes ? Me dupant ainsi pour que je te laisse seul avec Cami ? (Il s'écarta du mur, la fureur faisant pulser ses pupilles de pouvoir.) Et la première chose que tu fais, c'est la séduire ? (Sa baguette glissa dans sa main.) J'aurais dû savoir qu'il ne fallait pas te faire *confiance*.

Az ôta ses mains de mes hanches et les leva en un geste de reddition.

— Ajax...

Mon compagnon Faë de Minuit murmurait des mots magiques, lançait un sort aux propriétés inconnues.

Ne fais pas ça, lui intimai-je. Mais la magie se tissait déjà autour de sa baguette. D'un coup de poignet, il l'envoya vers Az.

Je fis la seule chose que je pouvais faire : je plongeai sur elle et absorbai le choc de son enchantement.

— *Cami !* cria Ajax en même temps qu'Az sifflait.

L'électricité fulgura dans mon échine, m'envoyant m'écraser par terre avec un glapissement qui frôlait le hurlement. Ou peut-être hurlai-je. Aucune idée. Parce que *putain,* ça faisait mal. Je ne pouvais plus bouger. Ni respirer. Ni me *concentrer.* Un bourdonnement d'électricité statique grésillait dans mes oreilles, irritant mes sens. Je ne pouvais rien entendre ni penser au-delà de ce bruit, et rien voir non plus.

Cela me rappela la fois où Vita m'avait aspirée dans ses pages et tenue captive pendant un mois.

Pas encore, pensai-je étourdiment. *Je ne vais pas encore perdre du temps !*

Je ne voulais pas non plus revenir sur l'un des sinistres souvenirs de la *chute* de Lucifer.

Grimaçant, je me recroquevillai sur moi-même – pas vraiment au sens propre, car je ne sentais plus mes membres, mais c'était l'idée. Ou... en tout cas, je supposais que c'était ce que je faisais.

Merde. Dès que je sortirais de cette paralysie, je dirais à Ajax ses quatre vérités. Il avait eu l'intention de frapper Az avec ce sort, après tout ce qu'on lui avait déjà fait subir.

Non. Pas d'accord.

Ajax était en colère, je l'avais bien compris. Moi aussi j'avais été en colère contre Az. Du moins jusqu'à ce qu'il me confie son histoire. Maintenant... maintenant je ne l'étais plus vraiment.

En fait, si. J'étais en colère. Mais contre Ajax.

Rabat-joie, pensai-je. Az et moi passions un moment agréable sur le canapé, un moment qui aurait évidemment mené à du bon temps dans le lit ou par terre. Mais Ajax avait fait irruption ici et cassé l'ambiance.

Pourtant j'étais heureuse de le voir. Et d'entendre sa voix. Il m'avait bloqué son esprit avant de retourner au royaume des Faë de l'Enfer pour rencontrer Melek et Lucifer.

Je me demande ce qu'ils lui ont dit, songeai-je, hébétée.

J'essayai de secouer la tête. Ce n'était ni le moment ni l'endroit. Je devais me libérer de cette toile collante.

Ensuite, j'aurais deux mots avec Ajax sur les bonnes manières. Et les sorts. Et les choses. Et après, eh bien, on verrait.

Grognant en moi-même, je me débattis contre les contraintes mentales. Elles n'étaient pas réelles, mais tangibles en quelque sorte. Comme le piège soyeux d'une araignée, toutes ces pointes scintillantes et ces fils minces qui paraissaient si fragiles mais qui étaient très solides.

En fait, c'était plutôt joli.

Je tendis la main vers l'un d'eux, surprise de pouvoir m'en approcher. Ou, attendez, non : c'était lui qui s'approchait de moi. Comme si j'appelais la magie plus profondément dans mon esprit.

Un soupir m'échappa quand j'attrapai le fil enchanté. Il était chaud. Bien. *Parfait.*

Peut-être que ce n'était pas si mal ici. Peut-être que je pourrais rester.

Je cillai. Non, ce n'était pas vrai. Je ne voulais pas être ici. Je voulais être libre. Me démêler. Pour... *Qu'est-ce que je faisais, déjà ?*

Plein de paillettes, tout autour de moi. Qui ondulaient. Nageaient. *Dansaient.*

Je faillis glousser devant la légèreté de tout cela. Si semblable aux étoiles. Un monde pareil à nul autre.

Je fronçai les sourcils. *Qu'est-ce que je vois ?*

Tellement de blanc. Des voiles. Des plumes. Des *ailes.*

La vision se dissolut en une pièce couverte de lianes torses, au plafond décoré de fleurs épanouies. Je secouai la tête, abasourdie par le brusque changement de décor. Une douleur m'élança dans le cou en réaction, ce geste tout à fait malvenu me serrant aussitôt estomac.

— *Argh...*

— Ça m'a l'air assez juste, prononça une voix cultivée.

Je plissai le front. *Zakkaï ?* Je n'avais guère passé de temps avec le Faë de Minuit connu sous le nom d'Architecte de la Source, mais je l'avais assez côtoyé pour reconnaître son ton amusé. Ou peut-être qu'*intrigué* était un meilleur adjectif.

Étant actuellement invité à la Cour royale des Faë de Minuit, sa présence ne devrait pas me surprendre. Mais je l'étais parce qu'il n'était pas là quelques instants plus tôt.

À moins que j'aie encore manqué un laps de temps.

— Quand Melek reviendra pour sa prochaine visite, dites-lui que je veux discuter, dit Zakkaï.

— On peut transmettre le message, mais je ne peux pas te promettre qu'il l'écoutera, marmonna Ajax.

— Oh si, il l'écoutera, répondit Zakkaï, tout confiant.

Suivit le bruit d'une porte qui se refermait doucement, puis une main chaude glissa sur mon bras.

— Cami ? chuchota Az, ses traits soucieux apparaissant devant moi. Tu vas bien ?

Je clignai des yeux.

— Que... (Je me raclai la gorge, ma voix étant éraillée.) Qu'est-ce qui s'est passé ?

— Ajax a lancé un sort de paralysie. Et tu l'as absorbé.

— Absorbé ? (C'était une formulation étrange.) Comment ça, je l'ai *absorbé ?*

— L'enchantement était juste destiné à figer Az pendant quelques secondes pour que je puisse t'éloigner de lui, expliqua Ajax. (Il se plaça derrière Az agenouillé au sol, ainsi j'avais les deux hommes dans mon champ de vision.) Mais tu as plongé et tu as attrapé le sort d'une manière ou d'une autre.

— Attrapé ? (Un autre mot bizarre, venant d'Ajax cette fois. Az m'aida à me redresser car j'avais du mal à bouger, mon corps étant étrangement faible.) J'ai bondi devant Az pour que tu ne puisses pas asservir à nouveau son Phénix.

Ajax émit un bruit de gorge qui me parut légèrement contrit. Ou peut-être agacé.

— Ce n'est pas le sort que j'ai lancé.

Oui, je le comprenais à présent. Plus ou moins.

— Tu ne peux pas refaire ça à son Phénix, insistai-je. (Il fallait qu'Ajax m'entende.) Il a assez souffert.

Je tentai de me mettre à genoux, de me lever, mais mon corps refusa. Du coup je le fusillai du regard depuis ma position assise.

La grimace que m'adressa mon compagnon Faë de Minuit me laissa penser qu'il n'était pas du même avis.

— Je suis sérieuse, Ajax, m'empressai-je d'ajouter avant qu'il puisse répliquer quelque chose de sarcastique ou de mordant. Ce sort est cruel, surtout vu son passé.

Il fronça les sourcils.

— De quoi tu parles, Cami ? (Il regarda Az, qui était maintenant debout les bras croisés, et n'appréciait manifestement pas la tournure qu'avait prise notre conversation.) Quel passé ? Je n'ai lancé ce sort qu'une seule fois. (Un feu dansait dans son regard.) Si j'avais réalisé qu'il venait de Melek, je ne l'aurais pas jeté. Je croyais que c'était Zenaida qui me l'avait donné.

— C'est Melek qui t'a donné ce sort ? (Une flamme s'alluma en retour dans le regard d'Az.) Putain de fouille-merde.

— Je crois qu'ils aiment fouiner tous les deux, grommela Ajax.

— C'est vrai, mais l'élément Faë Vertueux du sort aurait dû le rendre évident.

Az se frotta la nuque tandis qu'Ajax le regardait en clignant des yeux.

— Faë Vertueux ? répéta-t-il, l'air aussi perplexe que je l'avais été la première fois que j'avais entendu ce terme. C'est quoi, un Faë Vertueux, bordel ?

Az grimaça, son esprit irradiant la contrariété – pas contre Ajax, mais contre lui-même. *Je n'aurais pas dû dire ça à voix haute,* marmonna-t-il en son for intérieur, assez fort pour que je l'entende.

— Qu'est-ce qu'un...

— Y a-t-il un endroit où nous pouvons parler en privé ? coupa Az avant qu'Ajax répète sa question.

Ajax jeta un coup d'œil autour de lui.

— Tu veux dire, comme une chambre à coucher ? Où nous sommes seuls ?

Il ne veut pas risquer d'être entendu par un Faë de Minuit, dis-je à Ajax via notre lien.

Ou bien il veut juste nous emmener quelque part pour s'assurer que nous serons seuls lorsqu'il attaquera, répliqua Ajax.

Je parvins finalement à me lever en titubant. Ajax m'attrapa par les hanches quand je faillis tomber sur lui, et me fixa d'un air inquiet.

Il faut que tu lui fasses confiance, lui murmurai-je. *S'il te plaît.*

Aucune foutue chance.

Alors fais-moi confiance. Je posai les mains sur sa poitrine. *J'ai entendu son histoire. Je le comprends mieux maintenant.*

Donc il t'a manipulée ? ricana Ajax.

Non, il s'est confié à moi, rectifiai-je.

— Et avant que tu envisages de dire une bêtise comme quoi je serais crédule ou facile à persuader, réfléchis-y à deux fois, ajoutai-je à voix haute, mon ton ne laissant aucun doute sur la façon dont je réagirais à une telle déclaration.

La mâchoire d'Ajax tiqua, mais je ne reculai pas, mon regard fixé sur le sien pendant qu'il réfléchissait à son prochain geste.

Finalement, le feu quitta en partie ses iris obscurs, permettant à l'anneau bleu de scintiller un peu plus.

— Très bien. Un endroit tranquille pour parler est sans

doute une bonne idée, dit-il lentement. (Son ton et son expression étaient toujours suspicieux, mais ses pensées se focalisaient sur la confiance – non pas envers Az, mais envers moi.) J'ai aussi des choses à échanger avec vous deux.

Az vint se placer juste à côté de nous, formant un triangle avec nos corps.

— Je suppose que c'est à propos de ce que Typhos et Melek avaient à dire ?

— Comme si tu ne le savais pas déjà, grommela Ajax.

Le Commandant haussa un sourcil.

— En fait, j'ignore pourquoi il voulait te voir. Je sais juste qu'il a juré de ne pas te faire de mal. (Az le regarda de haut en bas.) Et tu as l'air indemne, alors il a clairement respecté sa part du marché.

— Et qu'est-ce qu'il t'a demandé dans ce *marché*, hein ? grogna Ajax.

Az sourcilla.

— Rien. Ce n'était qu'une figure de style. Il a promis de ne pas te faire de mal, et je l'ai cru parce qu'il ne ment pas. Mais il ne m'a pas dit de quoi il voulait discuter, et je suppose maintenant que c'était une sorte de marché ?

Az termina sa phrase sur une note troublée, indiquant qu'il était quelque peu perturbé par ce développement.

Je partageais cette opinion.

— Qu'est-ce que Lucifer a dit ?

Ajax serra de nouveau la mâchoire. Ses pommettes étaient plus marquées à cause de son expression tendue.

— Il m'a fait une offre qui garantirait la sécurité de Cami et me donnerait un statut respectable de Faë de l'Enfer. Mais il y a une condition.

— Laquelle ? insista Az, son malaise devenant palpable.

Ajax resta muet un long moment, ce qui fit s'emballer mon cœur.

— Quelle est la condition, Ajax ? demandai-je, ayant besoin de savoir. Qu'est-ce qu'il veut en retour ?

Quoi que ce soit, ce n'était pas bon. Je le percevais dans les yeux d'Ajax, le sentais à travers notre lien, l'*entendais* dans le silence de son esprit.

— Il veut que je m'accouple avec lui, murmura-t-il. Et il veut ma réponse dans une semaine, au bal des Faë interroyaume.

CHAPITRE 2

TYPHOS

PUTAIN, la bouche de Melek était ma drogue. Mon tout. Ma *vie*. La façon dont il me titillait avec sa langue tout en empoignant ma base...

Je lui donnerais n'importe quoi. Le monde. Tout ce foutu univers.

Hmm, tout ce que je veux de toi, c'est ton sperme, mon roi, ronronna Melek dans mon esprit en creusant ses joues autour de ma hampe. Je jurai, un grondement roulant dans ma poitrine.

— Plus à fond, exigeai-je. Prends-moi plus à fond.

Tu penses à la douce chatte de Cami ? chuchota Melek.

Son ton railleur me fit presque perdre la tête. Je ne pensais pas du tout à Camillia, mais ses mots suscitèrent une image que je ne pouvais pas ignorer. Un désir que j'avais envie d'étouffer. Une envie qui me saisit par les couilles et me rendit d'autant plus dur. Car maintenant, tout ce à quoi je pensais, c'était à la façon dont Camillia de la Croix allait prendre ma bite. Comment elle l'avalerait. Avec quelle force je la baiserais.

— Melek, grognai-je.

Ai-je mentionné à quel point sa langue est habile ? reprit-il en léchant un peu de liquide séminal sur mon gland.

— Si elle suce aussi bien qu'elle embrasse, alors nous serons tous deux dans un nirvana de plaisir, ajouta-t-il à voix haute, ses lèvres effleurant ma peau moite.

Puis il referma sa bouche sur mon gland et m'aspira au fond de sa gorge.

Des flammes s'embrasèrent en moi, mon désir monta crescendo, ce qui crispa mon aine et me coupa le souffle.

— Tu ferais mieux d'av...

Soudain une douleur fulgurante me transperça l'esprit, tuant mon orgasme et me laissant abasourdi : c'était la fureur d'Az qui fouettait mes sens.

*Tu as demandé à Ajax de s'*accoupler *avec toi ?* lança-t-il d'un ton empreint de pouvoir.

Melek releva la tête, l'air inquiet.

— Ty ?

— Ça va, grinçai-je, portant la main à ma tête palpitante tandis que mon corps rattrapait la douleur qui se frayait un chemin ardent le long de mon dos.

Az, sifflai-je en retour via ma connexion mentale avec mon compagnon d'ordinaire plus pondéré.

C'est quoi ce bordel, Typhos ? Qu'est-ce qui te passe par la tête ?

Cet accouplement avec Ajax me permettra de mieux vous protéger, Melek et toi, marmonnai-je.

Je n'ai pas besoin de ta foutue protection.

Si, retournai-je. *Parce que sans elle, je tuerai Camillia de la Croix.*

Le silence répondit à ma déclaration.

Elle est une menace pour mon royaume, Azazel. Pour tout ce que nous avons bâti. Si tu veux que je tolère cette menace – et lui permette de vivre –, alors tu m'accorderas le contrôle là où j'en ai besoin.

Az ne dit rien pendant un long moment, mais les vagues d'énergie furieuse qui tourbillonnaient entre nous me signalaient qu'il était encore bien présent.

Je fais ça pour Melek et toi.

Tu fais ça pour toi, rétorqua Az, ses mots tranchants me choquant au plus haut point.

Tu me connais mieux que ça.

Je le croyais, répondit-il. *Mais peut-être pas. Nous préparerons une contre-offre pour le bal. À la semaine prochaine.*

Un mur surgit entre nous, aspirant l'air de mes poumons.

Depuis tous ces millénaires que je connaissais Azazel, il ne m'avait jamais bloqué comme ça. Pas si complètement. Si *furieusement.*

Je me passai une main sur le visage.

— Merde.

Melek était à genoux près de moi, superbement nu, mais je ne profitais même pas de la vue. Pas maintenant. Pas après...

— Azazel est furieux contre moi.

— Il est protecteur, murmura Melek. Un peu comme quelqu'un d'autre dans cette pièce.

Je plissai les yeux.

— Comment te sentirais-tu si on me faisait la même proposition que tu as faite à Ajax ? demanda doucement Melek.

— Je tuerais le proposant, grondai-je sans hésiter.

— Exactement, sourit-il.

— Tu as soutenu mon offre, remarquai-je entre mes dents serrées.

En fait, j'étais plutôt certain que mon petit prince avait orchestré chacune de mes pensées, se jouant de moi comme il le faisait toujours dans ses jeux d'énigmes sans fin.

— Parce que c'était la bonne décision à prendre, murmura Melek. Notre Commandant a juste besoin de temps pour arriver à la même conclusion.

— Pourquoi j'ai l'impression que tu tires encore mes ficelles, petit prince ?

Bien que ce surnom soit généralement celui que je lui donnais lorsque j'étais d'humeur badine, mon ton actuel n'avait rien de badin.

— Tu me connais bien, mon roi. (Melek tendit la main vers mon visage et prit ma joue en coupe.) Et je te connais aussi. Tout comme je connais notre Commandant. Tout ira bien, Ty, je te le promets.

— Rien ne va bien dans tout ça.

— Non, pas là maintenant, reconnut-il. Mais laisse-lui le temps, Ty. (Il promena son pouce le long de ma mâchoire en une caresse chaleureuse.) Nous sommes sur la bonne voie.

Je penchai la tête sur sa main, ce que je faisais rarement. Toutefois, je me sentais... étrangement vulnérable. Blessé, même.

— Az m'a bloqué.

C'était différent de notre distance habituelle, le mur était plus solide en quelque sorte. Comme s'il l'avait érigé dans un but dévastateur, de façon définitive.

La fin, pensai-je, la gorge serrée.

Az ne pouvait pas démanteler notre lien. Il était inébranlable. Infini. *Éternel.* Azazel n'était peut-être pas mon amant, mais il était mon compagnon. Je l'aimais d'une manière différente. Comme un frère, peut-être. Je lui faisais confiance.

Et il me faisait confiance. Ou du moins, il m'avait fait confiance.

— Il a prétendu ne pas me connaître, ajoutai-je à voix haute. (Ces mots m'avaient blessé plus que je voulais l'admettre. Mais je pouvais tout confier à Melek.) Il m'a accusé de vouloir égoïstement ce lien avec Ajax. (Je croisai le regard multicolore de mon prince.) Je fais ça pour Azazel et pour toi. Tu le sais, pas vrai ?

Melek m'étudia longuement. Il porta la main à mon cou,

puis la descendit sur mon torse tandis qu'il chevauchait mes hanches.

— Je pense que ton désir de t'accoupler avec Ajax est une question de pouvoir. (Il s'installa sur mes cuisses, ses jambes nues réchauffant les miennes.) Mais ce n'est pas parce que tu as soif de pouvoir ou que tu veux être le Faë le plus fort des royaumes. C'est parce que tu veux protéger tout ce que tu as construit et tous ceux que tu aimes. Tes Faë de l'Enfer. Les Faë du Cauchemar. Tes compagnons.

Il se pencha pour m'embrasser, ses lèvres chaudes sur les miennes. Je me laissai aller à la sensation, laissai sa chaleur chasser un peu du froid que le rejet d'Azazel avait provoqué en moi.

— Notre Commandant connaît ton âme, ajouta Melek dans un souffle. Au fond de lui, il sait que tu t'efforces de contrôler la situation de manière à satisfaire les intérêts de chacun. C'est ce qui fait de toi un bon roi, Ty. (Il m'embrassa de nouveau.) C'est ce qui fait de toi un compagnon extraordinaire.

Sa queue toucha la mienne, l'intimité de l'étreinte me fit gémir contre sa bouche. Un gémissement qui se changea en grondement lorsqu'il enroula sa main autour de nos deux tiges et qu'il *serra*.

— Baise-moi, petit prince, exhalai-je en me cambrant à son contact.

— Bien sûr, répondit-il. Un brasier de plaisir incitera nos compagnons à s'amuser eux aussi. C'est ce dont nous avons tous besoin.

J'avais à moitié fermé les yeux sous l'assaut euphorique, mon sang bouillonnant d'un désir renouvelé. Mais en entendant les paroles de mon prince, je l'évaluai une fois de plus.

— Qu'est-ce que tu fais maintenant ? demandai-je.

J'étais trop épuisé pour insuffler le moindre soupçon

d'exigence dans mon ton. J'avais l'air plus résigné qu'autre chose.

— Je fais juste en sorte que tout le monde se sente bien. (Il resserra sa main autour de nos queues, faisant tomber ma tête en arrière.) Tu as ta façon de nous protéger, et moi j'ai la mienne. Maintenant, arrête de penser et *ressens* simplement.

Je n'étais pas sûr de vouloir ressentir quelque chose. Parce que ressentir me faisait remarquer le mur qu'Azazel avait érigé. Ressentir m'inspirait au fond l'inquiétude d'avoir pris la mauvaise décision – ce que je ne remettais *jamais* en question. Je connaissais mon rôle. Mon domaine. Mes *compagnons*.

Mais la fureur d'Azazel avait été bien réelle. Elle m'avait *brûlé*. Et maintenant, je ne le sentais plus du tout.

— Ty, chuchota Melek.

— Peux-tu sentir Camillia ? m'enquis-je, une nouvelle inquiétude me serrant la poitrine et menaçant de s'épanouir en une véritable panique.

— Oui, affirma-t-il, calmant aussitôt le torrent d'émotions qui déferlait en moi.

— Elle va bien ?

Ce n'était pas la question que je voulais poser, mais sa réponse me mettrait à l'aise. Parce que si Camillia allait bien, alors Azazel irait bien aussi.

— Tu t'inquiètes pour Cami ? s'étonna Melek, penchant la tête.

— Je m'inquiète pour Azazel.

— Hmm, fredonna-t-il. Une formulation intéressante alors, mon roi. (Il posa un doigt sur mes lèvres avant que je puisse répliquer.) Oui, elle va bien. Ajax a créé un paradigme pour qu'ils parlent en privé. Malheureusement, je ne pense pas qu'il soit aussi privé qu'ils le souhaitent.

— Développe.

— Zakkaï, répondit-il simplement. C'est l'Architecte de la Source. Il n'y a pas de secrets en ce qui le concerne.

Je n'aimais pas ça du tout.

— Qu'est-ce qu'il apprend ? lâchai-je dans un soupir, surtout parce que je n'avais pas l'énergie de me mettre sur la défensive en ce moment.

Zakkaï allait toujours être un défi. J'espérais simplement transformer ce défi en allié. Un jour.

— À propos des Faë Vertueux et de l'histoire d'Az. (Le regard de Melek scintilla.) Il répète tout ce qu'il déjà dit à Cami, et elle est en train de fantasmer sur le meurtre de Vivaxia. C'est assez excitant, en fait. Je ne savais pas que Cami pouvait être aussi... *violente.*

— Elle est une menace pour ma Source depuis des mois, grognai-je. Et tu réalises seulement maintenant qu'elle a une propension à la violence ?

— Elle n'est pas une menace pour ta Source, Ty. (Un autre pompage de sa main accompagna ses paroles.) C'est une déesse que nous sommes voués à vénérer.

Mes narines se dilatèrent.

— Je ne la vénérerai pas.

À moins qu'il fasse référence à l'adoration sensuelle, auquel cas je pourrais me laisser convaincre.

— Ne t'inquiète pas, mon roi, sourit-il. Je suis sûr qu'elle te suppliera au lit. (Sa main remonta sur nos glands, humidifiée par le liquide séminal.) Elle se mettra à genoux et te sucera pendant que je la prendrai par-derrière. Ensuite, je l'attacherai pour toi, j'écarterai ses cuisses et je te regarderai baiser son corps ligoté.

Feu de l'Enfer, me dis-je, l'image que peignait ses mots très vive dans mon esprit. Camillia enroulée dans les cordes de Melek. Offerte comme un cadeau. Sa chatte trempée de son sperme. Ses yeux enflammés par la luxure et la fureur.

Je secouai la tête, essayant d'évacuer le fantasme érotique qui se jouait derrière mes yeux. Comme cela ne marcha pas, j'attrapai le lubrifiant et m'élaborai un fantasme tangible à jouer en temps réel. Un fantasme impliquant que je prenne le cul de mon prince. Tout en repoussant les images de la chatte serrée de Camillia.

— Tu es mon amant, dis-je à Melek. Mon *seul* amant.

— Hmm, fredonna-t-il. Pour le moment.

— Pour l'éternité, jurai-je, nous faisant rouler jusqu'à ce qu'il soit aplati sous moi. Rien que toi.

Il empauma ma joue, un sourire dans les yeux.

— J'adore ta fidélité, mon roi. Mais elle fait partie de nous maintenant. Et un jour, je te regarderai la baiser. Puis nous la partagerons. (Il mordilla ma mâchoire.) Et peut-être qu'elle nous laissera baiser sa chatte *ensemble*.

Je crachai un juron, ses mots érotiques éveillant en moi un désir ardent impossible à combattre.

— Tu me pousses à bout.

— Oui.

— Arrête.

— Non. (Il empoigna ma nuque et la serra.) Il est temps d'accepter l'avenir, mon roi. C'est en train de se produire. Maintenant, baise-moi pendant que je titille notre promise.

— *Ta* promise, le corrigeai-je.

— Ce qui est à moi est à toi, Ty, gloussa-t-il. Alors arrête de tergiverser et prépare-moi à te prendre.

— Je devrais te baiser à sec pour ça.

— Si c'est ton souhait, je l'exaucerai avec joie, murmura-t-il en mordillant de nouveau mon menton. *Baise-moi*, Ty. Baise-moi et je partagerai chaque once de plaisir avec notre Cami. Apprends-lui ce qu'elle rate. Montre-lui ce que sera sa vie un jour.

— Putain, Melek, soufflai-je, incapable de lui résister davantage sur ce point. (S'il voulait inclure Camillia de la Croix, qu'il en soit ainsi, bordel.) Je ne vais pas y aller mollo avec toi.

— Bien.

J'écrasai ma bouche sur la sienne et empoignai ses hanches pour le redresser. Puis je récupérai le lubrifiant que j'avais lâché en nous faisant tourner sur le lit et m'en servis pour le préparer.

J'avais menacé de le prendre à sec. Hélas, ça ne correspondait pas à mon humeur. Je voulais y aller à fond, mais je voulais qu'il apprécie aussi.

J'enfonçai mes doigts en lui, le faisant gémir contre ma bouche, sa bite palpitant contre la mienne. C'était ce qu'il voulait. Ce que je voulais.

Et un jour, Camillia le voudra peut-être aussi, murmura une voix obscure dans mon esprit, qui ressemblait bizarrement à la mienne.

Putain. Je perdais le contrôle de tout. À cause de Camillia de la Croix. Ma belle petite némésis. Aux nichons rebondis. Au cul parfait. Et dont l'esprit rebelle m'appelait jusqu'au fond de mon âme.

Je fermai les yeux et me concentrai sur la bouche de Melek. Son cul. Mes doigts. Nos queues.

Mais une présence féminine rôdait entre nous. Mon prince n'essayait plus de la cacher. Il voulait que je l'accepte. Que j'accepte *tout ça.* Et comme toujours, j'étais l'esclave des désirs et besoins de mon prince.

— Je t'aime, lui dis-je en m'alignant sur son entrée préparée. Rappelle-t'en pendant que je te détruis.

— Toujours, mon amour, souffla-t-il en arquant ses hanches pour me recevoir. À présent, baise-moi.

Je me jetai sur lui, ce qui nous fit gémir tous les deux.

Puis je refis découvrir les enfers à mon prince et lui rappelai pourquoi tout le monde s'inclinait devant moi en tant que *roi des Faë de l'Enfer.*

CHAPITRE 3

CAMI

La chaleur se répandait dans mes veines, me faisant croiser les jambes.

Faë. J'étais de nouveau en feu, comme lorsque je chevauchais Az, ce qui me semblait des heures plus tôt. C'était une réaction complètement inappropriée à l'hostilité qui se déployait dans le petit espace devant moi.

Ajax avait aménagé un lieu de vie – guère différent de celui que nous venions de quitter – afin que nous puissions parler librement. Toutefois il l'avait créé à la hâte, comme en témoignaient les murs fades et l'absence générale de mobilier.

Aucun des deux hommes ne l'avait remarqué. Ils étaient trop occupés à se jauger l'un l'autre sur un tapis qui paraissait n'être tissé que partiellement.

Az venait juste d'expliquer qui était Vivaxia et ce qu'elle lui avait fait, y compris le sort de domptage. Ajax s'était contenté de le fixer tout du long. En silence. Pensivement. Pas de questions, juste à l'écoute d'Az qui lui avait parlé des Faë Vertueux et de la façon dont Lucifer l'avait sauvé d'une vie de servitude, et qui abordait maintenant en détail ce qui avait conduit à la création du royaume des Faë de l'Enfer.

Lucifer avait chuté. Il avait emporté sa lumière avec lui. Puis il avait créé une nouvelle source de pouvoir dans la fosse du désespoir.

Les Faë du Cauchemar – également connus sous le nom d'« abominations » – que les Faë Vertueux avaient jetés sans ménagement dans ladite fosse avaient prospéré sous la Source nouvellement créée par Lucifer. Des royaumes étaient nés, tels que l'Au-delà, les Terres Stériles et les Terres Marécageuses, où les divers Faë du Cauchemar avaient trouvé refuge.

— Et le royaume des Faë de l'Enfer a commencé à se développer, conclut Az.

Tout cela pendant que cette chaleur continuait à s'épancher en moi, me picotant d'une manière indescriptible. *Pourquoi je suis si excitée ?* m'étonnai-je, essayant de réfréner mon étrange réaction hormonale aux paroles d'Az. *Ça ne devrait pas m'exciter.*

Hmm, je ne suis pas d'accord, intervint une voix soyeuse qui bloqua mon souffle dans ma gorge.

Melek ?

Coucou, mon ange. Tu t'amuses bien dans le petit paradigme d'Ajax ? murmura-t-il dans mon esprit, sa voix mentale recelant un soupçon d'essoufflement qui me fit presque sourciller. Mais je plantai mes dents dans ma lèvre l'instant suivant, quand une nouvelle vague de désir ardent lécha mon échine.

Melek !

Oh, comme j'ai hâte de te faire crier mon nom comme ça, reprit-il dans un halètement que je sentis presque sur ma peau. *Putain, Ty va me déchirer, Cami. Tu veux savoir pourquoi ?*

Je déglutis, les mots de Melek suscitant une image dans mon esprit. Car la façon sensuelle dont il les avait prononcés me suggérait qu'il n'avait pas dit *déchirer* dans un sens violent, mais sexuel.

Vous... vous faites l'amour en ce moment même, réalisai-je. *C'est... ce que je ressens ?*

Oui, me chuchota-t-il. *Ty me baise en pensant à toi.*

Je restai bouche bée. *Quoi ?* Il n'avait pas pu dire ça. *Pourquoi ? Pourquoi penserait-il à moi ?* Lucifer était-il au courant des rêves ?

Melek devait l'être. En avait-il parlé au roi des Faë de l'Enfer ? Avait-il appris leur existence grâce à Melek ?

Mon cœur manqua un battement. Je ne voulais pas que Lucifer ait vent de ces fantasmes interdits. D'autant que je n'arrivais pas à les contrôler. Ou les nier.

Je *détestais* Lucifer. Et il avait été très clair sur le fait qu'il me détestait aussi.

Le grondement furieux d'Ajax m'arracha à mes pensées, me ramenant à la dispute qui se déroulait devant moi.

— Tu aurais dû me le dire, putain ! C'était mon foutu job, Az.

Je cillai. *Quoi ?*

— Ton job en tant que Gardien était de garder la prison. Le mien consistait à dompter les bêtes. Tu n'as jamais été en danger.

— Oh, va te faire foutre, cracha Ajax. Ce n'est pas une question de *danger*. C'est que tu me caches la vérité. Tu ne me fais pas *confiance*.

Il repoussa Az des deux mains plaquées sur son torse, ce qui me surprit.

— Ce n'était pas...

— J'ai passé dix ans à garder les Faë du Cauchemar, le coupa Ajax. Maintenant, tu me racontes ces conneries d'âmes noires et de marchés reniés ? Que ces bêtes n'étaient pas de vrais Faë du Cauchemar ?

Oh, Ajax n'a jamais su pour les âmes noires ?

Alors c'est dans ce sens que s'oriente la discussion entre Az et

Ajax ? constata Melek avec un soupir satisfait. *Je parie qu'Ajax prend bien cette révélation.*

Il a l'air prêt à tuer Az, lui murmurai-je, voyant Az et Ajax sur le point de se battre.

— Qu'est-ce que tu veux de moi ? demanda Az après avoir dit quelque chose qui m'avait échappé pendant que je parlais à Melek. Tu veux encore me dompter ? Me frapper ? Me blesser ?

Tuer ou baiser ? voulut savoir Melek. *Parce que je préfère baiser. Ce qui me ramène à la raison pour laquelle Ty me baise en ce moment...*

Mon sang s'échauffa de nouveau. *Melek...*

Je lui ai dit que je voulais t'attacher et le regarder te prendre, continua-t-il avant que j'aille au bout de ma pensée. *Maintenant, il me baise tout en pensant à ta douce chatte, mon ange.*

Je hoquetai, ses mots crus étant tout à fait inattendus. *Melek !*

Dieux, ça me fait bander de penser à lui en toi. À moi qui te caresse, te félicite d'accepter notre roi et m'assure que tu te sentes vénérée qu'il profane ton corps.

Je serrai les cuisses, bouche bée sous le choc de son commentaire imagé. Melek avait déjà flirté avec moi, mais jamais comme ça, jamais aussi ouvertement, de façon si *érotique.*

Je ne peux pas me retenir plus longtemps, petit ange, murmura-t-il, la sensualité de son ton mental faisant pointer mes mamelons. *Il faut que tu saches ce que j'ai l'intention de te faire. Comment je prévois de te donner du plaisir. L'avenir vers lequel nous nous dirigeons ensemble, nous avec Ty.*

Je secouai la tête, sans me soucier qu'il ne puisse pas me voir.

Lucifer me déteste.

Vraiment ? releva Melek, le souffle court. *Ou bien a-t-il simplement peur de ce que tu pourrais représenter pour lui ?*

Je déglutis, toujours dans le déni de ses propos. De chaque émotion brûlante qu'il éveillait en moi.

C'est de la folie.

Alors c'est bien, me chuchota-t-il. *Le plaisir n'est pas fait pour être raisonnable. Ce serait tellement ennuyeux, Cami. Le plaisir doit allumer un brasier en toi. Te brûler. Te faire remettre en question ton existence même parce que tout ce que tu peux ressentir, c'est une euphorie si intense que tu peux à peine respirer.*

Ma poitrine me fit mal en réponse à sa description, mes poumons cessant de fonctionner. *Melek...*

Voilà, petit ange, opina-t-il. *Tu ressens ça, n'est-ce pas ? Les flammes. L'intensité. La puissance apportée par des sensations énigmatiques.*

Ses mots se fondirent en un gémissement que je ressentis dans chaque parcelle de mon être, son ravissement croissant ondulant en moi et m'aspirant avec lui.

J'agrippai la chaise sous moi, afin de me rappeler que je n'étais pas là-bas. Je n'étais pas lui. Mais, oh, j'avais l'impression d'être lui. Je ressentais *tout*. Les poussées de Lucifer. Ses grondements contre la poitrine de Melek. Je pouvais pratiquement les voir en train de baiser dans le lit, Lucifer profondément enfoncé dans Melek tandis qu'ils se faisaient face.

Il m'empoigne la bite, gémit Melek dans mon esprit. *Il me branle en suivant sa cadence punitive. Dieux, j'aimerais que tu sois ici avec nous, petit ange. Enveloppée dans mes rubans. Pantelante. Nous suppliant de prendre ta chatte ensemble.*

Je croisai les jambes, mon vagin palpitant d'un désir accru. Tout ce que je ressentais, c'était le plaisir de Melek. Tout ce que j'entendais, c'était ses halètements. Je ne pensais qu'à ce que Lucifer lui faisait.

Chaud. Dur. Énergie masculine.

Putain, grogna Melek. *Ty se sert de moi comme il veut se servir de toi.*

Je frémis, mes rêves interdits hantant mes pensées. Chaque nuit, je me réveillais excitée. Prête. *Mouillée.* Tout ça à cause du corps grand et fort de Lucifer qui maîtrisait le mien. Cela n'avait aucun sens, mais je ne pouvais pas m'empêcher de penser à lui. Sa chaleur. Sa force. Son attrait exotique.

Il pense à toi, reprit Melek, ce qui me fit planter mes ongles dans ma chaise en cuir. Ou était-ce un banc ? Je ne m'en souvenais pas. Et je n'allais pas ouvrir les yeux pour le découvrir. J'appréciais beaucoup trop le spectacle qui se déroulait sous mes paupières pour m'arrêter maintenant.

Il a soif de ta soumission, petit ange. Je peux le goûter sur sa langue, l'entendre dans son esprit. Il veut te faire plier et te donner tout ce qu'il a. Melek émit un son euphorique, que j'aurais juré soufflé à mon oreille. *Oh, putain, il imagine sa main dans tes cheveux pendant qu'il te force à me sucer.*

Le goût de Melek envahit soudain mes sens. *Comment tu fais ça ?*

Nous sommes liés, haleta-t-il. *Tu peux me sentir. Et je peux te sentir.*

Mes bras nus se hérissèrent de chair de poule, ses doigts semblaient caresser ma peau même à distance. Parce qu'il n'était pas là.

Ou je... je ne pensais pas qu'il soit là.

J'ouvris les yeux, à moitié persuadée que j'allais me retrouver au lit avec Melek et Lucifer. Mais à la place, je découvris une scène érotique entre deux autres hommes.

Az avait plaqué Ajax contre un mur, haletant sous l'effort. Mon compagnon Faë de Minuit avait du sang sur sa lèvre enflée, et Az avait des bleus qui fleurissaient le long de sa mâchoire.

Ces marques ne dureraient pas. Mais les preuves d'une

bagarre étaient clairement visibles. La chemise d'Ajax était déchirée. Les épaules nues d'Az étaient gonflées. Et tous deux semblaient prêts à s'entretuer. Leurs poitrines pantelaient, leurs lèvres se retroussaient. Un grondement émana d'Az, qui me recroquevilla les orteils.

— Je ne te pardonnerai jamais, grogna Ajax. Tu m'as obligé à rester là et à le regarder la punir.

— Je sais.

— Tu ne m'as jamais mis dans le coup. Tu ne t'es jamais confié à moi. Tu m'as laissé dans le noir, Az.

— Parce que toi tu étais communicatif ? siffla Az. Tu t'es ouvert à moi au sujet de tes parents ? D'Emelyn ? De tout ce que Constantine a fait ?

— Va te faire foutre, cracha Ajax.

— J'ai bien raison, insista Az. Tu n'as jamais eu assez confiance en moi sur le plan émotionnel pour t'ouvrir. Ce n'est pas ce que nous éprouvions l'un pour l'autre.

— On a juste baisé.

— Tu es mon exutoire et je suis le tien, reprit Az. Un lien de guérison. Une amitié fondée sur un besoin mutuel et des tendances destructrices. C'est plus que *baiser*, Gardien.

— *Ex*-Gardien, Commandant. À moins que j'accepte le marché de Lucifer.

Un peu de sa colère s'envola avec ce commentaire.

Lucifer a proposé à Ajax de lui rendre la vie en échange d'un accouplement, me remémorai-je, recouvrant un peu de ma raison. *Tu savais qu'il allait faire ça, n'est-ce pas ?*

Je l'espérais, oui, répondit Melek, son souffle court me rappelant ses galipettes actuelles. *Nous sommes tous faits pour être ensemble, petit ange. Il est temps d'accepter l'avenir.*

Et si je ne suis pas d'accord ? lui demandai-je, insufflant toute la dose d'incrédulité dont j'étais capable. Malheureusement, ce n'était pas grand-chose. Parce que ce perfide brasier grondait de nouveau en moi, et d'une certaine façon, il était encore plus chaud qu'avant.

Alors je vais devoir redoubler d'efforts pour te convaincre, murmura-t-il. *Considère que c'est mon premier argument pour expliquer pourquoi nous devrions nous accoupler.*

Je sourcillai. *Que...*

Ma pensée fut coupée par une vague de chaleur insoutenable, la sensation ondulant sur moi en une poussée ardente de *désir* qui culmina en une explosion d'intensité suprême.

Melek ! Je vibrais de la passion qui envahissait mes entrailles, mon vagin palpitait du désir d'être rempli. D'être complet. D'être *baisé*.

Car je sentais Melek qui jouissait. Je sentais son extase intense. Ses tremblements violents. Son ravissement écrasant et dévorant. Je vivais son orgasme comme si c'était le mien. Or je n'étais pas vraiment en train de m'effondrer. J'en avais seulement l'impression *mentale*.

Tout cela, ajouté à la scène qui se déroulait devant moi, me laissa pantelante. Mouillée. *Affamée*.

— J'accepterai le marché que je veux bien accepter, disait Ajax, sans se soucier le moins du monde qu'Az l'ait saisi à la gorge, leurs visages à quelques centimètres l'un de l'autre.

— Je ne te partagerai pas avec lui.

— Ce n'est pas ton choix, rétorqua Ajax. Ton Phénix m'a peut-être revendiqué, mais ça ne veut pas dire que je reconnaîtrai notre lien ou toi.

— Que tu le veuilles ou non, nous sommes compagnons, grogna Az. (Il pressa ses lèvres contre celles d'Ajax avant qu'il réponde, et le Faë de Minuit tenta de le repousser.) Tu me détestes. Je comprends. Mais je vais passer l'éternité à gagner ton pardon.

— Je...

Az l'embrassa de nouveau, plus fort cette fois, refermant sa main autour de la gorge d'Ajax pour lui couper le souffle.

Je serrai les cuisses. Ma respiration s'accéléra encore. Mon sang *brûlait*.

Hmm, c'est ça, petit ange, murmura Melek dans mon esprit. *Ressens les liens. Embrasse notre avenir.*

Pourquoi tu fais ça ? lui soufflai-je, déconcertée par ce nouveau degré de séduction. Il avait flirté, oui. M'avait embrassée quelques fois. Mais ça... c'était nouveau. C'était... un tout autre niveau d'intention.

Nous avons dépassé notre période de préliminaires et entrons dans une véritable cour, Cami. Je veux que tu me connaisses pour que tu puisses me faire confiance. Sinon, tu ne me laisseras jamais t'attacher. Son souffle était un baiser pour mes sens, comme s'il se tenait juste à côté de moi, ses lèvres à mon oreille. *Et Cami, j'ai vraiment envie de t'attacher.*

Le pouvoir éclata dans la pièce, faisant reculer Az de quelques pas tandis qu'Ajax rugissait de fureur. Puis il se jeta sur l'autre homme, l'attrapa par la nuque... et l'embrassa.

J'écarquillai les yeux devant cette démonstration virile, cette combustion inattendue d'énergie masculine couplée à un désir érotique. L'accès de violence d'Ajax avait culminé dans une étreinte qui n'était que langue et dents, les deux mâles se dévorant l'un l'autre.

Je salivais pratiquement à ce spectacle, sachant que Melek et Lucifer venaient de faire plus ou moins la même chose. Et que tous ces hommes me voulaient aussi.

On fait plus que te vouloir, petit ange, murmura Melek. *Nous voulons te vénérer et faire de toi notre reine.*

Comme si Az et Ajax l'avaient entendu, ils s'arrêtèrent pour se tourner vers moi, leurs expressions tout en envies sauvages. Mon cœur s'arrêta de battre, leur nature féroce me submergea dans une vague de pure *revendication*.

— Je vais avoir besoin de ce mot de sécurité, Cami, dit Az alors qu'ils venaient tous les deux vers moi. *Maintenant.*

CHAPITRE 4

AJAX

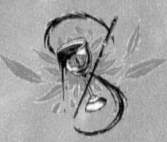

L'EXCITATION ÉMANAIT DE CAMI, qui semblait par sa seule présence avoir pris le contrôle de tout ce foutu paradigme. Je n'avais aucune idée de ce qui l'avait travaillée à ce point, et m'en fichais complètement. Je voulais juste la dévorer.

Et Az paraissait dans le même état d'esprit.

Enflamme-moi, me dis-je. Entre le baiser fougueux d'Az et le parfum addictif de Camillia, je bandais à mort.

— Ça ne veut pas dire que je te pardonne, avertis-je Az en venant à ses côtés.

Puis j'attrapai Cami avant qu'elle réponde à sa demande d'un mot de sécurité et la dévorai voracement. Elle était à moitié debout, à moitié sur sa chaise, et tremblait. Az l'aida à se relever, les mains sur ses hanches, et la positionna entre nous pendant que je prenais sa bouche. À fond. Passionnément. *Complètement*.

Je m'étais éclipsé direct vers elle après que Lucifer m'avait exposé les termes de sa proposition. J'avais prévu de tout lui raconter, mais je l'avais trouvée à califourchon sur Az, et j'avais vu *rouge*.

Parce que j'avais supposé que son Phénix l'avait séduite.

Mais après avoir entendu toutes ses explications, j'avais compris que c'était Az – l'homme – qui avait brisé ses barrières.

Elle lui avait pardonné. Je le voyais bien maintenant. Je le comprenais. Mais je n'étais pas prêt à faire de même. Pas après avoir appris tout ce qu'il m'avait caché.

Repoussant tout cela, je me concentrai sur Cami. Ses lèvres. Ses seins rebondis. Ses *gémissements*.

Az traçait un chemin de baisers vers son cou, très présent. Pas seulement parce que Cami se cambrait à ses attouchements, mais parce que je *sentais* son désir. Sa chaleur. Son *pouvoir*. Il gardait à peine le contrôle, son envie de nous était une présence sensuelle qui menaçait de nous soumettre.

— Mot de sécurité, rappela-t-il à l'oreille de Cami. Dis-le.

Cami frissonna, ses lèvres tremblèrent contre les miennes. Je la lâchai pour entendre ce qu'elle allait dire, curieux de savoir quel mot elle choisirait.

— Camping, souffla-t-elle, ce qui me fit ciller.

— Camping ? répétai-je. (Ce mot produisit un effet immédiat : toute envie de l'embrasser s'évanouit.) Pourquoi ?

— Parce que je *déteste* le camping, marmonna-t-elle, les narines dilatées. Mes parents adoraient ça quand j'étais petite. Mais chaque fois que nous allions quelque part, c'était prétexte à une sorte de leçon foireuse. Comme mettre le feu aux Everglades et me donner des instructions pour l'éteindre.

J'écarquillai les yeux.

— Pourquoi diable ont-ils fait ça ?

— C'est comme ça que tu as su quoi faire avec le vortex des Terres Marécageuses, pourquoi tu l'as fait exploser avec ce maelström de chaleur et d'eau, remarqua Az, une pointe d'admiration dans sa voix. Je t'ai entendue penser aux Everglades pendant notre entraînement, mais je n'avais pas fait le rapprochement jusqu'à présent. Tu as appris à faire ça…

— Pendant l'une de nos infâmes virées de camping en famille, oui, acheva-t-elle à sa place.

— Putain, grogna-t-il. Quand je trouverai ton père – et je le trouverai –, je vais l'anéantir.

— Non. (Cami pivota pour lui faire face.) Cet honneur me revient. (Elle tapota la poitrine nue d'Az.) Tu peux le plaquer au sol ou le frapper un peu, mais c'est *moi* qui le tuerai.

Flammes. Sa réponse impétueuse rendit ma bite encore plus dure. Et dut avoir le même effet sur Az, car il gémit.

Puis il lui attrapa la nuque et l'attira à lui en un baiser brutal qui fit aussitôt fondre Cami dans son étreinte. Je promenai ma main le long de son dos jusqu'à l'ourlet de son débardeur, suivant le tissu du bout des doigts tout en murmurant un sort.

Un feu violet brumeux dansa sur ma peau, projetant de petites étincelles dorées dans l'air. Ce n'était pas exactement ce que j'avais en tête, ma magie ayant été légèrement altérée par l'accouplement avec Az, mais le sort correspondait à ce que je désirais.

Sur un ordre émis à mi-voix, l'enchantement quitta ma main pour ronger le débardeur de Cami, la faisant se figer entre nous.

— Détends-toi. (Je posai doucement mes lèvres sur son épaule.) J'enlève juste tes vêtements afin qu'Az puisse continuer à te baiser avec sa langue.

Le Commandant grogna en signe d'approbation, et resserra sa prise sur la nuque de Cami tandis qu'il l'inclinait de nouveau pour qu'elle reçoive son assaut sensuel.

Elle trembla, puis soupira quand ma magie réchauffa sa peau, colorant sa pâleur en un joli rose tandis que l'enchantement parcourait son corps. Son débardeur et son pantalon disparurent, ainsi que ses sous-vêtements, la laissant magnifiquement nue entre nous.

— *Feux*, ronronna Az avant de lâcher Cami et de reculer d'un pas.

Je le fixai en sourcillant, déconcerté par son éloignement soudain de cette beauté.

— Je t'ai brûlé ? m'étonnai-je, me demandant si mon sort n'avait pas tenté de l'attaquer suite à mon conflit intérieur à son égard.

Il secoua la tête, ses yeux violets croisèrent les miens.

— Non. Mais j'ai envie que tu me laisses me servir de toi pour me calmer.

J'arquai les sourcils.

— Tu te fous de moi ? Tu veux que je me penche pour toi ? Que je prenne ta...

— Je veux que tu me baises, me coupa-t-il.

Sa demande inattendue me fit ouvrir des yeux ronds. Az ne m'avait *jamais* laissé le baiser. Il était dominant jusqu'au bout des ongles, préférant toujours être aux commandes et me plier à ses volontés. C'était notre dynamique. Nous nous battions et baisions presque toujours avec moi sous lui.

— S'il te plaît, ajouta-t-il, ce qui sonna étrangement sur ses lèvres. Des semaines d'accouplement sans libération... le blocage de Typhos... Je....

Il ferma les yeux et exhala un soupir douloureux qui n'avait rien à voir avec l'homme que je connaissais.

— Mon feu de Phénix est ardent, Ajax. Un mot de sécurité ne suffit pas. J'ai besoin que tu m'aides à garder le contrôle... en acceptant d'abord une partie de mon pouvoir.

Ses yeux m'imploraient de l'aider, encore une autre anomalie.

Az possédait des capacités suprêmes. Il ne s'inclinait jamais. Or il me suppliait pratiquement maintenant, au point d'offrir une soumission totale.

C'était une preuve de confiance – il savait qu'il pouvait compter sur moi pour prendre soin de lui, l'aider, le *protéger*.

Même lorsqu'il était en colère et qu'il se battait, sa foi en moi restait indéfectible.

Ou peut-être était-ce parce qu'il savait que je ne le laisserais jamais faire de mal à Cami. Que je ferais tout pour la protéger, même de lui s'il le fallait.

— Je peux m'occuper de ton feu, proposa Cami en tendant la main à Az.

Il la laissa le toucher, mais son regard retint le mien, ses yeux scintillant d'un mélange érotique de feu noir et violet. Je distinguais le pouvoir entourant ses pupilles, son Phénix mourant d'envie d'exploser.

Je ne savais pas trop ce qu'il voulait dire à propos du blocage de Lucifer, mais je comprenais son besoin de *revendiquer*. Son Phénix nous avait mordus, Cami et moi, mais l'homme lui-même n'avait pas complété l'accouplement. Il avait besoin de nous baiser pour renforcer nos liens. Et ce faisant, il libérerait une quantité exorbitante de pouvoir.

Comme je m'étais récemment accouplé avec Cami, je savais à quoi ressemblait cet attrait, à quel point le besoin de prendre la femme qui était liée à moi était féroce.

Az avait la même pression sur lui – *dédoublée*. De plus, cela faisait des semaines que son animal avait initié sa revendication. Sa capacité à tenir aussi longtemps sans supplier constituait un témoignage de son contrôle inébranlable. D'autant plus qu'il avait apparemment été aux commandes pendant tout ce temps, ou avait fait corps avec son Phénix, de la façon dont il l'avait expliqué.

Il avait suivi notre direction. S'était incliné devant nous. Tout en attendant le bon moment pour s'expliquer et demander pardon.

Cela ne me surprenait pas qu'il ait commencé par Cami. Ou peut-être que leur conversation avait démarré d'une autre manière. Quoi qu'il en soit, c'était fait. Nous le comprenions maintenant. Et il avait besoin d'un exutoire.

— Az, insista Cami, plantant ses ongles dans sa poitrine. Je peux prendre ça. Je peux *te* prendre.

— Je ne doute pas que tu puisses me prendre, petite guerrière, répondit-il en la regardant enfin. Et tu le feras. Mais j'ai besoin d'abord de relâcher un peu la pression. Sinon, je me retiendrai par réflexe, ce qui gâchera la leçon que tu as demandée.

Il empauma sa joue et appuya son front sur le sien avant qu'elle réponde.

— Tu veux savoir comment je baise, et je veux t'apprendre. Mais je ne peux pas le faire dans mon état présent.

Il pressa un baiser sur sa bouche en une étreinte lente et résolue pendant qu'il me laissait le temps de formuler une réponse. Mais je n'avais pas besoin de temps. J'avais déjà pris ma décision.

Et je le lui dis en dissolvant le paradigme autour de nous, l'espace temporaire en forme de bulle que j'avais créé à la hâte pour nous offrir un peu d'intimité pendant que nous parlions des Faë Vertueux.

Or nous n'avions plus besoin de cette intimité maintenant. Ce qu'il nous fallait, c'était un lit. Assez grand pour nous amuser en groupe.

Le lit de notre suite d'invités irait très bien. Il était assez privé pour ce que nous avions à faire. Et si quelqu'un nous entendait, eh bien, j'espérais qu'il apprécierait le spectacle.

Car j'étais sur le point de tringler le cul d'Az. Décharger toute ma frustration sur lui par des poussées punitives. Le forcer à accepter chaque centimètre de ma colère. Puis le faire jouir sur la chatte trempée de Cami.

— Va sur ce putain de lit, lui intimai-je, le provoquant à dessein.

C'était lui qui donnait des ordres dans notre relation, pas moi. Mais s'il voulait *se servir de moi*, alors j'allais faire pareil, putain. Et je profiterais de chaque minute.

Un grondement profond sortit de la poitrine d'Az, qui me rappela les heures innombrables que nous avons passées à nous entraîner au cours des dix dernières années. Il ouvrit les yeux, révélant des iris noirs, le violet n'étant plus visible.

Bonjour, Phénix, pensai-je en fixant le pouvoir incarné.

Az pencha légèrement la tête, ce geste d'oiseau m'indiquant que c'était son animal qui dirigeait en ce moment. Mais le violet revint en un clin d'œil, créant un motif intrigant de tourbillons d'obsidienne et d'améthyste.

Il m'avait raconté comment l'accouplement avec nous l'avait uni à son Phénix. Je le voyais maintenant. Et si j'avais été attentif ces dernières semaines, je l'aurais peut-être remarqué plus tôt.

Hélas, nous en étions là.

Soit j'acceptais l'avenir, soit je vivais dans le passé. L'histoire de ma vie, en fait. Mais un seul regard sur Cami me poussa à aller de l'avant. À faire un pas vers notre destin. À accepter… notre existence.

Je passai ma chemise déchirée par-dessus ma tête et la jetai par terre en reculant vers le lit. Le regard brûlant d'Az parcourut mon torse, explorant chaque ligne rigide, puis s'abaissa sur ma main qui détachait ma ceinture.

Les siennes posées sur les hanches de Cami, il la retourna pour la regarder, et porta ses lèvres à son oreille.

— N'est-il pas magnifique, petite guerrière ?

— Oui, répondit-elle sans hésiter.

Il pressa ses lèvres sur son pouls en fredonnant en signe d'appréciation.

— Tu es magnifique toi aussi, lui dit-il avant d'embrasser sa gorge. J'ai bien l'intention de te vénérer pendant qu'Ajax me baise.

Ses mamelons pointèrent en réponse à ces mots, et sa langue se faufila pour humecter ses lèvres.

— Tu es d'accord avec ça ? lui demandai-je en abaissant ma

fermeture éclair. Parce que je le refuserai si c'est ce que tu souhaites.

J'étais sincère. Elle passait en premier. Et je savais qu'Az pensait la même chose. Il l'avait prouvé au cours des dernières semaines.

Elle déglutit et darda sur moi ses beaux yeux gris.

— Je connais mon mot de sécurité, et je n'ai aucune envie de l'utiliser.

J'esquissai un sourire.

— Tu auras peut-être aussi besoin d'un geste de sécurité. Juste au cas où.

Az sourit, me comprenant parfaitement.

— C'est vrai. Ta bouche ne sera peut-être pas disponible. (Son sourire s'accentua légèrement quand je baissai mon pantalon et qu'il contempla mon érection.) Feux, Cami, regarde comme il bande. Ça ne te donne pas envie de te mettre à genoux et de le goûter ?

Elle fit un pas en avant, que parut encourager la main d'Az sur sa hanche. Mais ses yeux fixèrent les miens quand elle s'agenouilla devant moi, l'air affamé. Cami ne me laissa pas le temps de prononcer un mot, elle referma aussitôt ses lèvres autour de mon gland percé avant de me prendre profondément dans sa bouche.

— *Putain*.

Je posai une main dans ses cheveux et basculai ma tête en arrière. Mais dans la seconde suivante, Az serra ma nuque et releva mon visage pour m'embrasser.

C'était rude. Exigeant. *Coléreux*.

Je faillis ne pas remarquer que Cami arrachait mon pantalon de mes jambes, ni que mes chaussures et mes chaussettes partaient avec. Soudain je me retrouvai aussi nu qu'elle, ma bite logée dans sa gorge et la langue d'Az baisant ma bouche.

Ce n'était pas du tout ce à quoi je m'attendais en revenant

vers eux. Mais je ne me souciais plus des attentes. Je voulais juste *ressentir*.

Az me mordilla la lèvre, puis tomba à genoux derrière Cami.

— Voilà une bonne fille, qui lui fait une gorge profonde, ronronna-t-il à son oreille.

Puis il m'enfonça davantage en elle et la maintint en place de façon à ce qu'elle ne puisse plus respirer.

— Serre le poing, dit-il quand elle ouvrit des yeux alarmés.

Un flot de mots filtra de son esprit vers le mien, dont aucun n'était cohérent.

— Non, Cami. Je sais que nous pouvons entendre les pensées l'un de l'autre, mais il faut que tu comprennes ton geste de sécurité. Maintenant, serre le poing. (Az referma sa main libre autour de la sienne pour la forcer à s'exécuter.) Et lève-le, ajouta-t-il en le soulevant dans l'air. Comme ça.

Des larmes perlèrent à ses yeux, mais elle fit ce qu'il lui demandait, gardant sa main levée.

Un instant plus tard, il la relâcha, et elle haleta autour de ma queue. Mon gland était toujours dans sa bouche, je la sentais peiner à reprendre son souffle. Chaque bouffée d'air me serrait un peu plus les couilles. Parce que flammes, c'était chaud.

— Très bien, la félicita Az en l'embrassant dans le cou. C'est ton signal non verbal si on te pousse à bout. Et *camping* est ton mot de sécurité. Tout ce que tu feras ou diras d'autre sera ignoré. Compris ?

Sa bouche quitta ma bite et elle releva la tête pour le regarder droit dans les yeux.

— M'étouffer avec la queue d'Ajax ne constitue pas une limite.

Je gémis sur ces paroles qui me donnèrent envie de la remettre en place pour qu'elle continue ses bons soins. Mais Az gloussa, visiblement amusé.

— Je n'essayais pas de te pousser à bout, petite guerrière. Pas encore. C'était juste pour fixer nos conditions.

Elle arqua un sourcil.

— Alors tu devrais être nu pour qu'on puisse commencer cette leçon correctement.

— Si tu veux que je sois nu, enlève mon pantalon.

Cami le dévisagea un instant, puis se retourna pour lécher longuement ma bite, ses yeux dans les miens pendant tout ce temps. Je jurai à cette vue et resserrai ma poigne dans ses cheveux.

Tu taquines Az, petit rebelle ? lui demandai-je.

Un peu, murmura-t-elle via notre lien mental. *Et toi aussi.*

Hmm, fredonnai-je. *J'approuve.*

Elle me prit encore plus à fond, au-delà du point où Az l'avait poussée, et s'arrêta pour me fixer.

Tu as bon goût, Ajax. Mais Az veut que tu le baises. Et je veux regarder.

Sur ces mots tentants, elle me lâcha et se releva avec élégance. Az la suivit, tout à elle. La sensualité s'épancha d'eux deux quand elle attrapa le pantalon de son pyjama et le tira vers elle. Il se laissa faire, son corps tout en grâce et fluidité. Un de ses fameux ronronnements émana de sa poitrine tandis qu'il la regardait détacher son pantalon et le baisser.

Ses pieds étaient déjà nus, et sa bite fut aussitôt libre. Car bien sûr, il ne portait rien dessous. C'était Az. Et il était tout à fait prêt pour nous deux.

Il se pencha pour l'embrasser, mais elle bougea avant qu'il puisse l'atteindre, tomba à genoux pour lui faire subir le même traitement qu'à moi. Il se figea dans l'instant, ses traits tordus à la fois de plaisir et de douleur alors qu'il luttait contre la montée de son pouvoir.

J'observai le combat, témoignant en temps réel à quel point il était proche de la combustion et de nous consumer avec son énergie. Putain, il m'avait dit que j'étais beau, mais comme ça… il était le plus stupéfiant de nous tous. La furie personnifiée. Sensuel. Puissant.

La façon dont Cami l'avait apprivoisé était bien différente de mes tentatives de force brute. Notre compagne – notre petite rebelle sensuelle à genoux – l'avait amadoué avec une aisance magistrale.

Je les contournai pour arriver derrière lui, posai une main sur sa hanche et portai ma bouche à son oreille.

— Respire, Az. Laisse-la jouer pendant que je te prépare. Ensuite, tu pourras te servir de moi comme tu le souhaites pendant que je te baise.

Il frémit, couvrit ma main de la sienne et la serra.

Je n'ai jamais fait ça de mon plein gré jusqu'à présent, chuchota-t-il. Son aveu m'intrigua. Il laissait entendre qu'il avait déjà été forcé de le faire.

Par Vivaxia, réalisai-je. Quand elle l'avait traité comme un toutou, en lui jetant un sort comme celui que j'avais lancé des semaines plus tôt.

Faë, Az, je…

Non, dit-il, suivant sans doute le fil de mes pensées. Ou ressentant peut-être ma prise de conscience dans la rigidité de mon corps derrière lui. *Fais juste en sorte que ce soit un meilleur souvenir. Un souvenir qui me permettra d'ignorer les autres.*

Tous mes désirs que ça lui fasse mal s'envolèrent. Non pas qu'ils aient été très vifs, mais j'avais considéré que c'était un moyen de déverser ma colère sur lui.

Maintenant… je voulais lui faire du bien. Faire exactement ce qu'il avait demandé : créer un nouveau souvenir. Un meilleur souvenir. Un *bien* meilleur.

— Cami, l'appelai-je, me forçant à me concentrer. J'ai besoin de ta bouche un instant.

Me penchant à côté d'Az, je croisai son regard curieux. Ses lèvres étaient gonflées d'avoir sucé nos bites. Et peut-être aussi par nos baisers.

Je me pressai contre le dos d'Az, une main toujours sur sa hanche, mais je tendis l'autre main vers elle.

— Je me servirais bien de ta chatte pour lubrifier ma main, mais j'ai envie de sentir ta langue sur mes doigts.

Ses joues rosirent, ses pupilles se dilatèrent de désir. Un léger *pop* se fit entendre quand elle lâcha Az pour faire ce que je lui demandais, attentive à nous deux tandis qu'elle creusait ses joues autour de mes doigts.

Ma bite palpitait contre le cul d'Az, la bouche habile de Cami me menait sans peine à la folie.

Mais après m'être livré quelques instants à sa langue veloutée, je me rétractai et me remis à préparer Az pendant qu'elle reprenait ses bons soins.

— *Feux*, jura-t-il, se cambrant sur moi tandis que je l'étirai avec mes doigts. Va plus profond.

Ce que je fis, le pénétrant pendant que Cami le travaillait avec sa bouche.

— Caresse-toi, Cami, intima Az, une main toujours sur la mienne, l'autre guidant sa tête. Je veux entendre à quel point tu es mouillée.

Cami gémit, et je la regardai par-dessus l'épaule d'Az, agenouillée entre ses cuisses. La lubricité peignait ses traits, son désir était une présence palpable qui me donnait trop envie de tomber par terre afin qu'elle chevauche mon visage.

— Putain, petite rebelle, gémis-je. Allonge-toi sur le lit et écarte les jambes. Az va manger ta délicieuse chatte pendant que je le baise.

Notre belle compagne nous dévisagea un moment, puis lâcha lentement Az pour ramper vers le lit. Nous jurâmes tous deux à la vue de son joli cul qui se balançait en un mouvement aguicheur.

— Ramper te va bien, Cami, remarqua Az d'une voix basse et pleine de désir.

— En effet, acquiesçai-je en ajoutant un troisième doigt. Il me faut plus de lubrifiant.

— Heureusement qu'elle est mouillée, murmura Az, regardant notre femelle se relever pour grimper sur le lit.

Elle s'arrêta à quatre pattes et nous jeta un coup d'œil par-dessus son épaule.

— *Très* mouillée.

— Putain.

Az fit un pas vers elle, mais je le retins en posant ma main sur sa hanche.

— Laisse-la se mettre en position, ensuite tu pourras lui sauter dessus.

— Je ne peux pas la prendre comme ça.

Il craignait que sa libération de pouvoir la blesse, mais je connaissais ses limites presque mieux que lui.

— Tu ne peux pas jouir dans cet état, mais tu peux tout à fait tremper ta bite.

Cami continua son spectacle sensuel jusqu'à ce qu'elle arrive au milieu du lit. Puis elle se pencha lentement en s'étirant comme une chatte, offrant sa vulve luisante, les jambes délibérément écartées. Un autre mouvement langoureux l'amena sur le matelas où elle s'allongea finalement sur le dos et ouvrit ses cuisses crémeuses.

Je relâchai Az.

— Va la baiser.

CHAPITRE 5

CAMI

Az rôda vers moi avec une grâce de prédateur, ses yeux formant un beau mélange de flammes violettes et obsidiennes.

— Si je la baise, je ne m'arrêterai pas, prévint-il Ajax.

— Alors goûte-la, murmura ce dernier.

— Je veux que tu la baises d'abord, rétorqua Az, un peu de sa domination transparaissant dans son regard. Ensuite, je la lécherai pendant que tu me baiseras.

Ajax leva un sourcil.

— Tu n'as pas retardé ta satisfaction depuis assez longtemps ?

Il gronda. Ajax répondit de même.

— J'utiliserai sa chatte pour lubrifier ma bite. Ensuite, je te baiserai. Il n'y a plus de retour en arrière possible.

Il contourna Az et se mit à ramper sur moi, ses yeux sombres scintillant d'intentions coquines. S'appuyant d'une main sur le lit, il caressa sa bite de l'autre avant de l'approcher de ma vulve chaude. Un sifflement lui échappa à ce contact, ses muscles se contractèrent quand il se guida vers mon vagin.

Ajax n'attendit pas. Il plongea en moi avec une force qui

me fit cambrer le dos et lâcher un cri à son élan brutal. Derrière lui, Az gloussait, appréciant visiblement le spectacle.

— J'ai hâte que tu me fasses ça, murmura-t-il.

Les yeux d'Ajax s'écarquillèrent un peu, puis brasillèrent lorsqu'il s'écrasa sur moi pour réclamer ma bouche. Je hoquetai à son intrusion, choquée et submergée par sa langue qui me revendiquait en phase avec sa bite.

Le matelas s'enfonça quand Az nous rejoignit et allongea son grand corps à côté de nous. Je ne pouvais pas le voir, seulement le sentir. Mais je savais qu'il se branlait lui aussi.

Le fait d'être connectée à ces hommes me permettait de ressentir leur plaisir. Leur désir. Leurs *intentions*.

Mon Gardien Faë de l'Enfer. Mon Commandant Faë de l'Enfer.

Même... mon Prince Faë de l'Enfer, murmura une voix douce.

Hmm, tu penses à moi, petit ange ? chuchota un ton masculin en retour.

Non, mentis-je, m'arquant contre Ajax.

Tu penses à ce que tu vas ressentir en prenant ma queue ? Tu te demandes comment je vais me mesurer à notre cher Gardien ?

Faë, soufflai-je. *Comment sais-tu ce qu'il fait ?*

Parce que je le sens. Comment ce piercing te frappe au fond de toi et met le feu à ton corps. Comment la bouche d'Ajax réclame la tienne. La façon dont sa paume se moule sur ton sein. Je ressens tout, Cami. Chaque morsure passionnée. Chaque pulsation de chaleur. Chaque poussée.

Je frissonnai, perdue dans ses mots et le rythme d'Ajax.

Soudain tout s'arrêta car il se retira de moi, écartant sa bouche également. Je clignai des yeux, confuse, puis le trouvai à genoux sur moi, en train de regarder Az.

— Tu dois la baiser.

— Je ne peux pas.

— Si, tu peux. Je serai là pour t'ancrer. Balance ton pouvoir sur moi, mais prends notre compagne. Elle en a besoin et toi aussi.

Faë, il avait raison. J'avais vraiment envie de ressentir l'énergie sauvage d'Az, sa force, sa revendication féroce.

— S'il te plaît, insistai-je en regardant mon compagnon Phénix métamorphe. J'en ai marre d'attendre. Prends-moi. Apprends-moi. *Baise-moi.*

— Feux, Cami... (Az roula vers moi, posa une main sur mon visage et m'attira pour m'embrasser.) Ton penchant pour inverser les rôles va m'anéantir. (Il lança un regard à Ajax.) Vous deux...

Il s'interrompit et secoua la tête, puis reprit ma bouche avec une passion que je ressentis jusque dans mon âme.

Ajax glissa hors de moi, laissant la place à Az qui m'enveloppa de son corps. Son feu de Phénix flamboyait sur sa peau tandis qu'il s'installait entre mes cuisses, mais il ne me pénétra pas comme je m'y attendais. Il me dévora avec sa langue, sa bite pressée contre ma chaleur. Je me sentais marquée au fer rouge. Revendiquée. Et pourtant vide. En manque. *Exigeante.*

— Az, haletai-je.

— Chut, me fit-il taire. Je t'ai donné assez de contrôle, petite guerrière. Il est temps pour toi de te rappeler qui je suis. Il est temps pour toi d'*apprendre.*

Il mordilla ma lèvre inférieure, puis traça un chemin de baisers jusqu'à mon oreille et mon cou. Je me cambrai sous lui, j'adorais ses lèvres sur moi. Chaque partie de moi vibrait de vie, se livrait...

Je hoquetai lorsqu'il planta ses dents dans ma peau et mordit mon pouls assez fort pour faire couler le sang.

Ajax siffla. Az gloussa.

— Elle est aussi à moi. (Il lécha la plaie de mon cou puis roula de manière à voir Ajax.) Tu la veux ? Viens la chercher.

Avec un grondement, Ajax plongea pratiquement sur nous et s'empara de la bouche d'Az. La poitrine d'Az ronfla contre la mienne. Ajax lui pencha la tête sur le côté pour l'embrasser plus à fond tandis que les deux hommes alignaient leurs corps sur moi. La bite d'Az pulsait contre ma chaleur, ses abdominaux étaient tendus pendant qu'Ajax faisait quelque chose entre eux. Puis tous deux grondèrent quand leurs corps se *rejoignirent*.

Je ne pouvais pas le voir de ma position, mais je sentis l'intrusion d'Ajax, sa pénétration brutale crispa Az. Mais la douleur fut vite chassée par Ajax qui adoucit leur baiser, un soupçon d'émotion spontanée réchauffant nos liens mutuels.

Ils cessèrent de s'embrasser et se dévisagèrent, leurs visages tout proches du mien. Cette chaleur passa encore entre eux, puis Az esquissa le plus subtil des hochements de tête, et Ajax commença à bouger.

L'électricité se rua à travers notre connexion et me fit me cambrer avec eux, mon corps s'enflammant de l'intérieur avec des sensations accrues. C'était de nouveau comme Melek et Lucifer, mais encore plus chaud maintenant parce qu'Az et Ajax baisaient sur moi.

Az embrassa Ajax une fois de plus, leurs langues chuchotant des secrets que j'avais envie d'entendre.

Je dus gémir car Az reporta son attention sur moi, et soudain leurs secrets devinrent également les miens. Parce qu'il m'embrassa avec la même passion, la même *intention* qu'il venait d'embrasser Ajax.

Je les goûtai tous les deux, leurs saveurs masculines créaient une dépendance que j'aimais de plus en plus. *Encore,* me dis-je. *Donnez-m'en encore.*

— Tu essaies de nouveau d'inverser les rôles, hein ? sourit Az. (Il se serra contre moi.) Ajax ? Une main ?

Je levai les yeux sur eux, curieuse de savoir ce qu'il voulait dire, quand Ajax tendit le bras entre nous et guida Az jusqu'à mon entrée.

— Baise-la à fond, Commandant.

— Je ne cède à cette demande que parce que j'en ai envie, répondit-il en s'enfonçant en moi.

Je saisis ses épaules. Sa pénétration était différente de celle d'Ajax, mais tout aussi parfaite. Mon compagnon Faë de Minuit était épais, son piercing disposé de façon à procurer le plaisir le plus exquis. Az était plus long, plus mince, et pulsait de *pouvoir*. Je ressentais sa pénétration jusqu'à mon âme, ses mouvements étaient presque surnaturels, comme s'il revendiquait chaque once de mon être.

Je gémis contre sa bouche, son nom était une mélopée dans mon esprit.

Il imposa un rythme sévère qui me fit tourner la tête. J'étais perdue en lui, dans ses prouesses, dans son *besoin*.

Le désir d'Ajax se mêla à celui d'Az pour créer une aura euphorique, dans laquelle je plongeai tête la première tandis que nous bougions tous les trois à l'unisson.

C'était érotique. Intensément beau. Tout à fait divin. Je n'avais jamais rien vécu de tel, et d'après ce que je sentais chez Az et Ajax, eux non plus.

Des mains baladeuses. Az parcourant mon corps. Pinçant mes tétons. Frottant la douleur.

Je l'explorai de même, caressant ses épaules et ses bras musclés, puis le haut de son torse, avant de descendre le long de ses flancs pour trouver Ajax en bas. Il tenait fermement les hanches d'Az, son corps claquait contre lui pendant qu'Az me baisait.

Faë... J'adorais ça. Je voulais le refaire encore et encore, et je le dis à Az avec ma bouche.

Ce n'est que le début, me promit-il. Sa voix était une caresse mentale qui envoya une nouvelle vague de chaleur dans mes veines.

Parce que cet homme – ce *Faë* – était à moi. Tout comme Ajax. *Et Melek.*

J'aime que tu penses à moi alors que tu es sur le point de jouir, Cami, intervint ce dernier.

Je l'ignorai et me concentrai sur les hommes qui se trouvaient réellement dans la chambre avec moi. Sauf que Melek ne partit pas. Il continua à murmurer, à me narguer à propos de ses rubans, à me dire à quel point j'étais douée pour prendre Az si profondément, à me chuchoter des pensées obscures sur comment ce serait si j'étais au milieu et qu'on me pénétrait des deux côtés.

Ajoutes-en un troisième dans ta bouche, et tu seras gavée de bites, poursuivit-il, me faisant gémir contre les lèvres d'Az.

Je me cramponnai à lui, mes entrailles palpitant d'un désir tonitruant. Je me sentais consumée. Vivante. Comme une reine. Car bien qu'Ajax soit dans Az, ses yeux étaient sur moi – ce que je sentais plus que je le voyais. Az était complètement focalisé sur ma bouche. Et Melek continuait à murmurer des mots cochons dans mon esprit.

J'étais le centre de leur monde. Leur déesse. Leur *compagne.*

Az me mordit la lèvre assez fort pour la faire saigner, ce qui me fit ouvrir brusquement les yeux.

— Je suis en toi, Camillia. Concentre-toi sur ma bite. Sur la façon dont je te baise. Ce que je te fais ressentir.

Je sursautai lorsqu'il poussa en avant, agrippant mes hanches si fort que j'étais certaine qu'il y laisserait des bleus.

— Mon Phénix est possessif, petite guerrière, ajouta-t-il en s'enfonçant de nouveau rudement en moi. On veut ton attention pleine et entière pendant qu'on te baise. Alors dis à Melek d'aller se faire foutre.

Il y eut dans mon esprit un gloussement provenant du Faë en question.

Je vais cesser de te distraire, petit ange, murmura-t-il. *Ça ne me dérange pas de simplement écouter et ressentir à travers toi.*

Az gronda, un son qui fit vibrer ma poitrine et taquina mes mamelons, qu'il saisit pour les tordre. Je glapis, puis gémis quand il se baissa pour les laver avec sa langue. Ajax bougea avec lui, et se retira de lui quand Az se mit à ramper sur mon corps.

Mes entrailles pleurèrent à la perte de cette plénitude, et je fourrai mes mains dans les cheveux d'Az pour tenter de l'arrêter.

— Je ne te baiserai plus tant que je n'aurai pas toute ton attention, dit-il, une pointe de réprimande dans son ton. Les bonnes filles se font baiser. Les mauvaises filles se font branler.

— *Az.*

— Oh, j'ai ton attention maintenant ? railla-t-il, sa bouche contre mon ventre. Hum, voyons si je peux devenir ton monde.

Il empoigna brutalement mes cuisses et les força à s'écarter encore plus pour insérer ses épaules. Puis il pressa ses lèvres sur mon pubis avant d'embrasser plus bas. Mais il ne toucha pas mon clito. Non, il le contourna et s'occupa plutôt du reste.

Quand il darda sa langue dans ma fente, je geignis. J'avais besoin de plus. Besoin de *lui*. De sa bite. Sa présence. Sa *chaleur*.

Je maudis son nom, mes doigts toujours crochés dans ses cheveux. Il attrapa mon poignet quand j'essayai de le tirer vers le haut, sa poigne me forçant à le lâcher.

— Tiens-la-moi, dit-il à Ajax.

Je fusillai le Faë de Minuit du regard.

— Tu n'as pas intérêt.

Il m'étudia un moment, comme s'il hésitait à m'écouter. Puis il haussa les épaules.

— Je n'ai pas entendu le mot de sécurité.

Je sursautai lorsqu'il saisit mes poignets et les plaqua dans les oreillers au-dessus de ma tête.

— Maintenant, tiens-toi bien et laisse Az te branler, dit-il, sa bouche frôlant la mienne. Il n'aime pas être ignoré.

— Je n'étais pas...

Ajax me fit taire avec ses lèvres, et son baiser brutal et profond me fit oublier jusqu'à mon nom. Mais Az me le rappela :

— Concentre-toi, Cami. C'est ma langue près de ton clito. Ce sont mes mains que tu sens sur tes cuisses. Mes dents qui ont envie de te *mordre*.

J'écarquillai les yeux à ce dernier mot, soudain terrifiée à l'idée qu'il puisse réellement...

Je criai quand sa bouche se referma sur mon bourgeon sensible, la chaleur de son baiser sensuel atteignant directement mon vagin palpitant.

S'il te plaît, ne me mords pas, lui émis-je.

Hmm, fredonna-t-il. *Je pourrais.*

Un mélange exotique de terreur et d'excitation se mêla en moi, créant un délire enivrant de plaisir et de douleur. J'ignorais que je pouvais me sentir à la fois effrayée et excitée.

Mais en dessous de tout cela s'étendait une couche de confiance.

Az ne me ferait pas de mal sans raison. Il ferait en sorte que ce soit bon. Il me ferait profiter de chaque once de ce qu'il avait à donner. Oh, il le prouvait maintenant en me léchant à fond tout en insérant un doigt en moi. Ce n'était pas assez, juste un soupçon de la pression qui me manquait en bas, mais il me maintenait captive sous lui.

— Joue avec ses seins, exigea-t-il.

Ajax sourit contre ma bouche.

— Je savais que tu ne pourrais pas t'abandonner longtemps.

— Je te laisserai quand même finir dans mon cul.

— Bien.

Ajax déposa un baiser sur ma joue, me fit un clin d'œil et glissa vers le bas pour saisir un de mes mamelons. Je me cambrai contre lui, pantelante, tandis que les deux hommes jouaient de mon corps au mieux de leurs capacités.

J'étais tout près de m'effondrer. À deux doigts d'*exploser.* Mes cuisses se crispaient, ma respiration s'accélérait, j'avais leurs noms sur le bout de ma langue.

Et tout s'arrêta.

J'ouvris les yeux et regardai les deux hommes qui avaient cessé de bouger. L'un me fixait depuis un sein, l'autre d'entre mes cuisses.

— Tu n'as pas encore la permission de jouir, m'avertit Az.

— *Quoi ?*

— Je te l'ai dit, bébé. Les mauvaises filles se font branler.

Il referma sa bouche sur mon clito et le mordit, tout comme je le craignais, me faisant arquer le dos sur le lit. Parce que *putain,* ça faisait mal.

Ohhh, mais la sensation après... la façon dont sa langue chassa la douleur...

Je cillai, abasourdie par les différentes sensations, perdue dans le toucher sensuel d'Az. Sa bouche. Ses mains. Déjà, je montais de nouveau, atteignant presque les étoiles.

Et je m'écrasai encore.

— *Az !*

— Hmm, j'ai tendance à croire que j'ai ton attention à présent, railla-t-il, ses mains sur mes cuisses. Est-ce que tu es prête à bien te comporter ?

— Je suis prête à te tuer, grondai-je.

Il sourit, puis me gifla entre les jambes, m'arrachant un cri qui ressemblait bizarrement à son nom. Un juron allait suivre lorsque sa bouche revint sur ma vulve et qu'Ajax s'empara de nouveau de mes seins.

Et cela continua ainsi, ils me torturaient tous les deux

jusqu'au bord de la folie, puis me laissaient retomber pour mieux me faire remonter. Des larmes baignèrent mes yeux, la douleur devenant presque trop forte.

— S'il te plaît, Az, suppliai-je. Faë, s'il te plaît, laisse-moi jouir...

Il ne le fit pas. Bien sûr, il n'en fit rien.

Je me redressai d'un coup, faisant tomber Ajax de mes seins et libérant mes poignets, et j'attrapai Az.

— *Baise-moi.*

— Non.

Je grondai. Il fit de même et m'aplatit sur le lit l'instant suivant.

— Tu es à moi.

— Prouve-le, répliquai-je.

Il sourit.

— Finis en moi, Ajax. Assure-toi que Cami le sente.

— Tu es cruel, hoquetai-je.

— Non, petite guerrière. Je t'*enseigne*. Tu voulais savoir comment je baise, eh bien voilà comment je baise.

Son bas-ventre bougea contre le mien quand Ajax le pénétra, les deux hommes se rejoignant intimement tandis qu'Az soutenait mon regard.

— Je te consumerai en dedans et au-dehors, dit-il, sa voix ayant un tranchant mortel. Chaque inspiration contiendra mon odeur. Chaque pensée s'achèvera par mon nom. Chaque prière sera murmurée à moi, *pour* moi.

— *Putain*, souffla Ajax, ce qui me fit presque lever les yeux vers lui.

Mais Az emplit mon champ de vision, son regard flamboyant d'une violence à peine contenue.

— Et tu me consumeras exactement de la même façon. Je m'attends à une appréciation mutuelle. À une *obsession* mutuelle. Alors si tu veux que je te baise, tu as intérêt à être prête à t'*engager*.

Je déglutis, complètement perdue face à ce Faë sauvage sur moi.

Ajax le baisait, ce qui, je le savais, devait leur faire du bien à tous les deux, mais l'attention d'Az était uniquement tournée vers moi, sa bite palpitant entre nous.

— Tu es prête à t'incliner, petite guerrière ? demanda-t-il. Tu es prête à te soumettre entièrement ? Parce que je vais te dominer d'une façon que tu n'as jamais connue. Je vais t'emmener vers de nouveaux sommets. Mais j'ai besoin de ton corps, de ton cœur et de ton esprit pour y parvenir.

— Tu m'as moi, jurai-je, incapable de penser à autre chose qu'à ce qu'il promettait. S'il te plaît, accepte-moi.

— Oh, Camillia, murmura-t-il, son regard tombant sur mes lèvres. Je fais plus que t'accepter. Je t'aime, putain.

Sa bouche s'empara de la mienne avant que je puisse lui répondre. Et l'instant d'après, il fut là à me remplir, me baiser, remuant ses hanches de manière à caresser mon clito malmené.

Je grimpai en quelques secondes, mon corps était tellement excité, tellement *à lui*, que je ne pouvais que m'accrocher à ses épaules et tenter de suivre son rythme brutal.

Sa langue me tenait captive, ses mains sur mes hanches me marquaient. Tout ce que je pouvais faire, c'était ressentir, exister et être avec lui en cet instant.

Aucune pensée ne comptait plus. Respirer était une attente révolue. Mon cœur battait à un rythme qui n'était que pour Az. Et mon corps se plia à sa volonté alors qu'il m'utilisait, me remplissait, me *baisait*.

Je fus anéantie en quelques secondes, et cette fois, il me laissa faire. Cette fois... je m'*envolai*. Par-dessus bord. Naviguai dans un nuage de non-existence. Haletai. Mourus. Hurlai. Pleurai. *Tremblai*.

Tout était si puissamment intense, mon orgasme semblait ne jamais se terminer.

Toute cette lumière. Explosant. Me remplissant de chaleur. *Tant de pouvoir.*

Az était partout. Dans mon sang. Dans mon esprit. Dans mon âme.

Il était le pouvoir personnifié, son parfum de cendre me remplissant de braises éternelles. Nous étions liés. Attachés l'un à l'autre. Accouplés à jamais.

Mon esprit brûlait d'excitation, embrassant son Phénix d'un baiser ardent que je sentis s'enflammer dans chaque parcelle de mon être.

C'était... incroyable. Chaud. Indéniablement passionné.

Il rugit en réponse, son propre plaisir se mêlant au mien en une vague torride de folie. Je fondis. Me délectai de la brûlure. Me livrai à ses rayons de soleil uniques.

Tant de pouvoir, m'émerveillai-je, le sentant tourbillonner en moi, renforcer mon âme et remplir une partie de moi que je ne comprenais pas vraiment.

J'étais satisfaite. Pleine. Ivre de son essence.

Lorsque j'ouvris les yeux, j'étais... en train de renaître. Un nouvel être. Toujours moi, mais complète dans le meilleur sens du terme.

Et mon regard plongea dans une paire de merveilleux yeux mauve-noir.

— Tu es étincelante, chuchota Az.

J'esquissai un sourire.

— Tu veux dire rayonnante ?

C'était une réplique ringarde, mais après cette expérience époustouflante, je l'acceptais.

— Non, je veux dire *étincelante.*

Ajax apparut par-dessus l'épaule d'Az, sourcils froncés.

— Tu ressembles à une boule disco.

Je clignai des yeux.

— Quoi ?

Je levai le bras pour voir ce qu'ils voulaient dire et sursautai à la vue des paillettes d'or qui scintillaient sur ma peau. Un coup d'œil vers le bas me montra qu'il y en avait aussi sur mon torse. Et sur Az. Comme si on venait de rouler dans un fichu tas de...

Le sperme étincelant de Melek.

Un rire perça mes pensées, qui se termina par un doux : *De rien, petit ange.*

Melek, grognai-je.

Profite bien, répondit-il. *À bientôt...*

CHAPITRE 6

MELEK

— Tu as l'air content, murmura Ty quand je sortis d'un pas nonchalant de la salle de bains dans mon peignoir préféré. (Il s'adossa contre la tête de lit, vêtu seulement d'un pantalon de jogging, un ordinateur portable sur les genoux.) Je suppose que ça a quelque chose à voir avec ta Camillia ?

— Hmm, oui. (Mon sourire s'élargit.) Az vient de faire exploser l'esprit de *notre* Camillia, et elle a éclaté comme seule une Faë Vertueuse sait le faire.

Ty avait baissé les yeux sur son ordi mais il s'arrêta de taper à mes paroles.

— Des paillettes ?

— Oui.

— Je vois.

— Tu ne vas pas me poser de questions ? m'étonnai-je. Ou commenter l'évolution de Cami ?

— Je suis tout à fait conscient que tu as renforcé ton lien avec cette femme, Melek, dit-il doucement, ses doigts volant sur son clavier. Si tu veux me choquer, tu devras faire plus fort.

— Je n'essaie pas de te choquer, mon amour.

— Ah ? (Il s'arrêta pour lever les yeux sur moi.) Encore des jeux, alors ?

— Tu es fâché contre moi ?

— Non, petit prince, sourit-il. (Il ferma son ordi et le mit de côté, puis se glissa hors du lit et vint vers moi.) Simplement, je ne suis plus surpris concernant Camillia de la Croix. (Il empauma ma nuque et posa l'autre main sur ma hanche.) Tu vas devoir faire plus fort.

Je rejoignis son amusement.

— J'ai mentionné notre conversation à propos de l'attacher pour que tu puisses la baiser. Ça l'a excitée.

Il se figea.

— Quoi ?

— C'était assez fort, mon amour ? demandai-je innocemment, pressant mes lèvres contre les siennes en un geste badin. Oh, je suppose que c'est une sorte de calembour maintenant, hein ? (Je remuai contre son érection grandissante.) Eh bien, rappelle-moi de te raconter ses rêves plus tard.

— Quels rêves ? demanda-t-il, quand un bourdonnement se fit entendre.

— Tu ferais mieux de répondre, Ty, murmurai-je en m'écartant de lui. On parlera après de ton rôle de vedette dans les rêves de Cami.

— Melek.

— Ty.

Il resserra sa prise sur ma nuque et m'attira à lui.

— Je ne vais jamais la baiser.

Je penchai la tête.

— Qui essaies-tu de convaincre, mon roi ? Moi ou toi ?

Il grogna tandis que le bourdonnement s'amplifiait, réclamant son attention. Celui qui était à l'origine de cet appel nourrissait manifestement une pulsion suicidaire, car personne n'ordonnait à Ty de faire quoi que ce soit.

Il me lâcha et gagna son bureau pour presser un bouton qui fit surgir un écran. Sa tension monta lorsqu'un visage inattendu apparut dans l'espace translucide devant lui.

Eh bien, ça explique cette présence exigeante, me dis-je en observant les traits sombres du Faë du Mythe qui fixait Ty avec audace.

— Hadès, salua Ty. Quel appel impromptu.

— Vraiment ? dit le dieu Faë, dont l'apparence sinistre convenait bien à son rôle de divinité du royaume de l'Au-delà. D'une certaine façon, j'en doute.

Ty s'installa lentement dans son fauteuil, son expression ne laissant rien transparaître.

— Maliki ? questionna-t-il simplement.

— En effet. J'aimerais qu'il revienne.

Je vins me placer derrière Ty qui se renversait dans son siège en forme de trône et portait sa main à sa bouche, son coude sur l'accoudoir du fauteuil.

— Hmm. Et pourquoi devrais-je accepter ça ?

— Parce qu'il n'a rien à voir avec ton problème de Faë Vertueux, déclara Hadès sans ambages, son accent anglais conférant à sa voix une inflexion hautaine.

— Et que sais-tu de mon problème de Faë Vertueux ? répliqua Ty, son ton et son esprit dépourvus de la moindre surprise.

Les Faë Vertueux n'étaient pas très connus, leur existence étant un secret bien gardé. Surtout parce que leur destruction avait mené à la création de tous les royaumes Faë, à l'exception d'un seul : les Faë du Mythe.

Ceux-ci existaient depuis aussi longtemps que les Faë Vertueux, leur espèce étant plus divine qu'angélique. Historiquement, les deux espèces avaient tendance à s'éviter. Mais Ty s'était donné pour mission de se lier d'amitié avec quelques-uns d'entre eux, sachant que leur présence au sein du royaume des Faë de l'Enfer contribuerait à assurer la sécurité de nos Faë.

Jusqu'à présent, les Faë du Mythe avaient pu profiter de leur statut de dieux vénérés dans les différents royaumes des Faë de l'Enfer. Cela leur rappelait la célébrité qu'ils avaient connue des lustres plus tôt, quand le royaume humain leur rendait hommage. Aujourd'hui, les humains les considéraient comme un mythe. Tout comme mon espèce, ou les anges, avec lesquels les mortels nous confondaient souvent.

Pauvres humains. Comme leur esprit est faible. Et si facilement manipulable.

Ty me lança un regard par-dessus son épaule, ayant clairement capté mes pensées.

Désolé, je ne fais que réfléchir.

Hmm, fut toute sa réponse avant de revenir à Hadès. Le Faë divin n'avait pas encore répondu, se contentant de fixer Ty avec la patience que seul un vieil ancêtre pouvait posséder.

— Je suppose que le motif de cet appel est de me faire savoir que tu as des informations que je pourrais trouver valables, et qu'en échange, tu aimerais récupérer ton chouchou, résuma Ty franchement. C'est ça ?

— Tu as parlé à Morphée.

Ty lâcha un soupir.

— Je ne me lancerai jamais dans une conversation avec lui. Il a une propension à bousiller mes rêves. (Il me jeta un autre coup d'œil.) As-tu parlé à Morphée ? Peut-être à propos de Camillia de la Croix ?

Je posai une main sur mon cœur.

— Est-ce que je ferais une chose pareille ?

— Oui. (Pas une once d'hésitation.) Tu l'as fait ?

— Non, souris-je. Mais j'aime bien cette idée, alors merci de l'avoir suggérée. (Morphée, le dieu des rêves, pourrait m'être bien utile.) Excuse-moi, je dois passer un coup de fil.

Ty m'attrapa le poignet pour me retenir.

— Maliki et Azazel sont demi-frères, et Azazel est à moi. Par conséquent, j'ai personnellement tout intérêt à ce que Maliki se porte bien. Ta relation avec lui, quelle qu'elle soit, ne m'a pas échappé. Cette réponse te satisfait-elle ?

— Pas vraiment, répondit Hadès. Je serais plus satisfait si tu acceptais de libérer Maliki. Tu l'as interrogé assez longtemps. Le portail qu'il a ouvert a seulement offert à quelques Goules et Faë de la Mort la possibilité de revendiquer quelques compagnes potentielles.

— Je crois que tu oublies aussi le prince Strigoï qui a disparu. Ainsi que son amant, l'héritier de la famille rivale, c'est ça ?

Il n'était pas de notoriété publique que le prince Strigoï et son assassin soient amants, mais Ty connaissait tous les secrets qui transpiraient dans ses royaumes.

Hadès croisa ses doigts en pointe sur le bureau devant lui, les ombres de son antre obscure me rappelant la tanière préférée de Ty.

Les deux mâles étaient certainement semblables, et pourtant très différents. Tout ce que faisait Ty était pour son peuple. Les intentions d'Hadès restaient... indéfinies.

Mais c'était intéressant qu'il ait appelé Ty pour obtenir cette faveur.

— Que proposes-tu en échange de la libération de Maliki ? demandai-je à voix haute, attirant sur moi le regard couleur de nuit d'Hadès.

Nous nous parlions rarement, mais nous nous connaissions depuis très longtemps.

— Je pourrais tout simplement le récupérer, fit remarquer Hadès.

— Tu pourrais, acquiesça Ty. Mais tu ne le feras pas.

— Non, je ne le ferai pas, soupira Hadès. Je n'ai aucune envie de traiter avec toi, Typhos. Je dis cela en termes d'accords et de conversation générale.

— Pourtant, tu m'as appelé.

— Oui, en effet. Parce que tu as interrogé Maliki assez longtemps pour savoir qu'il est innocent.

— Pour ça, il faudrait qu'il parle vraiment, répondit Ty. Ce qu'il ne fait pas.

— Parce que je l'ai voué au secret et que sa loyauté m'est acquise.

— C'est l'un de mes Faë du Cauchemar.

— Dans mon domaine, rétorqua Hadès.

— Un domaine que je t'ai donné.

— En échange de ma protection. Ne prétends pas que tu m'as fait une faveur, roi des Faë de l'Enfer. Je ne suis pas à ton service. J'ai choisi de résider ici parce que je m'y plais. Mais ces Faë sont autant à moi qu'à toi, et j'aimerais que Maliki revienne. *Maintenant.*

Ty plissa les yeux.

— Je ne suis pas non plus à ton service, dieu Hadès.

Le Faë du Mythe ricana.

— C'est un titre ridicule. La seule personne autorisée à m'appeler dieu est... (Il s'interrompit brusquement et se racla la gorge.) Je ne suis pas ton dieu, Typhos.

Ty se pencha en avant, ses longs cheveux tombant sur ses larges épaules nues.

— Arrête de jouer les poseurs avec moi et dis-moi pourquoi je devrais libérer Maliki. Et ne dis pas que c'est parce que tu l'as demandé gentiment.

Hadès l'étudia un long moment avant de secouer la tête.

— Tu ne pensais pas prendre toutes ces épouses sans en payer le prix, n'est-ce pas ? Que tous ces parents accepteraient simplement leur sort et passeraient à autre chose ? (Il imita la posture de Ty en se penchant également en avant.) Allons, Typhos. Toi, parmi tous les Faë, tu connais bien le concept de vengeance.

Ty ne dit rien, mais son esprit commença à disséquer les paroles du Faë du Mythe.

— Les Faë Vertueux aiment leurs accords et leurs jeux, ajouta-t-il. Tu peux sûrement avoir une vue d'ensemble, roi des Faë de l'Enfer.

— Éclaire-moi.

Hadès lui lança un regard indiquant qu'il n'avait aucun intérêt à lui fournir un quelconque éclairage.

— Maliki ne correspond pas au profil que tu as défini pour ton coupable. Son portail était unique, il se souvient parfaitement de ce qu'il a fait, et il ne s'en excuse pas. Et surtout, personne n'a été blessé. Quelques Faë en chaleur ont trouvé des partenaires. Ce n'est pas un crime. Maintenant, laisse-le partir, ou je viendrai le chercher moi-même.

L'appel fut coupé par un déclic qui nous laissa Ty et moi devant un écran vide.

— On dirait que je dois rendre personnellement visite à Maliki, dit Ty après un bref silence.

— C'est sûrement une bonne idée, convins-je. Mais on a besoin de moi dans le royaume des Faë de Minuit.

Ty se tourna vers moi.

— Tu ne peux pas rester loin d'elle plus de quelques heures, hein ?

Je souris.

— Ce n'est pas Cami qui veut me voir.

Elle était actuellement sous la douche avec Az et Ajax, essayant de se débarrasser de son énergie éthérée. Je passerais l'aider, bavarder un peu, puis j'irais rencontrer le Faë qui attendait mon arrivée.

— Zakkaï a des questions, précisai-je.

Ty fronça les sourcils.

— Il t'a tendu la main ?

— Pas exactement.

Je ne développai pas car je n'en avais pas besoin.

— Dois-je m'inquiéter ? demanda Ty d'un ton un brin préoccupé.

— Non, mon amour. (Je me penchai pour l'embrasser, effleurant sa mâchoire du bout des doigts.) Je t'ai dit plein de fois que tout ce que je fais, c'est pour toi. Je suis sincère.

— Je sais, chuchota-t-il. Mais Zakkaï n'est pas un petit joueur à ce jeu.

— Oh, il est une vraie menace, admis-je, traduisant ce que Ty voulait réellement dire. Malgré tout, je l'aime bien. Il est assez instructif sans le vouloir.

Ty m'étudia un instant, puis secoua la tête.

— Amuse-toi bien, Melek.

— Toujours, dis-je en l'embrassant de nouveau. Essaie de ne pas tuer Maliki. Hadès a l'air de bien l'aimer.

— Pas de promesses, se renfrogna mon roi.

Je haussai les épaules.

— Eh bien, invite-moi à l'éventuelle bataille, alors. Je prendrai plaisir à vous regarder jouer, Hadès et toi.

— *Jouer* n'est pas trop ce que nous ferions.

Je souris de nouveau.

— Te regarder te battre contre un Faë divin impossible à tuer ferait absolument partie des préliminaires, mon amour.

Sur ce, je me téléportai dans la penderie pour choisir une meilleure tenue. Je ne pouvais guère me présenter au royaume des Faë de Minuit en robe de chambre.

Bon, en fait, je pourrais. Si j'y allais juste pour Cami, je le ferais. Hélas, les dignitaires étrangers ont certaines attentes, que je devais respecter si je voulais que Zakkaï adhère à des coutumes polies.

Un costume, décidai-je, en décrochant un tout noir de son cintre.

De retour dans la suite, je trouvai Ty dans une tenue similaire, sauf qu'il avait opté pour une chemise bleu nuit, une couleur assortie à ses yeux océaniques.

— Je suis surpris que tu n'aies pas choisi du rouge, remarquai-je.

— Du rouge me pousserait à le saigner. Non seulement ça énerverait Azazel – qui est déjà fâché contre moi – mais ça mettrait aussi Hadès en colère. (Il tira sur les revers de sa veste.) Alors je vais faire ça à l'ancienne.

— En concluant un accord ?

— En le charmant, murmura Ty. Je suis le diable, après tout. Si je ne peux pas l'inciter au péché, qui d'autre le pourrait ?

— Hmm, j'aime assez ce développement, opinai-je en le rejoignant d'un pas lent. J'aimerais vraiment qu'on passe plus de temps au lit.

— Plus tard, promit-il.

— Plus tard, acquiesçai-je, effleurant ses lèvres des miennes. Peut-être qu'alors je te raconterai les rêves de Cami qui te mettent en scène dans son lit.

Je m'éclipsai pour le royaume des Faë de Minuit avant qu'il réponde, mais j'entendis son grondement me suivre dans mes pensées.

Il ne voulait pas avouer sa fascination pour elle, tout comme elle ne voulait pas se laisser aller à son attirance pour lui. Mais je les ferais tomber tous les deux. De préférence avec moi au milieu.

Oh, les jeux de corde que nous allons apprécier, songeai-je en apparaissant dans la suite de Cami. Je la trouvai debout au milieu de la chambre, fulminante.

— Oh oui, regardons tous la boule dorée scintillante.

— Volontiers, opinai-je.

Car je ne voyais rien de plus séduisant qu'une Camillia de la Croix nue, scintillante et mouillée. Ce qui était la scène qui se présentait juste devant moi.

Bonjour, ma douce reine des Faë de l'Enfer…

CHAPITRE 7

CAMI

QUELQUES **MINUTES** plus tôt

Génial. Tout simplement génial.

Le commentaire d'Ajax sur la « boule disco » était bien trop approprié. Et aucune quantité d'eau, aucun brossage ne semblait y remédier.

J'étais en train de *scintiller*, putain.

J'essuyai de la main la buée sur le miroir, furieuse de voir que j'avais toujours le même éclat doré dans le reflet. *Argh.* Je serrai la serviette autour de moi et sortis à grands pas de la salle de bains, vers Az et Ajax qui m'attendaient sur le lit. Ils m'avaient rejointe sous la douche et tenté tous deux de m'aider à nettoyer ma peau.

En vain.

— Tu as raison, j'ai l'air d'une foutue boule disco, grinçai-je. (Ajax esquissa un sourire.) Ce n'est pas drôle.

— C'est assez drôle en fait, répondit-il, ce qui me fit plisser les yeux. (Il leva les mains, faisant saillir tous les délicieux muscles de ses bras.) Je peux essayer quelques sorts si tu veux.

— Elle va juste les absorber, marmonna Az, ce qui calma Ajax. Tout comme elle m'a pris toute mon énergie.

Je grimaçai. Parce que oui, apparemment, c'était aussi ce qui s'était passé. L'échange de pouvoir qu'Az craignait – celui qu'il voulait qu'Ajax atténue – s'était opéré en moi.

Je ne m'en étais pas rendu compte avant notre douche, quand Az m'avait dit que mon orgasme avait entraîné les deux hommes dans l'inconscience avec moi, du coup Az avait perdu tout contrôle et libéré tout ce qu'il avait retenu. C'était pourquoi mon orgasme avait été si puissant – j'avais littéralement surfé sur la vague d'une explosion d'énergie.

Mais j'allais bien. Il allait bien. Ajax allait bien. Donc… tout allait bien.

Sauf ma peau. *Dorée. Putain de foutre de Melek.*

Cette fois, le mâle en question ne rit pas. En fait, il était resté silencieux depuis qu'il m'avait conseillé d'en *profiter*. Quoi que cela veuille dire.

— J'ai besoin de plus de café, marmonnai-je.

— Comme vous voulez, répondit une voix rocailleuse.

Sir Silber apparut un instant plus tard, portant des tasses de café déjà fumantes sur un plateau.

— Sur le balcon, dans le salon ou au lit ?

— Dans le salon, ce sera parfait, répondis-je à la gargouille. Merci, Sir Silber.

La minuscule créature de pierre fit une petite révérence et alla dans le salon pour dresser la table basse.

— Est-ce qu'ils se tapissent dans les murs, attendant qu'on fasse appel à eux ? s'étonna Az auprès d'Ajax.

Notre compagnon Faë de Minuit haussa les épaules.

— Ils sont toujours à l'écoute, un peu comme des chimères, mais en bien plus utiles.

— Plus beaux aussi, ajouta Sir Silber en revenant d'un pas lourd. Tu le sais, vu que tu peux nous voir.

Ajax sourit.

— Oui, j'ai compris la blague.

— Tu n'as pas ri.

— Ce n'était pas très marrant.

Sir Silber se renfrogna.

— Mon œil si je vous apporte encore du café.

Ajax haussa les épaules.

— Je demanderai à Sir Fletcher, alors.

La gargouille trépigna, ses manières m'évoquant un oiseau énervé, sauf qu'elle n'avait pas de plumes.

— Il n'y a pas lieu d'être insultant, Maître Ajax.

— Tu as raison, acquiesça doucement mon compagnon. Excuse-moi. J'accepterai volontiers un café de votre part à tout moment, Sir Silber.

La gargouille hocha la tête, apparemment satisfaite.

— Bien. Appelez-moi si vous avez besoin d'autre chose.

Sur ce, il disparut. Ajax secoua la tête.

— Il te retire tes privilèges en matière de café, tu mentionnes une autre gargouille, et soudain tu récupères tes privilèges, résuma Az. Bien joué.

— On pourrait dire la même chose de ton jeu de branlette avec Cami, remarqua Ajax.

Il roula hors du lit, atterrit sur ses pieds nus et attrapa sa baguette. Sa serviette disparut en un clin d'œil au profit d'un jogging gris, puis il fit de même pour Az. Il leva sa baguette vers moi, fronça les sourcils, puis laissa retomber sa main.

— En fait, tu peux rester nue.

— J'approuve, acquiesça Az.

Il attrapa ma serviette et l'arracha avant que je puisse protester.

— Oh oui, regardons tous la boule dorée scintillante.

— Volontiers, prononça une voix soyeuse.

Cette voix avait hanté mon esprit un nombre incalculable de fois au cours des dernières heures. C'est pourquoi je supposais qu'il ne faisait que rôder dans ma tête, qu'il n'était pas vraiment là.

Ajax jeta un sort qui me vêtit d'un pantalon de yoga et d'un débardeur, et lui lança :

— Tu ne sais pas frapper, bordel ?

— Bien sûr que si, répondit Melek. J'ai juste choisi de m'abstenir.

Ajax grogna. De son côté, Az croisa les bras.

— Qu'est-ce que tu veux, Melek ?

— Parler de l'offre de Ty. J'ai aidé Cami à en apprendre davantage sur les marchés au cours des dernières semaines, et d'après mon expérience, voir des exemples en direct fournit souvent le meilleur enseignement.

Je secouai la tête.

— On ne parlera pas de tout ça avant d'avoir bu un café. (Je commençai à le contourner, puis m'arrêtai.) Non, en fait, on n'en parlera pas tant que tu n'auras pas enlevé ton sperme étincelant de ma peau. *Et* après le café.

Oui. C'était le marché que je voulais lui proposer : *ôte-moi tes paillettes de merde, laisse-moi quelques minutes pour boire un café, et ensuite on parlera.*

Ce ne sont pas mes paillettes de merde, chérie. Ce sont les tiennes, murmura-t-il dans mon esprit. *C'est de l'énergie Faë Vertueuse, et je crois que notre lien renforcé les a fait sortir de toi.*

Comment m'en débarrasser ?

Il saisit mon poignet et me fit tourner vers lui, ce qui poussa Az et Ajax à avancer d'un pas. Mais une paire d'ailes les masqua soudain à ma vue, et j'ouvris des yeux ronds tandis que Melek me montrait sa forme de Faë Vertueux.

Je restai bouche bée à fixer ses plumes blanches teintées de poussière d'or.

De la poussière d'or comme celle qui couvre mon corps en ce moment, réalisai-je alors que ses ailes m'enveloppaient dans son étreinte, me cachant à la vue des autres.

Je levai les yeux sur lui, éblouie par sa beauté. Mystifiée par sa proximité. Perdue dans le tourbillon multicolore de ses iris. Melek était déjà stupéfiant sans ses ailes. Mais avec... il redéfinissait le sens du mot *impossible*. Parce qu'il était le spectacle le plus magnifique dont j'avais jamais été témoin.

Tout en angles aigus. Des traits ciselés. Des yeux séduisants. Des cheveux épais. Un corps musclé. Des plumes glorieuses.

Je ne savais même pas comment ses ailes existaient alors qu'il portait ce costume, mais je ne m'en souciais pas assez pour l'interroger. C'était Melek. Tout en lui était énigmatique et défiait la raison.

Il m'attira à lui, lâchant mon poignet pour poser sa main sur ma nuque, frôlant mes lèvres des siennes. Je soupirai dans son étreinte, un sentiment de protection réchauffant ma peau. Ou bien c'était simplement ses plumes douces autour de moi. Je ne savais pas trop, mais je me sentais en paix. En sécurité. *Ravie.*

— J'ai hâte de voler avec toi, douce Cami, dit-il contre ma bouche. Mais en attendant que ce jour arrive, je vais t'aider.

Un frisson de mouvements froufrouta tout autour de nous, et soudain ses ailes s'évanouirent. Tout comme l'or qui recouvrait ma peau.

Fronçant les sourcils, je regardai mes bras – dont j'avais apparemment entouré son cou – et je clignai des yeux.

— Comment... ?

Il haussa les épaules.

— J'ai absorbé une partie de ton énergie. Un peu comme tu l'as fait pour Az. (Il jeta un œil par-dessus son épaule.) C'était une sacrée explosion, Commandant. Un tout autre niveau pour toi, si je ne me trompe pas.

Az grogna et le contourna.

— Cami a raison. On a besoin d'un café.

— Je crois que je préférais quand tu ressemblais à une

boule disco, marmonna Ajax. (Il suivait Az mais s'arrêta pour me lancer un regard.) Maintenant, tu as juste l'odeur de Melek.

Je sourcillai.

— Vous allez devoir apprendre à partager tous les deux, dit Melek, me coupant la parole. Elle est aussi ma compagne. Et même si j'ai choisi une méthode de séduction plus lente, j'ai toujours la ferme intention de la baiser. Alors vous feriez mieux d'arrêter de vouloir lui pisser dessus.

— Dit le gars qui l'a saupoudrée de foutre doré, rétorqua Ajax.

— Elle s'est fait ça toute seule, répondit Melek. Et ce n'est pas du *foutre*, qui est d'ailleurs un mot très cru. C'est de la magie éthérée. Très puissante. (Il baissa les yeux sur moi.) Je peux t'apprendre à t'en servir.

— Pourquoi je suis tout à coup en train de faire jaillir de la *magie éthérée* ? demandai-je en soupirant, pas si surprise au fond d'apprendre que j'avais hérité de ce qui semblait être une nouvelle capacité.

— Je suppose que ça a quelque chose à voir avec notre accouplement.

Il se pencha pour presser de nouveau ses lèvres sur les miennes, me rappelant que nous étions toujours dans une étreinte quelque peu intime. Lorsque je tentai de le lâcher, il me serra plus fort.

— Je suis sérieux. Je peux t'apprendre.

— Comme tu m'apprends ce qu'est un marché ? demandai-je.

Il sourit et me retourna dans ses bras, amenant mon dos contre sa poitrine.

— Ça t'a aidé à pardonner à Az, n'est-ce pas ? murmura-t-il à mon oreille. Ça a aussi permis à Ajax et Az de se retrouver.

Je fronçai les sourcils.

— En quoi tes leçons ont-elles aidé ? (Mais alors même

que je posais la question, je saisis la réponse. Elle était évidente.) Le marché de Vivaxia.

— Le marché de Vivaxia, répéta-t-il. Tout ce que j'ai fait l'a été en ta faveur.

— Pourquoi ? (Je me tournai de nouveau face à lui.) Pourquoi moi ?

C'était quelque chose que je n'avais jamais compris.

— Parce que tu es la clé de notre salut, petit ange, répondit-il, ses lèvres effleurant les miennes. Tu étais destinée à être la nôtre. Et bientôt, tu comprendras pourquoi.

— Ou bien tu peux me le dire, proposai-je.

Il esquissa un sourire.

— Non, mon amour, je ne crois pas que je pourrais.

Je frissonnai, ce mot doux me rappelant ce qu'Az m'avait dit avant de me revendiquer avec sa queue.

Tous ces hommes. Tous leurs mots.

Tant de chaos.

Je secouai la tête.

— Café.

Ça arrangerait tout.

Enfin non, pas vraiment.

Parce que Lucifer voulait qu'Ajax s'accouple avec lui.

Comment diable allions-nous nous opposer à cela ?

CHAPITRE 8

A Z

Je TENDIS une tasse à Cami dès qu'elle entra dans le salon, un café préparé selon ses préférences par la serviable gargouille. Elle en but une gorgée et gémit, un son qui alla direct à ma bite.

Nous n'avions baisé qu'une seule fois. J'avais besoin de plus. *Tellement plus.*

Ajax aussi. Il avait aimé me prendre le cul, et son désir de recommencer ronronnait entre nous.

Tu peux prendre le cul de Cami ensuite, lui proposai-je. *Pendant que je baise sa chatte.*

Il faillit s'étouffer avec son café, et ses yeux sombres croisèrent les miens.

Je ne m'habituerai jamais à ce que tu sois dans ma tête.

Je haussai les épaules.

J'y suis depuis des semaines, Ajax.

Oui. Alors que je croyais que tu étais emprisonné et que ton oiseau était aux commandes.

En quoi c'est différent aujourd'hui ?

Parce que je connais la vérité, répondit-il, me fixant toujours. *Ou du moins les vérités que tu m'as dites.*

J'ai tout confié, lui dis-je. *S'il y a quelque chose qui m'a échappé, je le partagerai. Tu peux me demander n'importe quoi.*

Il déglutit, puis posa sa tasse.

Il va me falloir du temps pour te faire confiance, Az.

Je sais, admis-je.

Mais je suis désolé d'avoir... jeté ce sort.

Je l'attrapai et l'attirai à moi, pendant que Melek et Cami parlaient de nourriture.

— Tu ne savais pas, dis-je à Ajax à voix haute. Mais je savais bien ce qui t'était arrivé avec Constantine, et je t'ai quand même gardé captif. Je t'ai forcé à regarder. Ce que j'ai fait était pire. Bien pire. Alors ne t'excuse pas auprès de moi. C'est moi qui te dois des excuses.

Ajax me fixa, bouche bée.

— D'accord.

— D'accord ? répétai-je.

— D'accord, réitéra-t-il.

— Je suis désolé.

— D'accord, redit-il encore.

— Je sais que tu ne me pardonnes pas et que tu ne me fais pas confiance, mais je te promets de ne plus jamais te faire une chose pareille. Je suis peut-être lié à Typhos, mais toi... tu es *mon* compagnon. Cami et toi passez en premier.

Je le pensais vraiment. Je devais peut-être à Typhos une éternité de gratitude et de loyauté pour ce qu'il avait fait, mais Ajax était à moi maintenant. Cami aussi. Je les ferais toujours passer en premier.

C'était pour cela que j'avais bloqué Typhos. Il voulait mon compagnon. *Mon* Ajax. Et il ne m'avait même pas parlé de son offre ou de son plan. C'était inacceptable.

— Tu ne t'accoupleras pas avec lui, insistai-je, ce qui le fit sourciller. Nous allons trouver un moyen de le contrer. Ensemble.

— C'est mon choix, argumenta Ajax. Et son offre...

— Est trop belle pour être vraie, le coupai-je. Nous allons disséquer chaque mot. Élaborer une riposte. Et si tu choisis de t'accoupler avec lui, alors très bien. Mais je ne te laisserai pas te sentir contraint de le faire à cause d'un marché mirobolant.

— J'étais là pendant l'offre. Je peux aider, murmura Melek près de nous.

Je lâchai Ajax et me tournai vers lui.

— Et retourner en courant auprès de Typhos avec notre contre-offre ? Non.

Melek haussa les sourcils.

— Tu crois que je ferais ça ?

— Oui, répondis-je sans hésiter. Il est ta priorité. Ton roi.

— Et aussi ton compagnon, rétorqua Melek avec une pointe d'agacement peu habituel chez lui. Je comprends que tu sois contrarié qu'il ait fait des propositions à Ajax sans t'en parler d'abord, mais tu sais que Typhos ne te ferait jamais de mal, Azazel. Ajax et Camillia sont tous deux des extensions de toi maintenant, donc il ne leur ferait jamais de mal non plus.

Cami toussa. Melek la regarda.

— Oh, petit ange, il veut te punir. Et oui, ça va faire mal. Mais il arrange toujours les choses. Je te le promets.

Ses yeux s'écarquillèrent devant les sous-entendus sensuels des paroles de Melek.

— Il me déteste.

Melek sourit.

— Il te craint et veut t'apprivoiser. Crois-moi, il y a une différence.

Je fronçai les sourcils. Le commentaire de Melek trahissait les véritables intentions de Typhos.

— C'est pour ça qu'il veut s'accoupler avec Ajax : pour avoir le contrôle sur Cami.

— Évidemment, opina Melek.

Sa franchise me surprit. Il ne montrait jamais ses cartes, surtout quand sa main impliquait Typhos. J'attendis qu'il en dise plus. Parce que je ne croyais pas à un Melek sincère. Il adorait ses jeux. Il fallait juste que je comprenne à quel jeu il voulait jouer maintenant.

— C'est la manière de Ty de prendre la situation en main tout en protégeant son cercle. (Melek haussa les épaules.) C'est un marché plutôt simple, mais j'aime les bonnes contre-offres. Alors, on discute des options ?

— Pourquoi ? Pour que tu puisses lui faire part de nos plans ? répliquai-je, réitérant mon inquiétude initiale comme quoi Melek espionnait essentiellement pour Typhos.

— Je n'ai pas l'intention de lui faire part de quoi que ce soit, Azazel. (Le ton sérieux de Melek ne lui ressemblait pas du tout.) Tu ne réalises pas l'importance de ce que nous créons ici parce que tu laisses ta colère possessive obscurcir ta vision. Mais l'offre de Ty est bonne pour nous tous.

— Comment ? demanda Cami, qui avait déjà bu presque tout son café. Dis-moi comment.

Melek se tourna vers elle.

— Le marché de Ty nous unit en tant que cercle. Il te donne la liberté de résider en toute sécurité dans le royaume des Faë de l'Enfer, accorde à Ajax un statut et un pouvoir, et nous permet de mieux protéger la Source des Faë de l'Enfer.

— En laissant Typhos contrôler Cami à travers ses compagnons, répétai-je. C'est ce qu'il veut.

— Non, c'est ce dont il a *besoin*, corrigea Melek. La confiance prend du temps, Azazel. Surtout quand on a connu la trahison.

Je serrai les dents. Je n'avais pas besoin d'un cours sur le passé de Typhos, je l'avais vécu. Bien que je comprenne ce qu'il fallait faire pour gagner la confiance, je n'acceptais pas les méthodes de Typhos.

— Je ne le laisserai pas se servir d'Ajax.

— Il ne s'agit pas de se servir d'Ajax, mais de le protéger, répliqua Melek.

— Ajax se tient juste ici et est tout à fait capable de prendre des décisions par lui-même, ironisa le mâle en question. Arrête de parler à ma place, Az.

— Je ne le fais pas. Je suis...

La bouche d'Ajax me réduisit au silence, son baiser était si inattendu que je me figeai, puis je me penchai aussitôt sur lui, mais il s'écarta.

— Merci d'avoir voulu me protéger. Mais je peux gérer ça.

— Qu'est-ce que tu veux faire ? s'enquit Cami, posant une main sur l'épaule d'Ajax.

— Je ne sais pas encore, avoua-t-il. Je veux discuter de tout ça. (Il regarda Melek.) Mais pas avec toi.

Melek le fixa un instant, puis acquiesça.

— D'accord. J'ai un rendez-vous de toute façon. Cependant, si tu décides que tu as besoin de mon aide, Cami sait où me trouver.

Le prince s'éclipsa de la pièce avant qu'aucun de nous ait pu réagir, laissant derrière lui une unique plume qui se posa sur l'épaule de Cami. Elle la ramassa et observa sa pointe pailletée, puis glapit quand elle explosa en un nuage de poussière étincelante. Elle ferma les yeux, son corps vibrant de fureur.

— Si je suis encore une boule disco, je vais hurler.

— Tu n'es pas une boule disco, dis-je, réfrénant un sourire. Mais Melek vient de te couvrir de son parfum.

Cami se pinça le nez, puis baissa la tête en lâchant un soupir audible.

— Toute cette énergie possessive va me tuer.

— Heureusement que tu es une Faë et que tu ne peux pas mourir aussi facilement, remarqua Ajax.

Puis il l'embrassa, sa bouche la revendiquant d'une manière que je désirais également. Lorsqu'il eut fini, elle était pantelante. Mais je m'en fichais. Je l'embrassai aussi. La marquai avec ma langue. Lui dis muettement qu'elle était à moi.

Ses yeux avaient une lueur lascive quand je m'écartai, son expression rembrunie de désir.

— On doit parler du marché de Lucifer.

— En effet, convins-je en prenant la tasse de café de ses mains tremblantes. Mais on peut faire ça après que je t'aurai baisée à nouveau.

— *Nous*, corrigea Ajax. Après que *nous* t'aurons baisée. Ensemble. En même temps.

Cami ouvrit des yeux ronds.

— On devrait sans doute donner la priorité au repas et à la conversation.

— Pourquoi ? demandai-je. On n'a pas besoin de manger et la conversation ne va pas changer.

— On doit dresser un plan.

— Et nous le ferons, promis-je. Après qu'on t'aura baisée.

Elle secoua la tête.

— Vous, les hommes, vous ne pensez qu'avec vos queues.

— Oh, il s'agit de bien plus que de nos queues, petite guerrière, lui dis-je en la poussant contre Ajax. (Il attrapa ses hanches, sa poitrine contre son dos, tandis que je lui saisissais la gorge.) Il s'agit pour nous d'effacer l'empreinte de Melek et de poser nos propres revendications.

— Tu es à nous, renchérit Ajax. Et le partage est surfait.

— Le partage est surfait, convins-je. Melek a beau te revendiquer, ce sont nos bites que tu sentiras toute la journée. Notre sperme qui te trempera toute la nuit. Notre goût qui s'attardera sur ta langue et dans ta chatte.

— Nos marques que tu porteras sur ta peau, ajouta Ajax, ses lèvres dans le cou de Cami.

Elle sursauta lorsqu'il la mordit et aspira une longue gorgée de son sang.

Je souris.

— Nous allons posséder chaque parcelle de toi. Et quand nous serons convaincus que Melek n'est plus qu'un rêve lointain, nous parlerons de la façon de gérer Typhos.

— Tes priorités sont... intéressantes, souffla-t-elle.

— J'ai vécu longtemps, Cami. Mais pour la première fois, je me sens vraiment en vie. (Je fis un pas vers elle et la maintins fermement entre Ajax et moi.) Je vais me laisser aller à cette sensation encore un peu. Ensuite, nous reviendrons à la réalité et nous trouverons comment contrer Typhos.

Ses lèvres s'écartèrent comme si elle voulait discuter, mais tout ce qui lui échappa fut un gémissement tandis qu'Ajax la travaillait avec sa bouche, sa gorge bougeant à mesure qu'il avalait son sang.

— La meilleure partie d'un marché, c'est qu'on peut le refuser. Alors dans le pire des cas, on décline et on lui propose autre chose. (Je prononçai ces mots contre sa bouche.) Quoi qu'il en soit, nous serons prêts. Et surtout, nous l'affronterons en équipe.

Je fourrai mes doigts dans les cheveux d'Ajax, le tenant à sa gorge et l'encourageant à prendre plus de son sang.

— Nous formons un cercle de compagnons maintenant. Ensemble pour toujours. Incassable et puissant. (Je serrai la gorge d'une main et de l'autre, raffermis ma prise sur Ajax.) Et foutrement excité. Alors ôte ces vêtements et laisse-nous te revendiquer. *Encore une fois.*

CHAPITRE 9

MELEK

JE SOURIS QUAND CAMI GÉMIT, ses vêtements disparaissant en un clin d'œil. Je n'aurais pas dû rester pour regarder, mais je n'arrivais pas à m'éloigner.

Az et Ajax étaient voraces, leur besoin d'éliminer mon odeur les rendait presque sauvages. Dommage pour eux, j'étais sous la peau de Cami maintenant. Elle était à moi autant qu'à eux. Bientôt, ce serait pour moi qu'elle gémirait. Moi qu'elle supplierait de sentir en elle. Moi qu'elle voudrait toucher, caresser et lécher.

Hélas, ce n'était pas pour aujourd'hui.

Petit prince ? murmura Ty dans mon esprit. *Je te sens... triste.*

La façon dont il le dit suggéra que c'était une émotion étrange à percevoir chez moi. Entendre ce terme sur sa langue était également un peu étrange, car je... je n'avais même pas réalisé que c'était ce que je ressentais jusqu'à ce qu'il l'exprime dans ma tête.

Je suppose que c'est le cas, admis-je. *Ajax et Az ne me laisseront pas les aider à élaborer une contre-offre pour toi.*

Ty garda le silence un long moment.

Tu veux les aider. Ce n'était pas une question, mais une affirmation.

Je veux me joindre à eux, répliquai-je. *Mais ils ne sont pas encore prêts à me faire confiance.*

Et une partie de moi – une toute petite partie de moi – s'inquiétait qu'ils ne soient jamais prêts.

Ils ont décidé que je suis l'ennemi, dit Ty, une pointe de tristesse soulignant ces paroles. Elle était à peine présente, une fugace prise de conscience qui rendit mon roi quelque peu perplexe. *Azazel...*

Est actuellement rongé par ses instincts de Phénix, achevai-je à sa place. *Il sait que tu n'es pas l'ennemi, mon amour. Mais il n'est pas content non plus que tu fasses des propositions à Ajax pour tenter de contrôler Cami.*

Ty poussa un lourd et long soupir dans mon esprit.

Camillia de la Croix est en train de démanteler lentement tout ce que j'ai construit.

Non, mon amour. Elle te défie simplement d'une façon que tu n'as jamais connue. C'est à la fois rafraîchissant et terrifiant, et tu tentes de l'affronter à ta manière. Malheureusement, ça risque de ne pas marcher.

C'était probablement la réponse la plus directe que je lui aie jamais donnée, semblable à celles avec lesquelles j'avais prévenu Azazel quelques instants plus tôt.

Ty n'était peut-être pas le seul à se sentir mal à l'aise avec Cami. Elle me voulait. Je le sentais à chaque fois que je croisais son regard. Pourtant, elle paraissait tout aussi déterminée à me repousser. J'appréciais généralement un bon jeu du chat et de la souris, mais ces derniers temps, tout ce que je voulais, c'était la supplier de me laisser l'adorer. C'était comme si une partie de moi se sentait seule sans elle. Ce qui était bizarre, car j'avais Ty. J'étais complet. Ou je devrais l'être, en tout cas.

Peut-être que c'était dû au fait d'avoir initié le lien sans le finaliser.

Je ne voulais pas la forcer – je ne l'*aurais pas* forcée. Toutefois, je la séduirais.

Je faillis me connecter tout de suite à son esprit pour le faire, mais une présence qui s'attardait à proximité capta mon attention.

Mon rendez-vous va commencer, annonçai-je à Ty. *Tu es avec Maliki ?*

Oui. Il est assis en face de moi et ne dit pas un mot.

Cela m'étonna. La plupart des Faë se pliaient à toutes les exigences de Ty, sa présence intimidante étant une force de la nature qu'ils sentaient planer dans tout le royaume des Faë de l'Enfer. Ce n'était pas un chef méchant, juste un chef puissant. Et la plupart des Faë cédaient à un tel pouvoir. Pourtant, Maliki n'avait pas l'air de craindre Ty.

C'est impressionnant, reconnus-je.

C'est exaspérant.

Je souris, mais ce ne fut pas aussi naturel que ç'aurait dû l'être.

On dirait que tu as beaucoup de défis à relever pour t'occuper, mon amour. Au moins, tu ne t'ennuies pas.

Avec toi dans ma vie, je ne m'ennuie jamais, petit prince.

Ce compliment en tête, je me matérialisai dans le couloir du palais des Faë de Minuit juste au moment où Zakkaï tournait à l'angle.

— Alors tu es un Faë Vertueux, me dit-il en guise de salut.

Je pourrais le nier. Mais pourquoi m'embêter ?

— En effet.

Je m'appuyai contre le mur couvert de lianes, ignorant les sifflements qui me signalaient que je n'étais pas bienvenu. Si l'une de ces créatures serpentaires me mordait, elle aurait un sacré choc. Littéralement.

Zakkaï s'arrêta à un pas de moi, sa magie sondant la mienne comme elle le faisait toujours lorsque je lui rendais visite. Mais cette fois, il n'essaya même pas de cacher sa curiosité, il tissa plutôt son pouvoir à travers le mien pour essayer de la découvrir par lui-même.

— Ça ne marchera pas, l'avertis-je, ma voix trahissant mon épuisement. Aussi puissant que tu sois, mon essence est suprêmement différente. Ta Source est issue de la mienne. Essayer de la comprendre – de la *réécrire* – est impossible.

Il rétracta une fraction de son pouvoir, mais pas complètement.

— Tu es une menace.

— Bien sûr. Mais toi aussi. (Je penchai la tête.) Tu veux qu'on mesure nos baguettes, Zakkaï ?

— Je veux protéger mes compagnons.

— Moi aussi.

Sa mâchoire tiqua, ses yeux bleus argentés me dévisagèrent tandis que ses longs cheveux blancs se gonflaient sous l'effet d'une brise invisible.

— Marche avec moi.

— Je ne suis pas du genre à bien obéir aux ordres, l'avertis-je. Demande à Ty. (Mais je m'écartai quand même du mur et d'un signe de la main, indiquai à Zakkaï de passer devant.) Alors sache que je te suis par curiosité. Rien de plus.

Il haussa les épaules.

— J'ai juste pensé que tu voudrais partir avant que ta compagne se mette à crier le nom d'autres hommes.

Sur ce, il se retourna.

Elle a beau crier leurs noms, c'est mon essence qui imprègne sa peau lorsqu'elle jouit, pensai-je, me focalisant sur la femme dans la pièce à côté. Son esprit était complètement dévoré par Ajax et Az qui l'adoraient avec leurs bouches, son joli corps se tordant entre eux comme la déesse qu'elle était. Ils avaient décidé de s'occuper de sa chatte à tour de rôle plutôt que de l'initier au jeu anal. Dommage. Je me doutais que mon ange apprécierait d'être rempli des deux côtés.

Peut-être que Ty et moi aurions bientôt l'occasion de le lui faire découvrir.

Si jamais elle m'accepte, murmura une voix obscure. Je fis la moue à cette pensée indésirable. Elle avait été spontanée et n'était pas du tout bienvenue.

Camillia de la Croix était à moi. Elle l'était depuis le moment où je l'avais trouvée en train de lire Vita à la bibliothèque.

Ton agitation t'empêche de te concentrer, petit prince, murmura Ty dans mon esprit. *Ton rendez-vous ne se passe pas bien ?*

Je cillai, réalisant que Zakkaï attendait au bout du couloir, dans l'expectative.

Non, il ne fait que commencer.

Zakkaï te menace-t-il ? demanda Ty, soudain en alerte. *Dois-je me joindre à vous ?*

Zakkaï est OK. Je suis... Je fronçai les sourcils. *Az et Ajax s'amusent avec Cami, et j'aimerais pouvoir me joindre à eux. Mais ils ne veulent pas de moi. Et c'est...* Je m'interrompis, irrité. *Ce n'est rien. Tout va bien.*

Mon roi comprit visiblement ce que je ressentais car il me répondit doucement :

Ils sont idiots de ne pas vouloir de toi, Melek. Tu auras ta revanche un jour... avec tes rubans.

Je souris à l'idée que ses mots suscitaient dans mon esprit : une image de Cami attachée, me suppliant de la laisser jouir pendant que je la taquinais comme elle le faisait avec moi en ce moment. *Hmm.* C'était une bonne distraction.

Retourne voir Maliki, dis-je à Ty en suivant Zakkaï, de bien meilleure humeur.

Je l'ai déjà libéré, m'informa-t-il.

Je m'arrêtai.

Si vite que ça ?

Hadès est apparu.

Je haussai les sourcils.

Et ?

Et il est toujours là.

Oh. Je penchai la tête. *C'est intéressant.*

En effet.

Je repris ma marche.

Eh bien, tiens-moi au courant s'il dit quelque chose d'intrigant.

Hmm, fredonna Ty, sa façon à lui d'acquiescer.

Deux discussions avec un Faë du Mythe en une décennie, c'était rare. Deux discussions dans la même journée, c'était pratiquement du jamais vu. Ils se tenaient généralement à l'écart, choisissant de régner en silence et de n'apparaître qu'occasionnellement en public.

Et Hadès était le plus reclus d'entre eux. D'habitude, il envoyait son cousin Orcus exécuter ses ordres. Ce qu'il voulait de la part de Ty devait aller au-delà de Maliki.

J'y reviendrais plus tard. Pour l'instant, j'avais à mener une conversation encore plus intrigante avec l'Architecte de la Source des Faë de Minuit. Il avait repris sa marche, sans relever mon étrange retard. Je soupçonnais qu'il savait que j'avais parlé à Ty, ou peut-être était-il habitué à ce que son entourage tienne des conversations mentales.

Lorsque nous atteignîmes la sortie du palais, je lui jetai un coup d'œil mais le suivis dans un grand escalier jusqu'à un nuage qui attendait en contrebas.

— Je préfère plutôt mes plumes, lui dis-je.

— Si j'avais des ailes, je préférerais aussi, répondit Zakkaï en s'avançant vers la brume. Après toi.

Je souris.

— Je préférerais manger une branche de cogneur brûlant.

— Je peux arranger ça, gloussa-t-il.

Mais au lieu d'insister pour que je pénètre dans le

brouillard mystique, il y alla le premier. Et disparut complètement.

J'attendis un instant, puis je soupirai et le suivis dans l'inconnu.

Les portails des Faë de Minuit étaient étranges, leur magie collante était malvenue sur ma peau. Heureusement, ils étaient courts.

Trois pas et je me retrouvai soudain devant une porte close, sans poignée.

— Tu n'as pas ta place ici, m'avertit une voix.

J'en trouvai la source, accrochée au heurtoir de la porte.

— Je suis au courant, merci. Mais ton Architecte de la Source m'a demandé un rendez-vous, alors me voilà.

— Je n'appellerais pas ça un rendez-vous, intervint Zakkaï de l'autre côté de la porte. Plutôt une virée shopping indispensable.

Je sourcillai sans comprendre, jusqu'à ce que le heurtoir en forme de gargouille soupire et efface le panneau de bois barrant ma sortie.

Une boutique apparut de l'autre côté, au bout d'une rue pavée. Promenant mon regard de gauche à droite, je remarquai que nous étions dans une sorte de village.

— C'est mignon, dis-je, appréciant les flèches gothiques et le ciel nocturne. Très approprié.

Zakkaï haussa les épaules.

— Aflora aime bien une taverne dans ce coin ; ils servent de l'hydromel de lutin et une cuisine de Faë Élémentaires.

— Est-ce qu'ils ont des boissons à la lave ?

— Probablement. (Zakkaï se dirigea vers l'entrée de la boutique.) Ils proposent des plats et des boissons de tous les royaumes. (Il me lança un coup d'œil.) Même ceux qui sont inhospitaliers.

Je ricanai.

— On sait tous deux que ce n'est pas vrai ; tu rends visite à Zenaida tout le temps.

— Vraiment ? répliqua-t-il, feignant l'innocence. Hum.

Je ne pris pas la peine de répondre à cela, la vérité était bien claire. Ce qui n'était pas clair, en revanche, c'était le but de notre présence ici.

Je sourcillai quand nous entrâmes dans une boutique remplie de robes de soirée.

— Tu cherches une tenue pour le bal des Faë interroyaume ? m'étonnai-je.

— En fait, oui. Aflora a besoin d'une robe. Je suppose que Cami aussi ?

J'étudiai son profil, notai la façon dont il examinait chaque coin du magasin à la recherche de menaces. Mais tout ce que je sentais autour de nous, c'était quelques chimères qui attendaient de jouer. À part ça, la boutique était déserte.

— Tu n'avais pas besoin de m'emmener acheter une robe pour obtenir ma confirmation, Architecte, lui dis-je. Nous serons tous présents à ta petite soirée.

— Ton roi aussi ?

— Bien sûr. Typhos est en train de négocier les conditions avec notre cercle de compagnons. Il espère entendre leur contre-offre au bal.

Zakkaï sourit.

— Tu veux dire la contre-offre d'Ajax ?

— Non, je veux dire *leur* contre-offre, murmurai-je en faisant courir mes doigts sur une robe particulièrement belle.

Cami serait magnifique dans ce satin doré. Et pas seulement parce que cela me rappelait sa magie éthérée.

— Ty n'est peut-être pas prêt à accepter notre cercle grandissant, mais c'est déjà fait, ajoutai-je d'une voix douce, enchanté par le tissu soyeux. Az, Ajax et Cami sont tous parfaitement accouplés. Ce que Ty offre à Ajax leur est offert à tous.

— Alors tu t'attends à ce que Cami se donne à la place d'Ajax, répondit-il sans ambages.

Je m'arrachai à mon admiration de la robe dorée et me tournai vers lui.

— Zenaida m'a demandé dernièrement de la faire participer à une partie d'échecs. Je crois que tu devrais te joindre à nous.

— Je prends ça pour un oui.

— Prends-le comme tu veux, dis-je en lui faisant face. Pourquoi suis-je ici, Zakkaï ?

— Multitâche, répliqua-t-il. Je dois vraiment choisir une robe pour Aflora, et j'ai décidé que tu serais une compagnie divertissante.

Je lâchai un petit rire.

— Tu testes notre nouvelle amitié ?

— J'envisage des alliances possibles, oui.

— Hmm. Et quelle est ton évaluation jusqu'à présent ?

— Prétentieux, arrogant, puissant et joueur, répondit-il sans hésiter. Zephyrus va te détester.

J'arquai un sourcil.

— Et toi ?

— Je te favoriserai très probablement dans tous mes arguments contre Zephyrus, admit-il, esquissant une ombre de sourire. (Puis il soupira d'exaspération.) S'il te plaît, arrête de me peloter les fesses et apporte-moi la robe de la reine Aflora.

Un gloussement tintinnabulant répondit à sa déclaration.

— Comme le roi le souhaite.

Zakkaï leva les yeux au ciel.

— Je ne suis pas le roi.

— Quatre rois, une reine. Oh, mais... c'est une reine très chanceuse en effet.

La voix féminine flottait dans toute la pièce, suivie d'un chœur d'accords.

Il y avait des chimères dans la bibliothèque près des

dortoirs des épouses Faë de l'Enfer, ce qui m'avait familiarisé avec ces créatures fantomatiques. Elles avaient un penchant pour flirter et causer des ennuis. Ce qui était mon genre d'amusement.

— J'aimerais aussi me procurer une robe, leur dis-je. Mais j'aurai besoin de bijoux et de chaussures assortis.

— Ohhh, le prince des Faë de l'Enfer souhaite nous parler, on dirait, souffla une chimère. Il est si beau !

— Très beau, roucoula une autre en se frottant contre moi et en me pinçant les fesses.

Je souris simplement.

— Merci, mes beautés.

J'indiquai les mensurations de Cami – des chiffres que j'avais mémorisés depuis longtemps – et revins à Zakkaï.

— Pourrais-tu livrer le vêtement dans sa suite pour invités ? Ou, encore mieux, de faire comme si c'était un cadeau de la famille royale des Faë de Minuit ?

— Tu crains qu'elle le refuse si elle sait qu'il vient de toi ? devina-t-il, l'air amusé.

— Je sais qu'elle le fera, lui dis-je, ne partageant pas son amusement. Az et Ajax l'ont revendiquée à juste titre. Mais moi… je ne l'ai pas fait.

Il reprit son sérieux, ses yeux bleus argentés brillèrent.

— Je sais un peu ce que c'est que d'être en dehors d'un cercle de compagnons. (Il jeta un coup d'œil à la robe dorée qui planait maintenant au-dessus de nos têtes grâce aux serviables chimères.) Considère que c'est fait.

— Merci, répondis-je. Et considère que je suis à ta disposition, si tu penses à quelque chose que tu aimerais demander.

Si Zakkaï désirait être un allié, je l'accepterais. De plus, il pourrait m'être utile. C'était un Architecte de la Source, habitué à démêler des brins embrouillés et à les réaligner de façon qu'ils lui soient bénéfiques, à lui et son cercle de compagnons. Il pourrait peut-être m'aider à dénouer le piège que j'avais créé avec Cami.

J'avais voulu qu'Ajax et Az l'accouplent, mais mon plan avait un peu trop bien fonctionné. Parce que maintenant, ils ne voulaient plus partager.

Zakkaï acquiesça à ma proposition de répondre à ses questions.

— J'ai recueilli l'essentiel de la leçon d'histoire auprès d'Az, mais je suis sûr qu'il y aura des questions complémentaires.

— De tes compagnons ?

— De mes compagnons, répéta-t-il, confirmant qu'il avait bien l'intention de les informer de sa récente *leçon d'histoire*, comme il l'avait appelée.

— Autre chose pour l'instant ? m'enquis-je.

— Un verre ? proposa-t-il.

J'y réfléchis et j'acquiesçai.

— Un verre serait parfait.

— Portez les articles de notre invité sur le compte royal, dit-il aux chimères. Je reviendrai chercher le tout.

— Compte royal, a-t-il dit, gloussa l'une des voix. Bijoux, a demandé l'autre.

— Ohhh, chers, oui ?

— Chers.

— Assure-toi qu'ils brillent, s'il te plaît, intervins-je. Ma promise est assez friande de... (Quel est le terme ? Ah oui...) *boules disco*.

CHAPITRE 10

CAMI

Quelques jours plus tard

— Wow, soufflai-je en examinant mon reflet.

La soie dorée adhérait à mes hanches et mes seins, accentuant chaque courbe. Ce n'était pas une couleur que j'aurais choisie pour moi, mais elle faisait ressortir les reflets dorés de mes cheveux châtain clair. Et elle complétait mon teint.

Peut-être parce que l'or est ma nouvelle couleur, pensai-je avec aigreur.

Chaque fois que j'avais joui la semaine dernière, j'avais fini par être couverte de paillettes. Heureusement – ou peut-être *malheureusement* –, Melek m'avait laissé un nettoyant spécial dans la douche, avec un message : *Considère ceci comme un gage de bonnes intentions, petit ange.* J'avais failli jeter la bouteille à laquelle il était attaché, mais une curiosité malsaine avait eu raison de moi. Et puis je ne ressemblais plus à une boule disco après la douche. Mais avant, c'était une tout autre histoire.

Je détestais ça. Ajax et Az, eux, commençaient à l'adorer.

Parce qu'apparemment, cela avait un goût d'ambroisie pour eux.

— Ta chatte était déjà délicieuse avant, avait dit Az l'autre jour. Mais maintenant, elle est carrément divine. Viens encore, petite guerrière. Il m'en faut *plus*.

C'était... un développement intéressant. Qui me fit serrer les cuisses quand le mâle en question entra dans la chambre.

— Feu de l'Enfer, Cami, tu as l'air...

— Incroyable, termina Ajax à sa place.

— Vous deux êtes très beaux aussi, constatai-je en admirant la coupe ajustée de leurs costumes assortis.

Noirs, bien sûr. Sauf qu'Ajax avait un ajout intéressant qui ornait son épaule.

— Joli hibou.

— C'est un connard, grogna Az.

Le hibou se hérissa comme s'il l'avait compris et claqua du bec vers Az. Je haussai les sourcils.

— Kuro commence à apprécier le Phénix d'Az, dit Ajax avec un petit sourire en coin.

— Tu aimes ça, grommela le Commandant.

— Un peu, avoua Ajax

Kuro plia et déplia ses ailes.

— Il n'a pas l'air si fâché contre toi maintenant, remarquai-je. (La seule autre fois où j'avais vu Kuro, il était sur l'épaule de Shade, pas sur celle d'Ajax, et il avait snobé Ajax en refusant de le regarder.) Vous vous êtes, euh, réconciliés ?

Je n'étais pas tout à fait sûre du terme qui s'appliquait ici. Kuro était le familier d'Ajax, mais lorsque ce dernier était devenu Gardien des Faë de l'Enfer, il avait laissé son hibou dans le royaume des Faë de Minuit. Et d'après le peu qu'Ajax avait dit, son animal n'avait pas été content. Mais il semblait l'être maintenant.

Ou plutôt, il avait l'air un peu fâché. Mais contre Az, pas contre Ajax.

— Je ne sais pas trop, répondit Ajax à ma question. Il s'est pointé pour m'aider à me préparer. Je suis presque sûr que c'est pour toi.

Il me tendit un sac que je n'avais pas remarqué qu'il tenait, trop occupée à reluquer la coupe ajustée du costume et non ses mains.

J'acceptai le petit sac, interloquée.

— Qu'est-ce que c'est ?

Il haussa les épaules.

— Je crois que c'est un cadeau d'Aflora et de ses compagnons. Shade a dû envoyer Kuro me l'apporter.

— Donc son job est terminé et il peut partir, dit Az, fixant le hibou.

Kuro siffla en réponse. Az gronda. Et tous deux se fusillèrent du regard.

J'esquissai un sourire.

— Je crois que j'aime bien ton familier, Ajax.

Il me rendit mon sourire.

— Moi aussi.

Les iris d'Az virèrent au noir et il pencha la tête comme un oiseau. Kuro répondit en se raidissant et en ébouriffant de nouveau ses plumes.

Réfrénant un rire, je revins au sac et en sortis une petite boîte.

— La famille royale m'a envoyé des bijoux ? m'étonnai-je, ma curiosité piquée.

L'expression d'Ajax refléta la mienne.

— On dirait bien. (Il effleura la boîte du doigt.) Ouvre-la.

Je ne le fis pas. À la place, je demandai :

— Tu viens de la tester au cas où il y aurait un sort ?

— Pas exactement. (Il marqua une pause.) Je cherchais de la magie.

— Tu as senti quelque chose ?

— Je ne te laisserais pas l'ouvrir si c'était le cas, répondit-il.

Très juste, admis-je en soulevant le couvercle. Une paire de boucles d'oreilles et un collier assorti scintillaient sous mes yeux, ornés de pendentifs de forme circulaire.

— Un choix intéressant, songeai-je à voix haute, me demandant si ce symbole en forme d'orbe signifiait quelque chose. Est-ce que c'est censé ressembler à la Source ?

Parce que cela me rappelait un peu la Source des Faë de l'Enfer, sauf que les joyaux étaient plutôt dorés et non d'un blanc aveuglant.

— Je n'en ai aucune idée, dit Ajax, l'air quelque peu perplexe. Mais c'est joli.

— Oui, opinai-je, sortant d'abord le collier. Tu peux m'aider à le mettre autour de mon cou ?

— Un prétexte pour te toucher pendant que tu es dans cette robe ? répliqua-t-il, prenant l'objet scintillant du bout de mes doigts. Oui, volontiers, murmura-t-il plus bas.

Il balaya mes longs cheveux de mon épaule pour mieux accéder à mon cou. Sa chaleur s'infiltra sous ma peau tandis qu'il actionnait doucement le fermoir sur ma nuque, son regard sur ma gorge et sur la pierre précieuse qui pendait juste au-dessus de mes seins.

— Sérieux, Cami, tu es magnifique.

Sa voix s'était faite plus grave, son regard plongeant dans le profond décolleté en V. Puis il me prit la boîte des mains pour en sortir les boucles d'oreilles et m'aida à les accrocher.

Az ne dit rien pendant tout ce temps, son Phénix étant toujours dans une sorte d'impasse avec le hibou. Mais quand Ajax se recula pour contempler les dernières touches apportées à ma tenue, Az gémit.

— Je vais bander toute la nuit, Cami.

— Moi aussi, marmonna Ajax. Si on ne devait pas assister à ce bal, j'aurais déjà arraché cette robe.

— On peut toujours l'arracher, proposa Az d'un ton égal. Baiser. Plusieurs fois. Puis aller à la fête ?

Je lui lançai un regard.

— Je doute qu'Aflora et ses compagnons apprécient que tu détruises le cadeau qu'ils m'ont offert. (Je désignai la robe.) Tu ne peux pas me l'arracher. Pas encore.

— Très bien. Je vais juste te l'enlever, murmura Az. (Il s'avança pour jouer avec la bretelle sur mon épaule.) Doucement... (Il commença à tirer sur la lanière soyeuse, la fit descendre vers mon bras.) Genti...

De la magie bourdonna sur ma peau tandis que le tissu se dégagea des doigts d'Az et se redressa de lui-même.

Je sourcillai.

— C'était bizarre.

Az attrapa de nouveau la bretelle, la tira plus fort de mon épaule. Mais elle se remit en place d'un coup sec.

J'ouvris des yeux ronds.

— C'est quoi ce bordel ?

Cela me rappelait cette robe en chaînes que Lucifer m'avait fait porter dans son club. La chair de poule picota dans mon cou, hérissa mes épaules et mes bras.

Je saisis la fermeture éclair sur le côté et la tirai vers le bas, puis je glapis quand elle remonta aussitôt jusqu'en haut.

— *Noooon*, grognai-je, refusant d'être coincée dans un autre vêtement.

Celui-ci avait beau être soyeux et me couvrir à tous les bons endroits, il fonctionnait quand même comme un piège.

Au moins, il ne frotte pas mon clito, me dis-je.

Pas encore, murmura une autre partie de moi.

Mes yeux s'écarquillèrent encore plus. *Non. Non. Non.* Je me penchai pour soulever la robe et j'essayai d'enlever mes sous-vêtements. La culotte en dentelle – de la même couleur que la robe – atteignit mes genoux avant de remonter en place comme par magie avec un claquement sonore.

— Mais c'est quoi, ça ? m'écriai-je, réalisant tardivement qu'Az et Ajax étaient déjà en pleine discussion à ce propos.

Kuro n'était en vue nulle part, le hibou avait disparu pendant que je paniquais.

— Typhos ne ferait pas ça, disait Az. Il a fabriqué la robe en chaînes comme une punition sensuelle. C'était sa façon de faire une déclaration. Je ne dis pas que je suis d'accord avec ses méthodes, et je n'essaie pas de les expliquer. Je dis simplement que cela ne correspond pas aux méthodes habituelles de Typhos.

— Alors qui ? demanda Ajax. Parce que je doute fort qu'Aflora ait fait ça.

— Fait quoi ? s'enquit une voix grave. (Shade se matérialisa dans la pièce, Kuro perché sur son épaule.) Je suppose que la discussion porte sur la raison pour laquelle tu as envoyé Kuro me donner des coups de bec ?

— Je ne l'ai pas envoyé, il est parti, répondit Ajax, gardant ses yeux noirs cerclés de bleu braqués sur moi. Le bijou est ensorcelé, lui aussi ?

Je portai la main au collier et le détachai. Le pendentif glissa vers le bas quand j'écartai la chaîne de ma nuque.

— Non, on dirait que... (La breloque glissa de nouveau en place, le fermoir du collier se réenclencha.) Peu importe. Les bijoux aussi.

Shade sourcilla.

— C'est un tour intéressant.

— Qu'entends-tu par « intéressant » ? demanda Ajax. La robe et les bijoux ne proviennent-ils pas de ton cercle de compagnons ?

Je n'aimai pas la façon dont le froncement de sourcils de Shade s'accentua. Parce qu'il me disait muettement que cela ne venait ni de lui ni de ses compagnons.

Ce qui n'avait pas de sens.

Avant que Shade puisse confirmer ce que j'avais lu sur ses traits, je déclarai :

— Zakkaï m'a apporté la robe la semaine dernière et m'a dit que c'était un cadeau pour le bal de ce soir.

Shade parcourut la robe des yeux et son regard s'illumina. Mais ce n'était pas tant d'appréciation que d'amusement.

— Ah, c'est vrai. Son rendez-vous shopping avec le Faë Vertueux.

Je cillai.

— Comment connais-tu ce terme ? interrogea Ajax, s'interposant entre moi et Shade pour capter toute son attention.

— Zakkaï, répondit-il en haussant les épaules. Tes capacités de création de paradigmes mériteraient d'être améliorées, d'ailleurs. Peut-être que tu devrais retourner au cours du proviseur Granton pour les réviser ?

Ajax se hérissa visiblement.

— Tu as écouté notre conversation de la semaine dernière.

Shade arqua un sourcil.

— Crois-le ou non, je respecte ta vie privée. Zakkaï, en revanche...

— Putain, marmonna Az. Il a tout entendu, c'est ça ?

— C'est ça, confirma Shade. Et il en a parlé à Aflora, dont je respecte aussi la vie privée, mais je suis connecté à son esprit, alors... (Il haussa de nouveau les épaules.) Ça va. Ton compagnon Faë Vertueux s'est proposé de répondre aux questions que Zakkaï pourrait poser, c'est tout.

— Mon compagnon Faë Vertueux ? répéta Ajax. Je n'ai pas de compagnon Faë Vertueux.

— Il parle de Melek, comprit Az. Il semble que Zakkaï et lui soient devenus amis.

— Zakkaï n'a pas d'amis, répliqua Shade en même temps qu'Ajax disait :

— Melek n'est *pas* mon compagnon.

Shade gloussa.

— Tu fais partie d'un cercle de compagnons maintenant,

mon vieil ami, souligna le Faë de Minuit. Ce qui est à Cami est à toi et ce qui est à toi est à elle, et tout le toutim. (Il agita la main.) Tu apprendras. Quoi qu'il en soit, je dois retourner auprès d'Aflora. Kuro ?

Le hibou sauta de l'épaule de Shade à celle d'Ajax, puis Shade disparut dans un nuage de fumée violette.

— Melek, grogna Ajax, ignorant ce que Shade venait de dire. Il a dû ensorceler la robe.

— Pourquoi ? s'étonna Az.

— Parce qu'il savait que je l'arracherais dès que je me rendrais compte qu'elle vient de lui, fulminai-je, empoignant la robe pour tenter de le faire.

Le tissu soyeux produit un déchirement satisfaisant. Puis se raccommoda aussitôt.

— Non, non, je refuse de porter ça, putain. (Je tournai sur moi-même, bien décidée à déchiqueter cette fichue robe.) Donne-moi une lame, Az.

Sans discuter, il m'en tendit une sortie de nulle part.

Je tranchai les bretelles. Elles se ressoudèrent en un clin d'œil.

Tirant sur la fente de la jupe, j'essayai de la découper jusqu'au corsage. Mais le tissu se reconstitua dans un tourbillon de magie.

Ajax chuchota quelques sorts. Ils rebondirent simplement sur l'agaçante tenue, projetant des étincelles violettes et dorées dans la pièce.

Je grognai, déterminée à ne pas perdre cette bataille. Mais cette satanée robe ne voulait pas bouger !

C'était peut-être une façon pour Melek de faire valoir ses droits ou de m'offrir un sort de protection de son cru.

La raison m'importait peu. Parce que je ne serais pas en cage, plus maintenant.

Un cri de frustration monta en moi, le souvenir de ces chaînes pesant lourdement sur mes pensées. Les railleries des hommes. Le métal contre mon clitoris. Essayer de ne pas réagir extérieurement. D'être forte. D'endurer tout cela sans sourciller.

Je ne voulais pas revivre cela. Je ne pouvais pas. C'était horrible.

Et cela s'était terminé par l'explosion de ce portail. Par absorber le pouvoir de Lucifer, par l'aider, juste pour finir cachée ici, dans le royaume des Faë de Minuit.

Maintenant, je devais l'affronter. Pour donner suite à notre contre-offre. Pour... pour mettre notre plan à exécution.

Dans cette robe piégée qui scintillait comme la putain de Source.

— *Cami.*

La voix d'Az résonna dans mon esprit, sa présence dominatrice interrompant mes mouvements frénétiques. Je n'avais pas réalisé que j'étais encore en train de tournoyer, essayant d'arracher la robe magique. Un coup d'œil à son air inquiet me fit penser que je m'agitais depuis un certain temps, car il semblait presque avoir peur. Ou peut-être qu'il avait des remords.

— Je n'aurais pas dû le laisser te mettre sur cette scène, murmura-t-il, me désarçonnant. J'aurais dû l'arrêter. Je suis désolé.

Je clignai des yeux.

— Quoi ?

— Typhos, cracha-t-il. Je n'aurais pas dû le laisser te punir comme ça.

Ajax se tenait à côté de lui, l'air tout aussi inquiet.

— Tu n'es pas obligée d'y aller ce soir, me dit-il. Il veut une réponse de ma part. Je peux la lui donner.

Je clignai encore des yeux.

— Je n'ai pas peur de lui, dis-je.

Ce qui n'était pas tout à fait vrai – Typhos Lucifer était un effrayant symbole de puissance – mais je ne voulais plus me cacher de lui.

Et ce n'était pas lui qui m'avait offert cette robe. C'était Melek.

C'était ce que Shade avait laissé entendre en parlant du nouveau je-ne-sais-quoi de Zakkaï avec Melek. Amitié. Alliance. Échanges secrets. Qui savait comment définir cela ? Et peu importait.

Car c'était Zakkaï qui m'avait apporté cette robe. Et c'était clairement de la part de Melek.

Je le maudirais dans mon esprit, mais il faudrait pour cela démonter la barricade que j'avais érigée entre nous – une barricade qu'Az m'avait aidée à fabriquer et à perfectionner quelques jours plus tôt.

J'étais encore en train d'apprendre à cloisonner mes liens avec mes compagnons. Du coup je ne me faisais pas confiance pour briser le mur maintenant afin d'atteindre Melek. Avec ma chance, cela démantèlerait définitivement la barrière, et je devrais tout recommencer.

Ce qui voulait dire que je devais aller au bal.

Habillée comme ça.

Dans un seul but : retrouver Melek.

Et quand je l'aurais retrouvé, je le tuerais, putain.

CHAPITRE 11

TYPHOS

Ne fronce pas tant les sourcils, mon amour. Tu vas faire croire à la reine Aflora que tu n'as pas envie d'être ici, intervint Melek dans mon esprit.

Je n'ai pas envie être ici, confirmai-je.

Vraiment ? Ou est-ce que tu te hérisses parce qu'un certain trio n'est pas encore apparu ? Ses yeux multicolores brillaient de malice, ce qui me mit de bonne humeur malgré mon irritation. *C'est une fête, mon roi. Amuse-toi un peu.*

Oui, j'étais censé avoir *ma* version de l'amusement.

Je devrais être plongé dans une joute verbale pour conclure un marché, mais pour cela, il fallait qu'une certaine petite fiancée de l'Enfer, mon Gardien et mon Commandant jouent le jeu.

Hélas, ils n'étaient en vue nulle part.

À la place, j'eus droit à un spectacle où des Faë de toutes origines, trop bien habillés, dansaient sur un sol en verre dont la surface au brillant surnaturel reflétait la lune. Les odeurs pulpeuses de belladone et de cogneurs brûlants carbonisés au loin étaient très différentes de celles de la maison, mais pas vraiment désagréables.

N'importe quel autre soir, j'aurais apprécié l'invitation de la reine Aflora et ce qu'elle avait accompli avec la reine des Faë Élémentaires. Le bal des Faë interroyaume était l'un des rares événements auxquels j'avais prévu d'assister, étant donné son objectif : célébrer ceux qui avaient été éliminés et ostracisés.

Les abominations, comme les appelaient les Faë puristes, folâtraient et s'amusaient. Ironiquement, les « abominations » étaient plus proches de l'espèce Faë originelle que n'importe quel Faë Élémentaire ou Faë de Minuit ne pourrait l'imaginer. Quoi qu'il en soit, c'était rafraîchissant d'en voir autant en liberté.

Ce niveau de liberté et d'acceptation me rappelait mon propre royaume et tout ce que j'avais accompli.

Toutefois ceci n'était qu'un écho, un instant de paix qui ne durerait pas. De tels accomplissements avaient déjà été réalisés, et s'étaient toujours terminés de la même façon : par un échec.

Bien sûr, il y avait peu de traces ou d'histoires de ces soulèvements, car chaque fois que des Faë d'héritages mixtes s'implantaient, une entité superviseuse les démantelait puis détruisait toute preuve de leur existence.

J'étais surpris que ce présent effort soit allé aussi loin. Et je craignais son inévitable effondrement. En attendant, cette paix était agréable à observer. L'ambiance qui régnait était également appropriée.

Des murs inachevés entouraient la salle d'arches massives, comme si le palais lui-même voulait tous nous bercer dans ses bras obscurs. L'escalier principal, que je scrutais sans cesse dans l'attente qu'une certaine femme apparaisse, restait vide en haut des murs, les marches s'enfonçant dans la pierre taillée.

Des piques escarpées, formées d'arbres et de lianes tressées – fournis par la reine des Faë de Minuit qui possédait un héritage Faë de la Terre –, projetaient des ombres qui s'étendaient sur le site en une prophétie inquiétante que je semblais être le seul à percevoir. Les structures donnaient l'impression d'être à la fois piégées et libérées.

C'était approprié aux festivités de ce soir, et à leur inévitable échec.

J'espérais me tromper. Seul le temps nous le dirait.

Et si j'ai raison, alors ces mêmes Faë pourraient avoir besoin de la sécurité de mon royaume.

Donc je devais maîtriser Camillia de la Croix et la menace qu'elle représentait pour ma Source.

Mon cœur se serra. Camillia était la première entité depuis des millénaires à me défier et à me faire douter de l'avenir.

Et maintenant, elle me fait attendre mon *Gardien,* mon *Commandant.*

Et vu la façon dont Melek se languissait d'elle, j'avais l'impression de le perdre lui aussi.

J'étais en train de tout perdre. *Mais pas pour longtemps.* Ce soir, l'effilochage de tout ce qui m'était cher prendrait fin. Je ferais ce que je fais le mieux : maîtriser le chaos.

Ils n'ont pas intérêt à essayer de s'enfuir, grognai-je dans la tête de Melek. *Parce que je n'aurais aucun scrupule à quitter cette soirée tout de suite et à les traquer moi-même.* Je ne prononçai pas ces mots à voix haute, car ils auraient risqué de détonner dans la salle de bal et de provoquer des remous.

J'en avais déjà assez de l'attention qu'on me portait. Nous étions restés ici bien plus longtemps que je l'avais prévu, ce qui nous avait valu plus d'une salutation malvenue.

Ils ne s'enfuient pas, du moins pas loin de toi, mon roi, m'assura Melek.

Il prit une boisson pétillante à l'une des gargouilles qui déambulaient et en avala une délicate gorgée.

Demande-lui où ils sont, exigeai-je. J'aurais bien questionné Az, mais il ne m'avait pas encore laissé revenir ; sa barrière était solidement fixée dans mon esprit et je ne voulais pas la toucher.

Je ne peux pas, marmonna Melek. *Az lui a appris à me*

bloquer au cours de la semaine dernière, et, eh bien, c'est impressionnant... et frustrant.

Elle t'a bloqué ?

J'étais d'autant plus surpris que c'était la première fois qu'il en parlait.

L'expression de Melek s'assombrit un bref instant, un clin d'œil trop rapide pour que quiconque le remarque. Mais je l'avais vu clairement, et j'avais senti à quel point cela l'avait peiné.

Tu es blessé, constatai-je.

Elle ne me fait pas encore confiance, répondit-il. *Je dois lui laisser du temps.*

Je ricanai. *Tu lui as tout donné. Elle est idiote si elle ne voit pas la chance qu'elle a d'avoir gagné ton affection.*

Melek avait choisi Camillia comme compagne des mois plus tôt, l'avait gâtée avec ses cadeaux, ses conseils, sa *protection*, mais elle continuait à le rejeter en faveur des deux autres Faë.

Et maintenant, elle érigeait des murs ?

Melek ne méritait pas d'être rejeté, mais pour réparer cette situation, il fallait que je m'accouple avec Ajax afin de pouvoir maîtriser tout le danger enveloppé dans ce joli petit paquet nommé Camillia de la Croix.

Ce sera bientôt réglé, lui promis-je.

— Hmm, répondit Melek à voix haute en sirotant sa boisson pétillante.

Il adressa un clin d'œil à un certain Selkie métamorphe qui le matait manifestement.

Je levai les yeux au ciel. *Norden.* Un foutu prince Faë de l'Hiver depuis son récent accouplement avec Lark, le roi des Faë de l'Hiver.

Le Selkie était pêcheur, sensuel et carrément dragueur. Tout comme Melek. La raison pour laquelle tous deux s'étaient liés d'amitié ne faisait pas mystère.

Norden sortit d'un récipient un bâton bleu de bonbons

cristallins qu'il lécha généreusement, les yeux rivés à ceux de mon prince.

Hérissé, je serrai la nuque de Melek pour bien montrer que je l'avais revendiqué.

Jaloux, mon amour ? intervint-il dans ma tête, visiblement ravi d'être au centre de l'attention.

Pourquoi ne flirte-t-il pas avec son propre cercle de compagnons ? pointai-je.

Parce qu'il sait que j'aime ton côté possessif, ronronna Melek. *Il te provoque pour me rendre service. Et il me nargue avec ses bonbons. Je veux la recette, mais il refuse de la donner.*

Je ne lui demandai pas pourquoi il voulait la recette car je le savais déjà : les bonbons du Selkie provoquaient des rêves orgasmiques, et j'imaginais bien à qui Melek voulait en offrir.

Il m'a demandé dernièrement si je pouvais lui faire une démonstration de cordes, reprit Melek. *Apparemment, il veut attacher Artica comme cadeau de Noël pour Lark et Kalt. Je lui ai dit que je le ferais en échange de la recette. Il a refusé.* (Il marqua une pause quand Norden enfourna le bonbon dans sa bouche et ferma les yeux.) *Peut-être qu'il revient sur sa décision.*

J'étais sur le point de rétorquer quelque chose du genre *Peut-être que le Selkie a envie de mourir,* quand les poils de ma nuque se hérissèrent. Je suivis l'onde électrique et restai bouche bée en découvrant la source de l'électricité statique.

Camillia de la Croix.

Elle se tenait en haut de l'escalier, son allure dorée rappelant celle d'un ange.

Putain. Elle était absolument magnifique.

La colère qui couvait dans ma poitrine se transforma en une émotion que je n'osais pas nommer. Peut-être était-ce la façon dont ses cheveux châtain clair bouclaient sur ses seins rebondis, ou dont la fente de sa robe scintillante remontait tout le long de sa cuisse. Elle était l'incarnation du désir –

d'une *reine* – et sa colère bouillante lorsqu'elle serra ses poings sur ses flancs me mit l'eau à la bouche.

Je m'attendais à sa fureur, je la désirais même. *Hmm, que le jeu commence,* me dis-je tandis que mon Gardien et mon Commandant s'avançaient derrière elle. Leur symbolisme ne m'échappa pas : un trio uni. *Bientôt un cercle,* songeai-je.

La déesse dorée glissa sur les marches, des orages mortels couvant dans ses yeux gris. Mais ce n'était pas moi qu'elle fusillait du regard. C'était Melek.

Qu'as-tu fait, petit prince ? lui demandai-je, sans cacher mon amusement. Car cette femme furieuse débordait de sex-appeal, ses talons claquant à chaque pas avec une détermination tumultueuse.

Je n'en ai aucune idée, répondit Melek, un brin mal à l'aise. Pourtant, il avait l'air tout aussi enchanté de la voir. *Je ne sais pas si je dois être effrayé ou excité. C'est cette dernière option qui semble l'emporter.*

Hmm, fredonnai-je, des images interdites défilant dans mon esprit. Des images que Melek avait implantées, grâce à ses pensées pécheresses de la semaine dernière. Chaque fois que nous avions baisé, il avait murmuré des phrases et des scénarios sur Camillia. Généralement, elle était sans défense et à notre merci, suppliant qu'on la baise, gémissant de *désir*.

Tout ce que je voyais, c'était Melek lui attachant les poignets avec des rubans dorés assortis qui scintillaient sur sa peau, elle penchée en avant pendant que j'écartais la robe sur le côté pour me livrer à ce qui attendait en dessous.

— *Melek*, siffla Camillia en s'approchant.

Une énergie ardente léchait pratiquement sa peau, et je ne pus m'empêcher de caresser le fantasme de dompter ça. De la dompter *elle*.

Tout comme le voulait Melek.

Mais ça n'arrivera jamais, car la dernière chose dont j'ai envie, c'est que cette diablesse me détricote comme elle a détricoté les autres. Si je ne pouvais pas garder la tête froide face à cette femme affriolante, alors nous étions tous condamnés.

— Bonjour, petit ange, murmura Melek, ignorant la façon venimeuse dont elle avait prononcé son nom. Tu es positivement rayonnante, mon amour.

— Oh, tu parles de ça ? (Camillia tira sur la bretelle de sa robe. Elle se remit en place comme si elle avait une volonté propre, ce qui me surprit.) Qu'est-ce que tu lui as fait, Melek ? Pourquoi je ne peux pas l'enlever ?

Un grondement adorable accompagnait ses questions, et j'imaginai ce que ce son produirait sur ma queue.

Elle croisa les bras, ce qui fit remonter son décolleté et attira mon regard vers le collier d'or scintillant qui pendait à son cou. Le pendentif en forme d'orbe se posait joliment telle une flaque entre ses seins, l'effet de cascade était plutôt séduisant. J'imaginai le sperme de Melek dégoulinant le long de ses seins de la même façon. Je ne tentai pas de chasser cette agréable image. Mon prince s'amuserait avec elle lorsqu'elle reprendrait ses esprits, et je regarderais. Je m'offrirais au moins ce petit plaisir.

— Laisse-moi deviner, fulmina-t-elle, sans lui laisser le temps de répondre. Je vais avoir un orgasme spontané au milieu de la piste de danse et projeter du sperme pailleté sur tout le monde ?

Les yeux multicolores de Melek s'illuminèrent de délectation.

— Eh bien, ce serait un spectacle admirable.

— Je suis sérieuse, Melek, trancha-t-elle, me poussant pratiquement hors de son chemin.

N'avait-elle pas remarqué que j'étais juste là ?

— Qu'est-ce que tu lui as fait ? insista-t-elle, ses joues prenant une teinte cramoisie assortie à ses lèvres roses. La dernière fois que tu m'as offert un bijou, ça m'a valu le courroux du foutu roi des Faë de l'Enfer.

Un gloussement faillit m'échapper.

— *Courroux* est un terme plutôt fort, n'est-ce pas ?

Elle tourna enfin ses yeux gris marine vers moi et devint totalement rigide, son violent orage d'été se figeant en glace en un instant.

— Je... je ne t'avais pas vu, avoua-t-elle.

Je n'avais pas été repoussé par qui que ce soit depuis, eh bien, depuis toujours. Et la sensation que cela me procurait faisait basculer mon humeur vers quelque chose de plus léger, me rendait prêt à jouer avec cette femme séduisante qui ne me craignait manifestement pas comme elle le devrait.

Melek appela l'une des gargouilles et prit une autre boisson, puis vit les bonbons du Selkie sur le plateau et s'en empara également.

— Tu as l'air assoiffée, petit ange. Puis-je te proposer une boisson pétillante et un peu de sucre à tremper dedans ?

Je sentais pratiquement l'approbation de Norden de l'autre côté de la salle de bal.

Camillia balaya le verre et la friandise d'un geste de la main.

— N-non merci. Je veux juste savoir ce que tu as fait à cette robe et pourquoi je ne peux pas l'enlever. (Elle déglutit et porta de nouveau son attention sur moi.) Ou est-ce que c'est... une autre punition ?

Je la dévisageai, une myriade de *punitions* s'épanchant dans mon esprit.

Mais c'est alors que je perçus la colère d'Az, le mur qui nous séparait pulsant d'un soupçon de fureur à peine contenue.

Qu'est-ce qu'il y a ? m'enquis-je, conscient qu'il pouvait m'entendre maintenant puisque je le sentais.

La robe en chaînes. La colère qui soulignait son ton me prit par surprise.

Oui, eh bien ?

Ça a laissé une impression, répondit-il. *Regarde-la, Typhos. Elle est en colère, mais elle est aussi terrifiée. Tu l'as manifestement traumatisée avec ce fichu spectacle, et maintenant elle en anticipe un autre.*

Je fronçai les sourcils.

— Je n'ai jamais vu cette robe de ma vie, l'informai-je à haute voix, ainsi que Cami. Melek ?

— Je l'ai choisie, mais je ne l'ai pas ensorcelée.

Intrigué, il tendit la main vers le tissu, mais Cami fit un pas vif en arrière, comme si elle craignait son contact. Son bras retomba, la blessure qu'il ressentait face à son rejet me fouetta le cœur et l'esprit.

J'eus du mal à réfréner un grondement. Cette femelle était une menace.

Melek cacha sa douleur derrière une expression contrite.

— J'ai fait du shopping avec Zakkaï pour ta robe, mais je te jure que je ne l'ai pas enchantée.

— Alors qui l'a fait ? lança Cami.

Melek et moi échangeâmes un regard.

Est-ce que Melek dit la vérité ? me demanda Az d'un ton un peu moins irrité.

Oui. Je ne développai pas car ce n'était pas nécessaire. Az connaissait Melek et je ne *mentais* pas. Melek aimait jouer, certes, mais il ne nierait pas catégoriquement quelque chose de cette façon. Il aurait été évasif et aurait peut-être répliqué par une question du genre : *Est-ce que je ferais ça ?*

— Ce sont peut-être les chimères ? suggéra-t-il. J'ai demandé à Zakkaï de te donner la robe, car je savais que tu ne la porterais pas si elle venait de moi. Les chimères m'ont entendu. Peut-être qu'elles ont fait quelque chose pour t'empêcher de l'enlever avant la fin du bal ?

Cami le fixa bouche bée.

— C'est ça ton histoire ? Que c'est une chimère qui a fait ça ?

Les lèvres de Melek se courbèrent en une moue peu habituelle chez lui.

— Si je l'avais ensorcelée, je te l'aurais dit.

— Tout comme moi, ajoutai-je. Je trouve plausible que les chimères aient enchanté la robe. Ces petites créatures se mêlent de tout. Ce qui explique leur amour pour mon prince.

Ce commentaire chassa la moue de Melek, qui me lança un regard.

— Merci, mon amour.

— Je ne suis pas sûre que *se mêler de tout* soit un compliment, rétorquai-je sèchement, parfaitement conscient qu'il pouvait percevoir la moquerie dans mon esprit.

Car si les ingérences de Melek provoquaient certains désagréments, sa nature sournoise était ce qui m'avait attiré vers lui en premier lieu.

Cami tira sur sa robe, un soupçon de peur toujours tapi dans ses yeux.

Peur de quoi ? me demandai-je. Ou peut-être que *peur* n'était pas le bon terme.

Hanté semblait plus juste, comme si elle revivait un souvenir qui l'avait profondément bouleversée.

Les chaînes, réalisai-je, me rappelant ce qu'Az avait dit comme quoi je l'avais traumatisée avec cette punition. *Hmm.*

Savoir cela tordit quelque chose dans mon cœur, me mettant un peu mal à l'aise. La plupart de mes jeux sensuels finissaient par être appréciés. Mais la punition de Cami n'avait pas atteint cette sorte d'apogée.

Parce que le portail s'était ouvert dans les Terres Marécageuses, attirant mon attention ailleurs. Puis Cami était venue toucher ma Source. *Pour fermer le vortex du portail*, pensai-je, mon regard parcourant de haut en bas son corps de déesse.

— Je crois que toi et moi devons avoir une conversation, petite tentatrice, lui dis-je d'une voix douce.

Ses yeux s'écarquillèrent lorsqu'elle me regarda, mais elle maîtrisa rapidement son expression, me faisant penser à une reine. Calme, froide, posée et sûre d'elle. Très séduisante.

— Ajax a une contre...

Je claquai de la langue et secouai la tête.

— Pas encore, murmurai-je en tendant la main. Allons danser d'abord.

Nous pourrions discuter du marché dans un moment. D'abord, je voulais... parler à Camillia. Je ne savais pas trop ce que j'allais lui dire, mais c'était un besoin que je ne pouvais pas nier.

Une invitation à danser n'était pas ce à quoi s'attendait la promise de Melek. Son regard s'attarda sur ma main, puis remonta lentement sur mon visage.

Ç'aurait dû me déranger de voir le pouvoir de ma propre Source brûler en elle, de voir comment elle avait déjà trifouillé mon âme, mais il y avait là une innocence que Melek avait essayé de m'amener à reconnaître.

Peut-être qu'elle ne voulait pas faire de mal. Mais cela ne voulait pas dire qu'elle n'était pas une menace.

— Danser ? répéta-t-elle.

Melek décida pour elle en prenant sa main et en la posant dans la mienne. Une chaleur s'empara de mon bas-ventre à ce simple geste, précurseur de tous les fantasmes que Melek souhaitait concrétiser.

Je ne céderais pas à ses désirs sur ce point, mais me contrôler serait l'un de mes plus grands défis jusqu'à présent.

— Oui, lui confirmai-je. Une danse.

Elle déglutit, et je me préparai à ce qu'elle me rejette. Or une partie d'elle s'inclina. Pas son âme, pas exactement, mais peut-être la femelle qui était en elle. Je le vis dans le reflet de ses yeux, un soupçon subtil de soumission. Du genre que j'aimerais lui soutirer au lit.

— D'accord, accepta-t-elle tranquillement, ce seul mot suscitant l'exaltation au plus profond de moi.

Une exaltation qui s'éteignit rapidement quand Az murmura :

Elle pense qu'elle n'a pas le choix.

Elle a le choix, l'informai-je. *Mais je vais rendre cela plus clair pendant que nous parlons.*

Pas de marché, m'avertit-il. Je croisai son regard enflammé. *Elle est à moi, Typhos. Et mon Phénix est foutrement possessif. Ne me fais pas choisir entre vous deux.*

J'arquai un sourcil.

Je crois que ce choix a déjà été fait, n'est-ce pas ?

Sur ce, j'éloignai Camilla des mâles hérissés dans son dos.

— Attends...

— Je ne lui ferai pas de mal, dis-je à Ajax avant qu'il proteste. Et j'écouterai ta contre-offre quand j'aurai fini de discuter avec Camillia.

— Laisse-les parler, intervint Az, posant sa main sur l'épaule d'Ajax. Il ne peut rien faire ici. En plus, c'est toi qui as dit qu'il fallait laisser Cami faire ce qu'elle voulait.

Ajax lui jeta un regard noir.

— C'était dans les Terres Marécageuses, quand elle essayait d'arranger ce portail. Là, c'est différent et tu le sais.

— Ça va aller, lui promit Camillia, son assurance retrouvée. Le roi des Faë de l'Enfer et moi allons juste *parler*.

Mon titre officiel sur ses lèvres me rappela la façon dont j'avais un jour commenté son manque de formalité avec mon prince.

— Lucifer, lui dis-je en l'entraînant vers la piste de danse.

— Quoi ?

— Ou Typhos, si tu préfères, ajoutai-je.

Elle me dévisagea.

— Je ne comprends pas.

— Je pense que le temps des titres entre nous est révolu,

Camillia. (Je me penchai pour presser mes lèvres contre son oreille.) La seule situation où ça peut changer, c'est dans la chambre à coucher. Mais ici, tu peux m'appeler Typhos ou Lucifer. À toi de choisir.

Ce mot était intentionnel, rapport à ce qu'Az m'avait dit comme quoi Camillia n'avait pas d'autre choix que de danser avec moi.

Peut-être pourrait-il servir de point de départ de notre conversation.

Car concernant Camillia de la Croix, je ne souhaitais plus supprimer ses choix. Je voulais simplement conclure un accord qui nous protégerait tous.

Et me redonnerait le contrôle de ma Source.

CHAPITRE 12

CAMI

C'ÉTAIT une très mauvaise idée. Mais quel choix avais-je ?

Typhos Lucifer était le roi des Faë de l'Enfer. Probablement l'un des êtres les plus puissants au monde.

Et il m'avait invitée à danser.

Putain.

J'avais dit oui parce que, eh bien, j'étais un peu sans voix. J'avais redouté cette rencontre pendant des semaines, sachant que ma vie pouvait très bien s'achever en revoyant Lucifer.

Pourtant, j'étais entrée dans la salle de bal dans un tourbillon de rage, à la recherche d'un prince Faë de l'Enfer, sans même penser au roi des Faë de l'Enfer. Jusqu'à ce qu'il prenne la parole pour commenter mon choix de mot. *Courroux.* Il avait dit que c'était un *terme fort.* Pour moi, c'était un terme précis.

Or il n'avait pas l'air si courroucé que ça en ce moment. En fait, il semblait plutôt content.

Mais cela n'empêcha pas la foule de s'écarter sur son passage tandis qu'il m'emmenait sur la piste de danse en verre.

Tous se retournèrent pour nous regarder, curieux de savoir qui avait incité le célèbre roi des Faë de l'Enfer à se joindre à eux. Il ignora leur intérêt, entièrement focalisé sur moi. Ce qui était pour le moins déconcertant. Et pas seulement parce qu'il était d'une beauté divine dans son smoking. Car oui, il le portait bien, évidemment. Il portait *toujours* ses costumes à la perfection. Un exploit, vu sa taille et son gabarit.

— Tu as l'air perplexe, remarqua-t-il en m'attirant dans ses bras. Tu as du mal à décider comment m'appeler, Camillia ?

Je me rappelai les paroles qu'il avait prononcées quelques instants plus tôt, qu'il avait soufflées à mon oreille : « La seule situation où ça peut changer, c'est dans la chambre à coucher. Mais ici, tu peux m'appeler Typhos ou Lucifer. À toi de choisir. »

En quoi ça changerait dans la chambre à coucher ? songeai-je. Mais c'était un fil de pensée dangereux, qui me rappelait mes rêves. Que je devais vraiment ignorer.

D'autant plus qu'il était un péché incarné dans son costume sur mesures. Sa chemise saphir mettait en valeur ses yeux océan, ses cheveux noirs étaient soigneusement coiffés autour de ses épaules, et il arborait un sourire qui était à la fois un avertissement et une invitation.

Me raclant la gorge, je choisis « Lucifer » car c'était le plus logique. Il était littéralement le diable. Et il possédait le même genre de sensualité dont les livres de ma mère m'avaient mise en garde autrefois. *Ou étaient-ce les livres de mon père ?* Ç'avait toujours été lui qui m'avait donné des choses à lire. Sauf que je me rappelais très bien que ma mère était obsédée par le symbolisme démoniaque – sans doute parce que mon père était un Faë de l'Enfer.

Était-elle au courant du marché de mon père dès le début ? songeai-je. *Celui qui m'engageait à vivre en tant qu'épouse Faë de l'Enfer ?*

Eh bien, désolée de te décevoir, maman, mais je ne suis plus une épouse Faë de l'Enfer.

À la place, j'étais perçue comme une menace par l'homme

qui m'entraînait actuellement sur la piste de danse. Je ne doutais pas que cette danse était une sorte de punition sordide, tout comme la robe en chaînes.

Et celle que je porte maintenant, pensai-je en baissant les yeux sur le tissu incriminé.

Melek avait suggéré que des chimères l'avaient ensorcelé, mais j'en doutais. Tout cela n'était qu'un jeu, dans lequel le roi des Faë de l'Enfer finirait probablement par me tuer pour le plaisir au milieu de cette piste de danse.

— Généralement, on bouge quand on danse, murmura Lucifer, une main sur le bas de mon dos, l'autre tenant la mienne.

— Hein ? fis-je bêtement.

— Tu es aussi immobile qu'une statue, dit-il en m'attirant plus près de lui. Je t'ai invitée à danser, pas à te tenir comme une godiche dans une semi-étreinte, mademoiselle de la Croix.

Je sourcillai.

— Tu es le roi des Faë de l'Enfer. Tu n'es pas censé diriger ?

La boutade tomba de ma langue sans réfléchir, et tout mon corps se figea quand je répétai ces mots dans ma tête.

À ma grande surprise, Lucifer s'esclaffa. *S'esclaffa.* Et wow, quel beau spectacle c'était ! Ses yeux se plissèrent sur les bords, ses lèvres se retroussèrent en un vrai sourire – pas l'une de ses expressions au charme sournois, mais un réel sourire.

— Touché, Camillia.

Il tendit ses doigts dans mon dos et fléchit les bras tandis qu'il guidait nos mouvements.

Mon cœur était remonté dans ma gorge et mon estomac brassé par le malaise, dans l'attente que son humeur change. Qu'il révèle la véritable nature de cette punition. Que son amusement devienne mortel. Que mon monde entier parte en flammes.

Mais tout ce qu'il fit, c'est balancer nos corps en un rythme sensuel qui me rappela mes rêves encore une fois.

Lucifer sur moi. M'embrassant. Me marquant de ses mains.

Je frissonnai, mon corps et mon esprit se livrant à une bataille que je n'arrivais pas à définir. Je devrais détester ce mâle, pas le désirer. Il m'avait fait vivre un véritable enfer, avait négocié ma vie avec mon père, puis m'avait mise à l'écart dès qu'il m'avait considérée comme une menace.

Je l'avais aidé avec ce portail, et il avait choisi la fureur plutôt que la gratitude.

Et il m'a enchaînée dans cette fichue robe, songeai-je en tremblant de nouveau.

Était-ce vraiment si grave ? s'interrogea une autre partie de moi.

Oui ! C'était terrible. C'est un Faë horrible. Il devrait mourir pour ses péchés.

Cette voix en colère venait d'une partie de moi que je ne reconnaissais pas vraiment. Étais-je en colère contre lui ? Oui. Avais-je peur de lui ? Oui aussi. Mais vouloir qu'il meure... ?

— Tu as l'air renfrognée, constata Lucifer un ton plus bas. Tout le monde va penser que je suis un mauvais cavalier maintenant, hmm ?

Je cillai.

— Oh, je...

Je n'avais aucune idée de comment répondre à cela. Je me sentais gauche. Bizarrement patraque. Est-ce que je devais répliquer ou... ou... m'excuser ?

— C'était une blague, Camillia.

Son ton sérieux me fit lever les yeux vers lui. Je ne savais pas trop quand je les avais baissés, mais c'était manifestement le cas, car je ne l'avais pas regardé jusqu'à présent.

Il m'étudia de ses yeux bleu océan, son expression ne laissant rien transparaître. Je ne voyais que ses pommettes ciselées et sa mâchoire carrée, ses traits incroyablement beaux rendant difficile de me concentrer sur les détails.

Règle n° 66 des Faë de l'Enfer : Le diable se cache dans les détails.

Cette règle inopinée traversa mes pensées, me rappelant mes parents une fois de plus. C'était à cause d'eux que la plupart de ces règles existaient. Enfin, de mon père en particulier. Pourtant, cette règle-ci, c'était ma mère qui avait l'habitude de me la chuchoter.

Secouant la tête, je chassai ces souvenirs indésirables et me concentrai sur le roi des Faë de l'Enfer.

— Je n'avais pas réalisé que tu avais le sens de l'humour.

Encore une fois, la boutade m'échappa spontanément.

Et encore une fois... le roi des Faë de l'Enfer gloussa.

— Il y a beaucoup de choses que tu ne sais pas sur moi, petite tentatrice.

Je frissonnai de nouveau, ce mot doux roulant sur moi en une caresse subtile que je n'avais vraiment pas envie de subir. Mais ces rêves m'embrouillaient l'esprit.

Tout comme les paroles sensuelles de Melek. Merci aux Faë de m'avoir appris à le bloquer. Mais bien sûr, le mal était déjà fait, les images de lui me ligotant pour m'offrir à Lucifer était un fantasme qui hantait mes rêves.

— Qu'est-ce que tu aimerais savoir ? reprit-il, me ramenant à notre danse – qui était en fait plus un subtil déhanchement qu'autre chose.

Un déhanchement qui changea à mesure que la musique prenait un rythme plus rapide.

Mes mamelons pointèrent quand nos poitrines se touchèrent, la proximité de Lucifer court-circuitant en partie mon cerveau. Mais un frisson provenant de mon collier me ramena à la réalité, me fit prendre conscience de ma situation actuelle.

Car cette sensation, je l'avais déjà éprouvée – grâce à la magie de Melek.

C'est donc bien lui qui a ensorcelé ma tenue, décidai-je. *Bien sûr qu'il l'a fait.*

— Camillia ? se rappela Lucifer à moi.

— Pourquoi on fait ça ? lui demandai-je. Pourquoi on danse ?

Cela devait avoir un rapport avec la robe enchantée, mais je n'en voyais pas le but.

— Parce que c'est un bal, murmura-t-il, affichant un sourire séduisant. On danse généralement lors d'un bal, n'est-ce pas ?

— Je ne saurais dire, répondis-je platement. C'est mon premier.

— Ah, acquiesça-t-il. Je suppose que tu as raté les épreuves nuptiales des Faë de l'Enfer.

Je serrai la mâchoire. Oui, j'avais manqué ce rassemblement... *en guise de punition pour avoir porté un collier enchanté.*

Au souvenir de cet événement, mes veines se mirent à chauffer, mais la breloque se refroidit une fois de plus contre ma peau. Je voulais l'arracher. La brûler. Détruire chaque once de magie. Hélas, j'ignorais comment faire. Parce que c'était tout comme cette robe en chaînes. Bien que... avec la robe en chaînes, j'avais... j'avais *absorbé* la magie.

Je pourrais peut-être recommencer ?

Non, mieux, je *devrais* peut-être recommencer...

Je me concentrai sur l'énergie qui m'entourait, mon âme cherchant une connexion, quelque chose à quoi m'accrocher pour tenter de rompre le sortilège. J'aurais dû y penser avant d'arriver au bal, mais mieux vaut tard que jamais. *Ah, voilà...*

Lucifer me fit tourbillonner et basculer, ce qui me détourna du fil que j'avais presque saisi. Lorsqu'il me redressa, j'attrapai son épaule de ma main libre, mon cœur battant la chamade.

Ses yeux bleus étaient si intenses. Comme des tourbillons de folie, de chaos et de *puissance*.

— J'ai été dur avec toi, dit-il, son regard soutenant le mien. Peut-être injustement. Peut-être pas. Cela reste à voir, mais je dois reconnaître que je ne t'ai pas rendu les choses faciles, Camillia.

J'émis un rire sans joie.

— Je crois que c'est le moins qu'on puisse dire, Votre Majesté.

— Lucifer, corrigea-t-il. (Un autre plongeon tourbillonnant, qui se termina avec mon dos contre sa poitrine et ses lèvres à mon oreille.) Plus de formalités, Camillia.

— Pourquoi ? demandai-je en haletant alors qu'il me faisait à nouveau tournoyer. Tu as plus qu'insinué que tu n'avais aucune envie de me connaître.

Du moins, pas dans la vraie vie. Dans mes rêves, c'était une tout autre histoire.

J'écartai ça et j'ajoutai :

— Tu as dit aussi que j'étais trop familière avec ton prince. Pourquoi ce soudain changement d'avis ?

Il me fit tourbillonner encore, m'attrapant habilement par les hanches et me maintenant tout contre lui.

— Parce que mon cœur appartient à ce prince, et qu'il a clairement exprimé ses sentiments envers toi.

Le sérieux de son ton correspondait à la lueur dans son regard, ce qui me fit déglutir.

— Il joue avec moi. Je ne suis qu'une obsession temporaire.

Depuis le début, j'avais été un jouet brillant que Melek avait arraché au pool des épouses Faë de l'Enfer. Son raisonnement restait à définir, mais ses intentions n'étaient pas à long terme.

Lucifer s'arrêta de bouger, toute la force de l'océan tourbillonnant dans ses iris.

— Il n'y a rien de temporaire dans ce qu'il fait. Il a lié son âme à la tienne pour l'éternité, et même si ça peut ressembler à un jeu – parce que mon prince est de nature joueuse –, c'est pour toujours chez lui.

Il me fit tourner avant que je puisse répondre, me basculant si bas que mes cheveux frôlèrent le sol avant de me remonter d'un mouvement adroit qui me laissa sans souffle et sans voix contre lui.

Ou c'était peut-être dû à la véhémence de ses paroles. Mais il n'avait pas fini :

— Melek fait comprendre ses désirs avec chaque cadeau, chaque pensée, chaque *astuce*. Tu comptes tellement plus pour lui que tu le penses, que je l'avais même réalisé. Mais je le vois maintenant. Et j'essaie... de respecter ça.

Il tendit la main pour écarter mes cheveux de mon visage, nos virevoltes ayant emmêlé mes longues mèches.

Je soutins son regard, et mon cœur s'arrêta de battre. Nous étions si proches, nos lèvres n'étant qu'à un souffle l'une de l'autre.

Si c'était un de mes rêves, il m'embrasserait. Puis il m'attacherait avec les rubans de Melek et me torturerait avec sa bouche et ses mains. Je ne savais pas trop si j'aimais ou détestais cette idée. Si je le haïssais ou si j'avais envie de lui.

— Il n'a pas enchanté ta robe, Camillia, dit-il doucement. Si tu ne l'avais pas bloqué, tu aurais perçu la blessure que ça lui a causée lorsque tu l'en as accusé.

Je fixai le roi des Faë de l'Enfer, ma frustration antérieure revenant en partie à la mention de ma robe.

— Il a déjà enchanté des choses auparavant.

— Oui, pour te protéger, répliqua-t-il. Je t'ai punie pour le punir ; il connaissait les règles des épreuves nuptiales des Faë de l'Enfer et a choisi de tricher. Je ne pouvais pas passer outre.

La musique changea encore, le tempo ralentit de nouveau. Lucifer le suivit, me prenant dans ses bras et nous entraînant dans le nouveau rythme.

Malgré tous ses défauts – et je supposais qu'il n'en avait guère, à part être un peu maniaque du contrôle et fétichiste de la punition –, il savait danser.

— De plus, poursuivit-il, j'étais jaloux de son affection. L'âme de Melek est fidèle à la mienne. Il joue parfois avec d'autres, mais il ne les baise pas. Il les utilise simplement pour satisfaire un besoin que je ne peux pas combler. Mais avec toi, c'est spirituel. Et ça m'a choqué au plus haut point.

CHAPITRE 13

CAMI

— Oh.

C'était une piètre réponse, mais je ne savais pas du tout comment réagir au fait que Lucifer admette qu'il était *jaloux*.

C'était aussi le plus long moment où Lucifer et moi avions parlé, et il s'était montré... sincère. Je ne savais pas trop comment interpréter tout cela.

— Es-tu... toujours jaloux ? avançai-je.

— Extrêmement, murmura-t-il. Mais les raisons de cette jalousie ont changé.

— Qu'est-ce que tu veux dire ?

Il haussa les épaules.

— Ça n'a rien à voir avec mes excuses. J'essaie simplement de dire que je reconnais que je n'y suis pas allé mollo avec toi. Tu n'as pas seulement menacé ma Source, mais aussi mon cœur. Des Faë sont morts pour bien moins que ça, Camillia.

Ma poitrine se serra à sa mention d'excuses, puis mon cœur s'accéléra à ce que je perçus comme une menace.

— Je n'essaie pas d'être une menace, Lucifer.

Je le pensais vraiment. Mais la magie réfrigérante contre mon sternum parut me contredire, le collier bourdonnant d'énergie froide. Il faisait de plus en plus froid, et la proximité de Lucifer intensifiait cette fraîcheur. Je ne savais pas trop qu'en penser. Était-ce une sorte d'avertissement ? Ou un moyen de chasser sa propre chaleur ?

— Ça reste à voir, dit-il en me faisant tournoyer de nouveau.

Je crus qu'il avait entendu les questions qui se bousculaient dans mon esprit, puis je me réalisai qu'il répondait à ma déclaration comme quoi je n'étais pas une menace.

— Je ne veux pas de ta Source, lui affirmai-je. Et je ne veux pas de...

Je m'interrompis. J'allais dire *ton prince*, mais je surpris Melek non loin en compagnie d'Az et d'Ajax, et totalement focalisé sur moi. En fait, ils m'étudiaient tous les trois, guettant sans doute des signes de malaise. Ou peut-être se demandaient-ils simplement ce que leur roi des Faë de l'Enfer avait voulu me dire.

— Mon prince est très séduisant, dit Lucifer. (Il me fit tournoyer dans ses bras, puis colla mon dos contre sa poitrine et ses lèvres à mon oreille une fois de plus.) Tu étais sur le point de nier avoir envie de son étreinte ?

Je soutins le regard étincelant de Melek, notant l'inquiétude qui l'habitait. C'était une lueur inhabituelle chez lui, que je n'étais pas sûre d'avoir déjà vue.

— Est-ce qu'il s'inquiète de ce que tu vas me faire ? demandai-je, ignorant la question de Lucifer.

— Non, il sait que je ne te ferai pas de mal.

Je faillis tourner la tête pour observer son expression, mais je savais que cela ne donnerait rien.

— J'aimerais pouvoir être aussi confiante, murmurai-je, plus pour moi que pour lui.

— Tu as tout à fait le droit de ne pas avoir confiance en mes intentions, répondit Lucifer – ce qui me choqua et me fit taire. Je t'ai menacée plus d'une fois, je t'ai punie de manières bizarres et j'ai plus ou moins exprimé mon profond dédain à ce que tu t'accouples avec mon prince.

Il me fit pivoter sur moi-même, mes jambes étant rendues cafouilleuses par mon état de choc.

— Je ne te fais pas confiance, Camillia. (Cette déclaration était bien moins surprenante que tout ce qu'il avait dit par ailleurs.) Alors tu ne devrais pas me faire confiance non plus. Mais je pense qu'il est temps pour nous de déterminer une marche à suivre, de peut-être apprendre à nous faire confiance... pour nos compagnons.

Il prononça cette dernière phrase tandis qu'il me basculait de nouveau vers le sol, ses lèvres près de ma gorge. Je pouvais à peine respirer lorsqu'il me redressa, mon corps en feu et froid à la fois. C'était une telle juxtaposition de températures, ma peau brûlante et mon collier glacé contre ma poitrine.

Le sort est-il destiné à me rendre soumise ? Pour que j'accepte volontiers le marché qu'il s'apprête à me proposer ?

— Quelle est ton offre ? avançai-je, essayant de discerner ses véritables intentions tout en testant mon hypothèse.

— Nous ne sommes pas en train de conclure un marché, Camillia, répondit-il. Pas ici. Pas encore. J'ai promis à Az que je voulais seulement te parler, et je ne suis pas du genre à rompre mes promesses.

Je le dévisageai.

— Mais ton monde entier tourne autour de marchés.

— Sans vouloir me répéter, tu ne me connais pas très bien. Même si oui, les marchés ont une valeur importante pour moi, il y a des choses dans la vie qui ne peuvent pas être dictées par des accords formels. Parfois, nous devons faire confiance aux autres pour tester leurs véritables intentions.

— C'est ça ? Tu me fais confiance pour voir si je vais te trahir ?

Il me considéra un moment, nos hanches se balançant subtilement au rythme lent.

— Honnêtement, Camillia, j'essaie de t'encourager à avoir un peu plus confiance en moi et en mes intentions. Et en retour, je vais essayer de faire la même chose avec toi.

— Ça veut dire que tu ne vas pas me tuer ?

Il esquissa un sourire.

— Oh, j'ai toujours envie de te tuer, Camillia. Que ce soit intentionnel ou non, tu représentes une menace. (Il déplaça sa main au bas de mon dos et m'entoura de son bras.) Mais ce n'est pas parce que j'ai envie de faire quelque chose que je le ferai.

Il prononça cette phrase à mon oreille, son ton descendant d'une octave.

— Ça ne me fait pas me sentir en sécurité près de toi, avouai-je dans un murmure.

— Alors nous sommes quittes, Camillia de la Croix. Parce que je ne me sens pas en sécurité près de toi non plus.

Ses lèvres frôlèrent mon pouls, faisant flamboyer mes boucles d'oreilles ainsi que mon collier. Cela envoya un glaçon le long de ma colonne vertébrale, ce qui me fit écarquiller les yeux. C'était si bizarre, si inattendu, cela contrastait fortement avec la chaleur qui émanait du corps musculeux de Lucifer.

J'essayai une nouvelle fois de déchiffrer la magie qui m'emprisonnait dans cette robe. Il se passait quelque chose. Quelque chose d'étrange.

— Je ne pourrais jamais te faire de mal, Camillia, dit Lucifer, sa voix réduite à un murmure. Tu es liée à mon cœur maintenant, à mon âme même. C'est pourquoi je vais me confier à toi.

Je serrai ses épaules, sa proximité me donnant le vertige. À moins que ce soit ce bizarre conflit de températures qui se déroulait sur ma peau. Ce qu'il s'apprêtait à me *confier* y était probablement lié et expliquerait, avec un peu de chance, ces sensations contradictoires.

— Melek adore ses jeux, commença-t-il, confirmant mes soupçons.

Melek a enchanté cette robe. Il a menti à propos des chimères. La vraie punition va commencer.

Je serrai les cuisses, espérant contre toute espérance que le tourment sensuel ne se déclencherait pas entre mes jambes. Je ne pourrais pas supporter cette gêne à nouveau, la chaîne avait été trop forte.

Mais était-ce le cas ? songeai-je, me rappelant l'expérience du club des Faë de l'Enfer. J'avais été bouleversée et humiliée, oui. Mais j'avais aussi été furieuse. J'avais gardé la tête haute. J'avais tenu tête à cette salle avec assurance.

C'était horrible de sa part de me faire ça, décréta une autre partie de moi, une voix venant de nouveau de cet endroit étrange et méconnaissable. Un lieu d'insécurité, dont je ne m'étais même pas rendu compte qu'il existait.

— Mais il faut que tu comprennes que mon prince joue avec ceux qui lui plaisent, poursuivit Lucifer, me ramenant à Melek. C'est sa façon de te faire la cour.

Je fronçai les sourcils. *Quoi ?*

— Tout ce qu'il a fait, c'était pour te protéger, depuis le collier qu'il t'a offert un jour jusqu'à ses vœux d'accouplement, en passant par ses visites ici, dans le royaume des Faë de Minuit. Il n'essaie pas de te faire du mal, Camillia. Il essaie de gagner ton affection et de prouver sa propre valeur.

Lucifer s'écarta enfin de mon cou, me fixant d'un regard flamboyant de passion. Je lui rendis son regard, confuse et un peu perdue. Je m'étais attendue à ce qu'il me *confie* ses intentions. Qu'il révèle enfin sa punition. Pas qu'il parle de Melek et de son affection pour moi.

— Il est triste, Camillia, murmura-t-il. Tu n'imagines pas à quel point c'est une émotion rare chez Melek.

Je le regardai en cillant.

— Il est triste ?

Je ne doutais pas que ce soit *rare*. Je ne connaissais pas Melek depuis aussi longtemps que Lucifer, mais j'en savais assez pour comprendre à quel point cela devait être anormal chez ce prince Faë de l'Enfer si enjoué d'habitude.

— À défaut d'une meilleure explication, je pense qu'il se sent rejeté. (Lucifer inclina la tête, nos corps se balançant toujours sur le rythme qui n'avait guère changé au cours des deux dernières chansons.) As-tu l'intention de le rejeter en tant que compagnon ?

Mes yeux s'écarquillèrent.

— Je...

— Tu allais me dire que tu ne voulais pas de mon prince, pas vrai ? me relança-t-il. Tu as dit que tu ne voulais pas de ma Source, puis tu as commencé à dire que tu ne voulais pas d'autre chose. Je suppose que tu allais nommer Melek. Est-ce que je me trompe ?

Je ne savais pas trop comment notre conversation avait évolué vers mes sentiments pour Melek, ni même comment nous nous étions retrouvés sur la piste de danse.

Typhos Lucifer voulait me tuer. Il me détestait. Il pensait que j'étais une menace.

Pourtant, il me tenait avec attention et essayait d'avoir une conversation intime avec moi. Tout cela sous le regard de mes compagnons.

Je jetai un coup d'œil dans leur direction, mais les trouvai tous les trois en train de converser entre eux. Ils ne paraissaient plus préoccupés de me voir dans les bras du roi des Faë de l'Enfer. Peut-être que, comme rien de terrible n'était arrivé, ils ne voyaient plus Lucifer comme une menace immédiate.

Et moi, est-ce que je le vois comme une menace ? songeai-je, me rappelant qu'il avait dit qu'il ne pourrait jamais me faire du mal, que j'étais liée à son cœur et à son âme.

Pourtant, il avait aussi exprimé son désir d'en finir avec moi.

Une description honnête de notre relation, supposai-je. Peut-être la plus honnête qu'il m'ait exprimée jusqu'à présent. Oh, il avait déjà admis vouloir me tuer, mais ce soir, il avait dit que désirer quelque chose et faire cette chose étaient deux actions très différentes.

— Camillia ? me lança-t-il, afin de ramener mon attention sur lui.

Mon regard glissa vers lui, mais s'arrêta sur une chevelure blonde dont l'éclat brillait sous les rayons de lune. Je voulus l'observer, cette couleur me rappelant ma mère.

Mais la femme n'était plus en vue nulle part.

Un tour de passe-passe ? m'étonnai-je.

Les lèvres de Lucifer effleurèrent ma joue.

— Je veux une réponse, Camillia. Si tu vas briser le cœur de mon prince, je dois le savoir pour pouvoir recoller les morceaux et le guérir.

— Tu ne vas pas me menacer si je suis avec lui, plutôt ? lançai-je, quelque peu surprise par ma propre réponse, ainsi que par le ton que j'avais employé.

Il y avait beaucoup de colère enfouie en moi, peut-être renforcée par cette voix étrangère que j'avais entendue deux fois dans mes pensées.

— Si tu ne vois pas à quel point mon prince est estimable, alors ta punition sera simplement de ne jamais le découvrir dans toute sa beauté, dit Lucifer.

Une pointe de colère soulignait son ton, mais ce n'était pas du genre qui m'effrayait. Elle était d'un autre type. Celle d'un homme possessif à l'égard de son compagnon.

Il me fit tournoyer alors qu'une nouvelle chanson commençait, ses mouvements étant un peu plus rudes qu'avant. Pas violents, mais dominants. Comme s'il essayait de me mettre au pas.

— Melek est un cadeau du ciel, me dit-il. Une belle âme. Je ne suis pas toujours d'accord avec ses actions, mais tout ce qu'il fait a une raison. Il n'est pas malveillant. Il est pur. Et les jeux qu'il a joués avec toi ont tous été en ta faveur.

— Ils t'ont tous énervé, rétorquai-je.

— En effet, admit-il. Mais c'est parce que Melek fait exprès de me pousser à bout. Il croit que tu es liée à notre avenir. Parfois, je comprends pourquoi. Mais pas en ce moment.

Je me hérissai.

— Tu dis ça comme si c'était une insulte.

— Parce que c'en est une, répliqua-t-il avant de me plonger à nouveau vers le sol, son nez effleurant le mien. Tu rejettes mon cœur. Et je pense que tu es idiote de le faire.

— Je ne l'ai pas rejeté.

— Tu ne l'as pas encore revendiqué non plus.

J'attrapai les revers de Lucifer pour maintenir nos corps ensemble tandis qu'il nous redressait une fois de plus.

— C'est difficile de revendiquer quelqu'un qui joue toujours à des jeux.

— Alors ouvre les yeux et réalise qu'il ne joue pas à un jeu depuis ton arrivée ici. Il a essayé de t'aider, d'assurer ta sécurité pendant que je me calmais assez pour entendre raison. (Il me fit virevolter et pressa encore une fois son torse contre mon dos.) Il est ton ange gardien, Camillia. Accepte-le. Ou bien sois gentille et rejette-le.

Il me lâcha et me contourna, mettant fin à notre danse.

Je saisis sa main par réflexe, ne voulant pas lui laisser le dernier mot, et une énergie tempétueuse ondula le long de mon bras. Nous baissâmes tous deux les yeux là où nous nous touchions, et il fronça les sourcils.

Je voulus le relâcher mais n'y parvins pas, ma paume semblait collée à la sienne.

— C'est quoi, ça ? demanda-t-il.

— Je… je ne sais pas.

Je tentai de faire un pas en arrière, mais mes jambes refusèrent de bouger.

Non, pas mes jambes... mes *chaussures*.

— C'est cette... cette *robe*, sifflai-je, portant ma main libre sur le tissu pour l'écarter de moi.

Lucifer observa la robe, puis tendit la main pour la toucher lui-même. Un grognement lui échappa quand il retira sa main, mais la robe vint avec tandis qu'un pouvoir glacial se répandait à travers chaque parcelle de mon être. Je frémis en réaction, la sensation m'envahit et rampa partout sur ma peau.

Az, Ajax, pensai-je, essayant de les repérer parmi la foule.

À la place, je croisai le regard d'un fantôme. Que je n'avais pas vu depuis... une éternité. Mais ces yeux bleus glacés appartenaient à Mystika de la Croix. *Ma mère.*

— *Camillia*, gronda Lucifer, me faisant revenir à lui.

Je sursautai à la vue qui s'offrait à moi, son expression douloureuse et ses dents serrées ne cadrant absolument pas avec l'homme avec lequel je venais de danser. Mais ce fut l'étrange mèche de cheveux blancs qui attira vraiment mon attention.

Elle me rappela la Source, créant un contraste flagrant avec ses cheveux noirs.

— Quoi... ? Je... Je n'ai pas...

Sa main était toujours collée à la mienne, l'autre tenant ma robe. Ma robe qui *brillait* maintenant. Des lueurs dorées. Des étincelles blanches. *De l'énergie d'un froid glacial.*

J'inhalais et le pouvoir parut infuser dans mes veines, me rappelant la fois où j'avais emprunté sa Source pour réparer le portail. Mais là, c'était différent. Ce n'était pas du tout intentionnel. C'était... c'était *forcé*.

La magie de la robe, pensai-je encore, essayant aussitôt de m'accrocher au toron que j'avais remarqué plus tôt. Le pouvoir froid me rappela de nouveau Melek, sauf que ça ne pouvait pas être lui. Il ne ferait jamais ça à Lucifer.

— *Putain*, grinça le roi des Faë de l'Enfer, essayant encore de se libérer de ce qui se passait entre nous.

Tout s'était déroulé si vite, la foule semblait remarquer seulement maintenant que quelque chose n'allait pas. *Ça ne va pas du tout*, pensais-je en cherchant encore mes compagnons.

Tous les trois venaient vers nous maintenant. Mais je ne pouvais pas les laisser nous atteindre, Lucifer et moi. S'ils nous touchaient, ils risqueraient d'être aspirés par ce foutu je-ne-sais-quoi.

— Emmène-nous au royaume des Faë de l'Enfer, dis-je à Lucifer.

Il me jeta un regard noir.

— Non. Hors de question que je te laisse t'approcher de ma Source.

— Je ne sais pas ce qui se passe ! lui lançai-je. Et je ne veux pas prendre le risque qu'Az, Ajax et Melek soient aspirés par ce putain de truc !

Il porta son attention sur les trois Faë qui louvoyaient à travers la foule pour nous rejoindre. Pendant ce temps, je portai la mienne sur le fantôme tapi à proximité.

Elle était toujours là. Ses cheveux blonds ondulaient sous un vent invisible.

Son regard était perçant, et elle serrait ses lèvres en une moue désapprobatrice.

Mais son visage devint flou quand quelqu'un passa à travers son corps éthéré.

Un putain de fantôme, réalisai-je, essayant de chasser l'image de mon esprit. *Je perds la tête.*

Les torons de pouvoir grandissaient rapidement autour de moi, leur baiser glacé hérissant mes bras et mes jambes de chair de poule. Je suivis l'énergie, cherchant encore la source du sort afin de le dénouer.

Zakkaï, réalisai-je.

J'essayai de le trouver parmi la foule, mais il y avait trop de Faë. Et tout cela se passait en un clin d'œil.

— Lucifer ! criai-je.

Il essayait encore de s'écarter, mais son pouvoir continuait à déferler en moi. *À travers* moi. Je le sentais se déverser dans mon être et aller dans ses profondeurs, dans une caverne que je ne comprenais pas tout à fait. Mais cette caverne était liée à l'énergie magique qui tourbillonnait autour de ma robe. Je le voyais bien maintenant, les torons d'énergie étaient presque tangibles.

Je tirai sur l'un d'eux pendant que Lucifer m'entourait de ses bras.

— Tiens bon, m'intima-t-il.

Puis le monde disparut. Tout comme le contact de Lucifer.

Mais l'énergie demeura, me capturant dans un nuage de brouillard glacial. Les vrilles glacées se tordaient, pulsaient et battaient mon esprit. Furieuses et froides. Féroces et terrifiantes.

Je tirai quand même sur les torons qui ressemblaient à de la brume, déterminée à me libérer de leur emprise gelée.

Une chaleur cuisante me traversa, m'arrachant un cri tandis que des doigts enflammés creusaient mon âme. Je les repoussai, ne voulant rien avoir à faire avec eux.

Seulement la glace. Le sort. *Cette putain de robe.*

Je griffai le tissu, mon esprit s'effilochant au fur et à mesure que les vrilles d'énergie se fracturaient autour de moi. Je le sentais s'effondrer. Je sentais les barreaux invisibles qui m'entouraient trembler sous la force de mon combat.

Encore un peu, m'exhortai-je, rouant de coups l'énergie maintenant visible avec ma propre force de volonté pendant que j'arrachais le collier.

Il ne revint pas sur ma gorge.

Les boucles d'oreilles suivirent. Et ne revinrent pas à mes oreilles.

Puis je me concentrai sur le tissu doré, déchirai les fils avec mes doigts et mon esprit. Tout était lié : le sort d'enchevêtrement, l'énergie froide, le *siphon*.

Je creusai profondément dans le puits qui était en moi, y trouvai l'énergie de Lucifer et la projetai hors de moi avec toute la force dont j'étais capable, faisant voler en éclats les derniers barreaux de ma prison énergétique.

Une lumière blanche et chaude m'accueillit, me faisant tourner de l'œil.

Je n'étais nulle part et quelque part à la fois. Flottant. Perdue. Désincarnée.

J'ouvris et fermai les yeux, mais ne voyais que du blanc. Un *blanc* pur et aveuglant.

C'était silencieux. Immobile. Et froid. *Oh, tellement... froid.*

Jusqu'à ce que quelqu'un apparaisse, encadré de magnifiques ailes blanches. Je cillai devant l'ange, surprise de le voir devant moi.

Elle n'avait plus l'air éthéré comme au bal des Faë interroyaume, son apparence fantomatique était aussi plus solide maintenant.

— M-Maman ? émis-je d'une voix éraillée.

C'était peut-être dû au fait d'avoir hurlé pendant un temps indéterminé. Je ne savais vraiment pas. Je ne me rappelais même pas pourquoi j'aurais crié ni comment je m'étais retrouvée ici.

Peut-être que je suis morte ?

— Bonjour, Camillia, salua ma mère, captant mon attention. Bienvenue en utopie.

— Utopie ? répétai-je.

Elle sourit.

— Oui, ma chérie. *Utopie.*

CHAPITRE 14

TYPHOS

Mes cheveux fouettèrent mon visage et mon estomac se retourna, la nette sensation de chute me donnait l'impression d'être en apesanteur, impuissant. Ce n'était pas une sensation à laquelle j'étais habitué, mais que je ne rappelais trop bien.

Mes cauchemars faisaient de temps en temps ressurgir ce vieux souvenir, ce jour où tout s'était terminé. Et où ma nouvelle vie avait commencé.

Des flammes m'enveloppèrent, me transformant en une boule de feu tandis que ma Source se délectait de mon pouvoir. Je l'avais créée ainsi jadis, il y avait longtemps.

Aujourd'hui, elle retrouvait toute sa gloire, mais n'était pas contente. Elle était en colère.

Camillia, pensai-je avec mélancolie, reconstituant ce qu'elle avait réellement fait.

Je n'avais pas récupéré ma source. Elle me l'avait *rendue*.

Petite tentatrice, je me suis tellement trompé à ton sujet.

Elle n'avait même pas réalisé à quel point sa libération avait été puissante lorsqu'elle avait démantelé l'énergie glacée de sa robe. Cela nous avait cimentés l'un à l'autre, la forçant à siphonner mon pouvoir dans un vide à l'intérieur de son âme.

J'avais senti que ça arrivait, je *savais* qu'elle ne contrôlait pas la situation.

« Tiens bon », lui avais-je dit en ouvrant le chemin du retour.

Puis j'avais essayé de l'emmener avec moi. Mais elle avait coupé cette connexion et rejeté tout mon pouvoir en moi, provoquant une explosion qui irradiait mon domaine. Je n'avais pas été préparé à recevoir le retour de mon pouvoir, et par conséquent, il avait ricoché.

Et maintenant, je tombe à nouveau.

Je me préparai, fermai les yeux et acceptai ce qui allait se passer ensuite. Après la chute, il y aurait l'atterrissage. Et ç'allait faire mal.

Mes oreilles se débouchèrent d'un coup quand je franchis la barrière du royaume des Faë de l'Enfer, et le brasier de ma Source se mit à rugir. Le bruit qui résonna à travers mon territoire serait entendu à des milliers de kilomètres – le rugissement de la chute du roi des Faë de l'Enfer.

Et puis il n'y eut plus que la douleur.

Pierres et roches volèrent autour de moi tandis que mon corps s'écrasait sur le sol impitoyable.

Ou était-ce un bâtiment ?

Oh, mon palais, réalisai-je en apercevant la ligne des toits, tandis que les murs s'effondraient autour de moi.

J'atterrissais donc au même endroit que lors de ma toute première chute.

C'était en quelque sorte approprié.

Je traversai des murs et des pierres tandis que ma Source cherchait le creux familier. J'avais construit mon palais ici à dessein, l'endroit servant de mémorial pour me rappeler où j'étais tombé jadis. Ma capitale avait été construite au-dessus de ce cratère sacré, toute en hauteur et splendeur. Mais en réalité, ma chute initiale avait creusé toute une caverne sous l'atmosphère ardente du royaume des Faë de l'Enfer.

Heureusement, je n'eus pas à revisiter cette caverne secrète à présent ; ma chute avait été percutante, mais pas tant que ça.

Du sang remplit ma bouche et tous mes os se brisèrent. Je guérirais dans quelques instants, mais mon corps physique serait d'abord détruit par la collision.

Je l'acceptai avec colère. Pour redevenir entier, je devais d'abord me soumettre à la douleur.

Un sifflement quitta mes poumons dégonflés tandis que les pierres explosaient autour de moi en murs de feu de l'Enfer, puis se transformaient en poussière qui planait dans l'air. Mon palais ne serait que partiellement décimé par ma chute.

Le feu de l'Enfer provenait de la puissance de ma Source. Il resterait éternel. Tout comme moi.

Mes os se ressoudèrent en quelques secondes qui me parurent des heures, et tous mes organes reprirent forme tandis que mon corps se recomposait.

Comment c'est arrivé, putain ? me demandai-je en fixant une statue miraculeusement indemne. Elle représentait mon corps gisant face contre terre, très réaliste, avec des fils d'or dans le marbre rouge. Elle représentait la souffrance, ma chute et l'horreur que j'avais endurée. La douleur n'avait pas été seulement physique, malgré les entailles sanglantes dans le dos de la statue. Ç'avait été une blessure émotionnelle qui n'avait jamais cicatrisé.

Maintenant, j'avais atterri à l'entrée de mon aile personnelle, plus précisément à l'endroit où l'impact de ma chute initiale gardait la pierre chaude.

La matière en fusion avait été le fondement de ce royaume tout entier. Je l'avais construit à partir de terre et de poussière, forgeant un nouveau monde où les autres, rejetés par ceux en qui ils avaient confiance, pouvaient trouver refuge.

La haine et la *détermination* en fusion – c'était sur cela que mon royaume avait été fondé.

Personne ne te rejettera ici.

C'était de cela qu'était faite la statue. Le sol sous moi s'étendait sur des kilomètres, et j'avais construit mon palais autour. Le balcon brisé surplombait une ville que j'avais fait grandir à partir de rien d'autre que le désespoir et la douleur.

Mais maintenant, j'avais l'impression de renaître à nouveau. Ce jour-là, j'avais chuté, j'avais tout perdu. Cette fois-ci, ce n'était pas moi qui avais fait le sacrifice.

C'était Camillia.

Où est-elle ? Crochant mes doigts dans la roche en fusion qui se solidifiait autour de mon corps, je me mis à quatre pattes.

Partout.

Mes narines se dilatèrent quand j'aspirai son parfum de roses décadentes, cette fois teinté d'ambroisie et de feu. *Un mélange de Melek et de moi.* C'était une combinaison enivrante, apaisant une envie au fond de mon âme qui se sentait étrangement entière.

Je ne m'étais pas senti comme ça depuis... avant. Avant Camillia de la Croix.

Parce qu'elle l'a rendue.

Pendant tout ce temps, elle avait volé ma Source, mais maintenant j'étais certain qu'elle ne l'avait pas fait exprès.

Quelqu'un avait utilisé son talent pour siphonner mon pouvoir, mais elle l'avait compris au même moment que moi. Et elle s'était défendue.

Tout comme je l'attendrais d'une future reine.

La pensée me vint comme un réflexe, me prenant par surprise. Elle n'était pas censée être mienne. Elle appartenait à Melek. À Ajax. À Az. Pas à moi. Je ne voulais pas d'elle.

Du moins... je *ne devrais pas* vouloir d'elle.

Mais sa loyauté sonnait juste, son honneur était un modèle que mon âme voulait récompenser.

Elle avait sauvé ma Source. L'avait forcée à revenir en moi. Avait prouvé par ses actes qu'elle était sincère lorsqu'elle disait ne pas vouloir de mon pouvoir.

Il se pouvait que tout cela ne soit qu'une ruse, un jeu dangereux pour m'attirer dans son cercle intérieur. Toutefois j'avais vu son expression, sa peur quand elle avait réalisé ce qui se passait.

Et plus encore, sa *colère*. Elle n'avait pas voulu être manipulée de cette façon, et s'était braquée contre la magie.

Depuis notre rencontre, elle avait juré qu'elle était innocente. J'avais juste refusé de le voir à cause de sa capacité à atteindre mon âme et à s'approprier mon pouvoir.

Sauf qu'elle n'avait jamais utilisé ce pouvoir pour son propre compte, pas vraiment.

Camillia avait seulement essayé de survivre.

Elle avait fermé le portail qui aurait tué mon peuple.

Elle ne m'avait jamais carrément défié, et avait plutôt suivi mes exigences, ne serait-ce que pour protéger ceux qu'elle aimait.

Ajax et Azazel faisaient partie de mon cercle intime. Les séduire n'avait pas été une tactique pour me contrôler, mais une démarche naturelle pour la femelle que mon prince avait choisie comme compagne éternelle. Le fait même qu'elle ne l'ait pas encore complètement accouplé, qu'elle semble même réticente à le faire, prouvait qu'elle n'avait aucun désir de me voler.

Parce que si elle avait vraiment voulu me faire du mal, c'est avec Melek qu'elle l'aurait fait. Elle aurait accepté son offre avec empressement et l'aurait revendiqué depuis longtemps, puis m'aurait détruit de l'intérieur.

Son hésitation même prouvait qu'elle souhaitait prendre

ses décisions au sérieux. Elle ne voyait pas ce que Melek lui proposait, pas encore.

L'ironie de tout cela, c'était qu'elle ignorait sa propre valeur, qui elle était vraiment : une future reine des Faë de l'Enfer, si Melek parvenait à ses fins.

Et elle se battait comme telle. Camillia de la Croix avait démantelé cette fichue *robe* – l'avait absorbée – et avait trouvé le moyen de me rendre le pouvoir de ma Source. Puis elle avait littéralement implosé dans une grande démonstration de puissance.

Melek avait bien choisi sa compagne, et maintenant je comprenais enfin tout ce qu'il avait essayé de me faire voir.

Camillia n'était pas mon ennemie. Elle était l'alliée la plus puissante que je puisse avoir.

Alors, où est la petite tentatrice à présent ?

Fouillant mon palais en quête d'un signe d'elle, je ne repérai que ma garde personnelle. Mes Cerbères attendaient comme des cauchemars aux abords de la destruction brumeuse, leurs regards plus curieux qu'inquiets. Ils ne s'approchèrent pas de moi mais attendirent mes ordres, leurs oreilles pointues tendues vers moi. Ces pointes enflammées étaient les seules parties d'eux qui bougeaient tandis qu'ils m'observaient avec expectative de leurs yeux rouges incandescents.

Tout paraissait étrangement calme après l'impact de ma deuxième chute.

Tout mon royaume serait à l'écoute de mes ordres, de mes instructions et de mon réconfort. Ils voudraient savoir ce qui venait de se passer.

Melek apparut à point nommé dans un tourbillon de plumes dorées scintillantes.

— Typhos, souffla-t-il. Prends ma main.

Il tendit sa main sans hésitation en enjambant le rocher qui refroidissait. Je fixai ses doigts, incapable d'oublier que c'était exactement comme cela que ça s'était passé la première fois. Sauf que maintenant, je savais que Melek ne m'avait pas trahi. Lorsqu'il m'avait tendu la main, il y avait bien longtemps, je l'avais repoussée.

Cette fois je la pris.

Mon prince m'adressa un sourire qui me brisa le cœur, car cette petite reconstitution guérit quelque chose en lui. Nous parlions rarement des tours qu'il m'avait joués à l'époque. Ces tours m'avaient sauvé la vie, mais ils m'avaient quand même fait mal.

Sa trahison apparente m'avait brisé. Mais mon rejet l'avait aussi brisé. Cette profonde cicatrice, je n'avais jamais pu la guérir complètement, et pourtant, nous étions là, en train de la réparer.

Grâce à Camillia de la Croix.

Melek et moi nous tînmes la main longtemps après que je me sois relevé. Mon costume avait brûlé sur mon corps, mais je n'étais plus brisé. Je ne souffrais pas de la perte de mes ailes comme lors de ma première chute. Une bouffée de feu persistait à leur place comme un souvenir obsédant.

Ma Source flambait sur ma peau, me guérissant avec des vagues ardentes que je voyais se refléter dans les fils d'énergie dorés qui pompaient dans mes veines.

Tout comme la statue, m'étonnai-je.

Comme pour achever mon retour au pouvoir, la chaleur flamba dans mon dos et mes appendices semblables à des brasiers s'étirèrent pour atteindre leur pleine grâce.

Je soupirai, renouvelé. Rassasié. Comblé.

Et ma Source commença enfin à se calmer, son noyau palpitant comme un doux battement de cœur, satisfait de son équilibre retrouvé.

— Où est Camillia ? demandai-je, car même si son essence était partout, elle n'était pas ici physiquement, de toute évidence.

Et j'avais des questions, ainsi que des inquiétudes. Elle avait expulsé une quantité incroyable d'énergie d'un seul coup.

Et Melek était venu seul, ce qui ne faisait qu'accroître cette inquiétude.

Et si...

Des ombres virevoltèrent dans l'air quand Ajax apparut, les cendres ardentes de mon Commandant sur ses talons. Ils me fixèrent tous les deux pendant un moment, et je réalisai que c'était la première fois qu'ils me voyaient comme ça.

Ressuscité. Neuf. Sous ma forme brute en tant que roi des Faë de l'Enfer.

Mes cheveux ondulaient autour de mon visage sous l'effet d'un vent invisible tandis que l'énergie crépitait dans mes veines. Melek relâcha ma main et s'approcha de moi, faisant fi de l'énergie crépitante. Il saisit une mèche de mes cheveux entre ses doigts. Mes cheveux étaient noirs, mais la mèche qu'il tenait était blanche.

Est-ce que ça vient de ce que Camillia m'a fait ?

Pas quand elle m'avait renvoyé la Source, mais avant. Quand elle avait été *prise* à la place.

Et maintenant que tout mon cercle intime était là, il était manifeste que Camillia n'était... pas là.

Mes hommes semblèrent en prendre conscience en même temps. Ajax écarquilla les yeux, Azazel pencha la tête sur le côté et ses iris prirent une teinte noire intense.

Melek serra sa mâchoire avant de parler :

— Elle n'est pas avec toi ?

— Elle est dans les Terres Stériles, annonça Ajax, me surprenant par cette vague déclaration avant de disparaître à nouveau dans un tourbillon d'ombres.

Mon Commandant fronça les sourcils.

— Il se trompe. Elle est toujours dans le royaume des Faë de Minuit, marmonna-t-il avant de s'éclipser dans une bouffée de cendres, retournant sans doute dans le royaume d'où nous venions.

Melek inclina le menton et détourna son attention de mon palais.

— Je la sens aussi ailleurs. Je la sens… (Il sourcilla puis leva les yeux vers moi.) Pourquoi serait-elle sur le campus des épouses Faë de l'Enfer ? C'est là que je la sens, mais je ne peux toujours pas l'atteindre avec mon esprit. Je ne peux que la sentir.

Quelque chose n'allait pas, parce que je sentais Camillia aussi. Sauf que c'était ici. *Partout.*

— Vas-y, lui dis-je. (Si mes hommes étaient attirés par ces lieux, peut-être recelaient-ils une réponse à l'énigme qu'ils posaient.) Et dis-moi ce que tu trouves, mon prince. (J'attrapai sa nuque et appuyai mon front sur le sien.) Mais s'il te plaît, mon bien-aimé, sois prudent.

Je n'avais pas besoin de le dire à haute voix. Il le savait. Il l'avait su probablement bien avant moi.

Nous avons un ennemi invisible qui tire les ficelles depuis le début.

Et cela me terrifiait de voir à quel point il avait été proche de la victoire.

— Quand m'as-tu déjà vu m'attirer des ennuis, mon roi ? sourit Melek.

Sur cette réplique enjouée, il disparut.

L'effroi me serra le cœur et s'installa dans mon âme.

Pour la première fois depuis que j'avais rencontré Camillia de la Croix, je souhaitais sentir à nouveau ses petits doigts délicats tirer sur mon énergie, parce qu'au moins cela me dirait qu'elle est toujours là.

Qu'elle était en vie. Qu'elle était en *sécurité.*

Mais ce dernier point n'était pas vrai. Je le ressentais au fond de mon âme : Camillia de la Croix avait des problèmes.

Et c'était à moi de la trouver.

Où que tu sois, petite tentatrice, tu ne seras pas perdue longtemps. J'en fais le serment.

CHAPITRE 15

CAMI

BLANC.

Un parement en porcelaine.

Un ciel d'un bleu éclatant.

Du verre immaculé.

Un jardin verdoyant avec des fleurs aux couleurs vives et des abeilles bourdonnantes.

Utopie.

C'est ainsi que ma mère avait appelé cet endroit pendant ma visite – que je ne me souvenais pas d'avoir acceptée, mais sans doute que oui puisqu'elle m'avait fait faire le tour de sa maison.

Ou était-ce *notre* maison ?

Je ne savais toujours pas comment j'étais arrivée ici. Mais c'était plutôt normal s'agissant de mes parents – ils m'emmenaient souvent dans des lieux sans aucune explication. Je m'endormais dans mon lit pour me réveiller au milieu d'un champ en flammes.

En matière d'excursions aléatoires, celle-ci paraissait correcte jusqu'à présent.

Tous ceux que nous croisions nous saluaient d'un signe de

tête, les ailes scintillantes dans leur dos confirmant leur nature inhumaine. J'observais quelques plumes, un souvenir me titillant l'esprit : une plume blanche teintée d'or.

Mais avant que je puisse le saisir pleinement, nous tournâmes au coin de la rue pour admirer une grande fontaine entourant une statue féminine. Elle se tenait au milieu, les bras tendus, louant les cieux. J'avais déjà vu quelque chose comme ça. Une statue intense, masculine, avec des cicatrices à la place des ailes.

Je fronçai les sourcils. *Pourquoi...*

— Je suis vraiment désolée pour ton père, ma chérie, dit ma mère.

— Mon père ? répétai-je en battant des paupières.

Une ombre grise s'abattit sur la fontaine, la faisant paraître charbonneuse et calcinée pendant une fraction de seconde. Mais quand je cillai de nouveau, tout redevint blanc.

Étrange.

Ma mère s'éclaircit la gorge.

— Eh bien, oui. Sa mort. Mais tu dois comprendre que c'était nécessaire.

— Papa est mort ? m'étonnai-je.

Comment en étions-nous arrivés à ce sujet ? Est-ce que j'étais déjà au courant de sa mort ? En avions-nous parlé auparavant ?

Je ne savais pas trop. J'avais oublié bien des choses en ce moment. *Comme la façon dont je suis venue ici,* pensai-je pour la millionième fois. *Où suis-je ? Qu'est-ce que l'utopie ? Pourquoi je me sens si perdue ?*

— Tu n'as pas capté un seul mot de ce que j'ai dit ? constata ma mère sur un ton que je ne connaissais que trop bien.

— Je suis désolée, répondis-je aussitôt, baissant les yeux. Je... je ne me sens pas moi-même.

Rien de tout cela n'avait de sens. Je ne savais même pas comment j'étais arrivée ici. *Ou pourquoi... ?*

Sourcils froncés, je balayai du regard la robe blanche de ma mère et...

— Pourquoi tu as des ailes ? lâchai-je.

Elle pinça les lèvres, son expression étant l'incarnation de la déception.

— Je suis une Faë Vertueuse, Camillia. Honnêtement, que tu aies pu survivre aussi longtemps avec une telle naïveté me dépasse.

Faë Vertueuse. Ce mot m'était familier. Des êtres angéliques. Des Faë originaux. Quelque chose à propos d'une lumière et de l'éclatement d'une source...

Et d'un Faë Vertueux qui chute...

J'étudiai de nouveau la statue dans la fontaine. Les courbes féminines étaient toutes fausses. Elles devraient être masculines. Souffrantes. Courbées, les muscles tendus et présentant des déchirures sanglantes à l'endroit où se trouvaient les ailes.

La statue déteignit encore en ombres grises, son visage s'assombrit avant de s'éclaircir une fois de plus.

Qu'est-ce que c'est ? Je levai les yeux au ciel. Il était clair et ne pouvait pas projeter d'ombres. Et pourtant...

Ma mère claqua des doigts sous mon nez.

— Si je dois t'expliquer ça, tu vas m'écouter.

Des excuses me vinrent aux lèvres, mais je ne les exprimai pas car ma mâchoire était trop serrée. C'était comme si mon corps refusait d'émettre les mots que mon esprit hurlait.

Cependant, une petite voix chuchota : *quelque chose ne va pas.*

Je m'accrochai à cette petite voix, curieuse de savoir ce qu'elle voulait dire.

— Comme je l'ai déjà dit, ton père était un moyen d'arriver à mes fins. Je l'ai séduit pour te créer. Il a conclu le marché à ma demande. Ensuite, il m'a aidée à te former. Après ça, eh bien, il n'était plus nécessaire. (Elle haussa les épaules comme si tout cela était parfaitement logique, alors que je n'en comprenais pas un traître mot.) Il n'aurait pas été autorisé à venir ici.

Elle balaya du bras notre entourage, présentant son utopie une fois de plus. Si parfaite. Propre. Tranquille.

Qu'est-il arrivé aux autres Faë ? me demandai-je, levant de nouveau les yeux vers le ciel d'un bleu cristallin. *Est-ce qu'ils volent ?*

Et depuis quand ma mère s'est-elle fait pousser des ailes ? Elle est humaine...

J'allais l'interroger à haute voix, mais elle parlait de nouveau, disait quelque chose à propos de mon but.

— Tu aurais déjà dû terminer ce travail, me dit-elle.

Quel travail ? La question s'attarda sur ma langue, mais je la ravalai quand le ciel vira en un marron trouble. Je le contemplai bouche bée, puis je sursautai lorsqu'il reprit sa teinte bleue. *Comment... ?*

— Tu es née pour ça, Camillia. Je ne comprends pas trop pourquoi il te faut tant de temps pour accomplir cette tâche. (Elle secoua la tête.) Eh bien, ta grand-mère sera bientôt là pour une évaluation. Peut-être qu'il te faut juste un petit coup de pouce dans la bonne direction.

Reprenant sa marche, elle se dirigea vers une arche qui reliait deux bâtiments immaculés. Des fleurs et des vignes décoraient la pierre blanche, la végétation formant un mot que je n'arrivais pas à lire. Il était là, tapi à la lisière de mon esprit, mais plus je me concentrais dessus, plus il devenait illisible.

Bizarre, me dis-je, interloquée.

— *Camillia*, siffla ma mère.

Je cillai. *Oh.* Je m'étais arrêtée.

Je me dépêchai de la rattraper, une impression malsaine me prenant aux tripes. Elle m'emmenait sans doute à un autre exercice de son fameux entraînement. C'était peut-être la cause des ombres vacillantes. Une tempête s'approcherait-elle au-dessus de nos têtes ? Une tornade ? Quelque chose de destructeur que je devrais combattre à l'aide de la magie ?

Au moins, on dirait que nous sommes les seules à être encore là, remarquai-je. Tous les autres avaient disparu.

Quoi qu'il en soit, c'était assez étrange d'errer dans ces rues trop propres, seule avec ma mère ailée.

Est-ce que je rêve ? Cela... cela pourrait avoir du sens. D'autant plus que ma mère était morte.

Je m'arrêtai de nouveau. *Ma mère est morte.* Cette prise de conscience me frappa en plein cœur et me coupa le souffle.

— Je ne suis pas morte, Camillia, dit-elle, me faisant de nouveau face, l'air ulcéré.

Est-ce que j'ai dit ça à voix haute ? m'étonnai-je, surprise par sa réponse.

— Je suis une Faë Vertueuse, pas une humaine, continua-t-elle. Et tu es une métisse, mais ton héritage de Faë Vertueux est plus fort que ta génétique de Faë de l'Enfer. Une fois que tu auras achevé ta tâche, ta grand-mère s'assurera que tu es de sang pur en réduisant en cendres ce côté misérable de ta personne.

— Quelle tâche ? lâchai-je, complètement perdue.

J'enregistrais ses mots, mais leur sens sous-jacent était trop incroyable.

— Reprendre la Source des Faë Vertueux, répondit-elle, comme si c'était la chose la plus évidente du monde. Tu es un siphon, ma chérie. Créé avec mon sang et celui d'un de ses Faë de l'Enfer. Tu as été conçue pour absorber la lumière et restaurer l'espèce Faë Vertueuse.

Elle s'avança et prit ma joue en coupe en un faux geste d'affection. Ma mère n'avait jamais aimé me toucher, et je n'aimais pas non plus qu'elle le fasse.

— C'est un sacré cadeau, vraiment, murmura-t-elle. Mais tu dois l'utiliser à bon escient.

Elle prononça cette dernière phrase avec l'agacement qui la caractérisait, puis retira sa main.

— Franchement, Camillia, je n'ai aucune idée d'à quoi tu pensais sur cette piste de danse. Tout ce que tu avais à faire, c'était t'accrocher à lui quelques minutes de plus, et les charmes auraient joué leur rôle en l'affaiblissant.

Des *charmes ?* Et qui était ce *lui* dont elle parlait ?

— Mais à la place, tu as repoussé la lumière en lui, le renvoyant sur son trône. (Elle secoua la tête.) Ta grand-mère va être très déçue.

— Grand-mère, releva une voix féminine en ricanant. Faë, je déteste ce terme.

Ma mère grimaça et leva les yeux sur la femme aux cheveux noirs et aux splendides ailes pointées d'or qui flottait vers nous. Elle ressemblait à la statue de la fontaine, mais ce n'était pas ce qui attirait le plus mon regard. C'était le ciel vacillant derrière elle qui me captivait.

Noir et fumeux, pas bleu. Mais en un clin d'œil, il afficha une belle journée.

Comme c'est bizarre...

— Mes excuses, dit ma mère à l'ange qui touchait le sol.

Je la dévisageai, son aspect familier me frappant aux tripes. *Je la connais*, réalisai-je. Pourtant, je n'avais aucune idée d'où ni comment, car j'étais certaine de ne l'avoir jamais vue.

Mais il y avait quelque chose dans ses yeux... d'un gris perçant. Et cruels.

Tellement, tellement cruels.

J'ignorais comment je le savais. Elle n'avait pas l'air particulièrement méchante. Mais il y avait quelque chose d'extrêmement malfaisant en elle, une réaction instinctive que je ne pouvais pas expliquer. Tout ce que je voulais, c'était fuir.

Non. Pas fuir. *Lutter.*

Je plissai le front à ces pulsions contradictoires. Une partie de moi voulait fuir, et l'autre voulait attaquer cette femme. *D'où ça vient ?* m'interrogeai-je, étourdie par les instincts insensés qui se déchaînaient en moi. *Comment je connais cette femme ?*

Grand-mère, répondit aussitôt une voix. Parce que ma mère venait d'employer ce terme et que la femme s'en était moquée. *C'est ma grand-mère.*

Sauf que je ne l'avais jamais rencontrée. Pourtant je la connaissais. Au fond de moi, mon âme reconnaissait la sienne. Et je ne l'aimais pas.

— Eh bien, laisse-moi te regarder, Camillia, dit la femme qui se tenait à quelques pas. (Ses ailes disparurent en un clin d'œil.) Tu as bien maltraité cette robe.

Je baissai les yeux sur l'étoffe dorée qui pendouillait en lambeaux sur moi. *Euh, c'est... hum.* J'étais couverte aux endroits appropriés, mais pratiquement nue par ailleurs.

— Elle a combattu les charmes, expliqua ma mère.

— Oui, je sais. J'ai observé. (Ma grand-mère – un nom bizarre pour cette étrangère qui n'en était pas une – soupira.) Je sais que nous avons décidé de la garder innocente pour l'aider à mieux s'intégrer et à passer inaperçue, mais elle a été manifestement un peu trop innocente.

— Pierre et moi avons pratiqué tous les exercices que tu as recommandés, répliqua ma mère d'un ton quelque peu tranchant. Je ne vois pas trop ce que nous aurions pu faire de mieux pour la préparer.

La femme aux yeux cruels balaya le commentaire d'un revers de main.

— Je ne veux pas entendre d'excuses, Mystika. Ce que je veux entendre, ce sont des solutions.

— On lui dit tout et on lui explique les enjeux, répondit aussitôt ma mère. Il sait déjà qu'elle est une menace. Mais il ne peut pas la tuer.

— Mais il peut l'emprisonner. Et nous savons à quel point il aime ses prisons.

De qui parlons-nous ? me demandai-je, les fixant tour à tour.

Il me manquait des détails. Bon sang, il me manquait bien plus que des détails.

Pourquoi mon esprit est-il si brumeux ? Où suis-je, putain ? Et d'où je connais cette femme ?

— Raison de plus pour tout lui dire afin qu'elle soit prête à le combattre. Elle l'a déjà considérablement affaibli. Il ne faudra pas grand-chose pour en venir à bout.

La femme secoua la tête en signe de désaccord.

— Il faut faire les choses correctement. Siphonner la lumière, puis négocier. Tu sais bien que tout est affaire de marché, ma chérie.

Je plissai les yeux. *Chérie* est le mot qu'employait ma mère avec moi. Il avait l'air gentil, mais il était en fait condescendant. Elle avait dû l'apprendre de cette femme.

— D'où je te connais ? demandai-je, retrouvant plus ou moins ma voix.

Elle était sortie forte et claire, ce qui me plut beaucoup. Or elle eut un impact inverse sur l'ange aux cheveux noirs devant moi.

Elle me lança un regard si mortel que je faillis reculer d'un pas.

— Je suis ta chair et ton sang, ma fille. C'est comme ça que tu me connais.

Je commençai à secouer la tête mais je stoppai quand elle darda ses yeux sur moi.

Wow, si un regard pouvait tuer, je serais une Faë morte.

Quelque chose dans cette pensée déclencha une volée de règles dans mon esprit.

Règle n° 2 des Faë de l'Enfer : n'attire pas l'attention.

Règle n° 3 des Faë de l'Enfer : connais ton ennemi avant de t'engager.

Règle n° 1 des Faë de l'Enfer : ne meurs pas.

Elles n'étaient pas dans l'ordre, mais peu importait. Elles s'appliquaient toutes.

— Excuse-toi auprès de ta grand-mère, Camillia, exigea ma mère.

— *Argh*, ça suffit avec ce titre familial, grinça la femme.

— Je suis désolée, Vivaxia. Présente tes excuses à notre reine des Faë Vertueux, Camillia. Tout de suite.

J'ouvris la bouche pour obéir, mais les mots... les mots ne sortirent pas.

Parce que ce nom – *Vivaxia* – signifiait quelque chose pour moi. Quelque chose d'important. Quelque chose de *catastrophique.*

Je la dévisageai, étudiai son beau visage élégant. Ses traits séduisants. Sa familiarité. *Ses yeux cruels.*

Vivaxia, me répétai-je. *Vivaxia... Vivaxia...* J'écarquillai les yeux.

— *Vivaxia.*

La Faë Vertueuse qui avait provoqué la chute de Lucifer. La Faë Vertueuse qui avait traité Az comme son *toutou.*

Je la reconnus à travers mon compagnon. Ou peut-être à la fois Az et le roi des Faë de l'Enfer. Peut-être même à travers le livre de Lucifer, Vita. Quelle que soit la source, je savais exactement qui était cette salope, mon âme reconnaissant sa noirceur rien qu'à sa proximité.

Oh, bien sûr que non.

— Putain, je ne m'excuserai *jamais* auprès de toi, crachai-je, furieuse.

Toutes les pièces s'emboîtaient enfin. Tous mes souvenirs surgirent en même temps. Comme tout ce que je venais de traverser frappait mon esprit, mon cœur et mon *âme.*

Je voulais plutôt tuer cette femelle. La déchirer. *La mettre en foutues pièces.*

Je me jetai sur elle toutes griffes dehors, hurlant de fureur pour tout ce qu'elle avait fait à Az et à Lucifer. Mais je me heurtai à un mur invisible.

Elle claqua de la langue.

— Ce n'est pas poli, Camillia. Je t'ai donné la vie et une raison d'être, et c'est comme ça que tu me remercies ?

— Te remercier ? (Je faillis ricaner.) Je veux te tuer, putain.

Elle leva les yeux au ciel comme si j'étais un moucheron agaçant. Puis d'un geste du poignet, elle m'envoya valdinguer sur la route trop blanche jusqu'à la façade d'un bâtiment.

Des cordes argentées apparurent et m'attachèrent avant que je puisse bouger.

Puis le mirage autour de nous s'estompa pour révéler la vérité.

Il n'y avait plus de lignes épurées. Plus de ciel bleu. Plus d'herbe verte. À la place, je ne voyais que du gris. Fumée. Pollution. Un monde teinté par un soleil assombri.

Et devant moi se tenait une femme avec des nuages de tempête en guise d'yeux, provoquant une tourmente qui s'étendait tout autour de nous.

Non loin, ma mère se recroquevillait, l'air bizarrement paniqué.

Mais la femme devant moi était d'une élégance royale, ses traits exsudant l'ennui.

— Très bien, Camillia. Je vois que tu as besoin d'une leçon de respect pour tes aînés. (Une plume apparut dans sa main, ses doigts manucurés en caressant le bord doré.) Alors commençons, d'accord ?

CHAPITRE 16

MELEK

Un malaise me traversa quand je franchis les doubles portes de la bibliothèque. Je m'arrêtai une fois entré, laissant descendre l'air frais du plafond façon cathédrale.

Les températures les plus basses provenaient des chimères. Elles gloussaient et chuchotaient mais ne me parlaient pas directement. Peut-être qu'elles sentaient mon humeur – ou peut-être qu'elles sentaient *Camillia*. Quelle que soit la raison, elles gardaient sagement leurs distances.

Je n'étais pas d'humeur joueuse. C'était rare chez moi. Mais rien de ce qui s'était passé aujourd'hui n'était normal.

Plumes, la semaine dernière avait été atroce. Avoir accès à l'esprit de Camillia juste pour être écarté de ses pensées devait être l'une des pires punitions qu'un homme puisse endurer. Et je ne savais même pas *pourquoi* elle avait éprouvé le besoin de me bloquer. Tout ce que j'avais fait avait eu pour but de l'aider, pas de la blesser. Pourtant, elle m'avait clairement fait comprendre qu'elle n'avait pas confiance en moi. Je n'étais même pas sûr qu'elle m'aime bien.

Ce qui était une petite préoccupation ennuyeuse.

Tout le monde m'aimait bien. J'étais adorable. Gentil. Beau. Amusant. Confiant.

Ou en tout cas, je l'étais avant. Mais Camillia m'avait fait me remettre en question à plus d'un titre, ce qui expliquait sûrement pourquoi je doutais encore de moi maintenant.

Car je pouvais la *sentir* ici. Quoiqu'au fond de moi, je ne me fiais pas à mon instinct. Peut-être que mon manque d'assurance avait trait au fait d'avoir vu Lucifer chuter pour la deuxième fois.

Tu parles d'un déclencheur.

Mais cette fois, il a accepté ma main...

Une éternité plus tôt, la situation avait été bien plus désespérée. Beaucoup moins *confiante*. Mais ce soir, nous étions unis, son pouvoir suintait littéralement de lui et imprégnait tout le royaume.

C'était très différent de la première fois qu'il avait chuté. Cette fois-ci, c'était plutôt une explosion de puissance venant d'en haut, mon roi s'étant téléporté presque jusqu'au royaume des Faë de l'Enfer avant de perdre le contrôle et de dégringoler du ciel sans nuages.

Sa chute du royaume des Faë Vertueux s'était produite à une distance bien plus grande. Et les dégâts causés par cet incident avaient été bien plus catastrophiques. Pourtant, il avait aussi symbolisé la renaissance, son splendide pouvoir s'étendant partout dans un effort de reconstruction.

Ce soir, il n'avait pas montré le même aspect brisé que la première fois, mais la vision de lui à genoux avait été magnifique. Puissante. L'ascension du roi des Faë de l'Enfer.

Il paraissait encore plus puissant que dans mes souvenirs, comme si Camillia avait fait bien plus que lui rendre sa Source. Comme si elle avait guéri cette ancienne fracture qui nous avait toujours tourmentés. Ou du moins, avait entamé un processus de guérison dont je n'avais même pas réalisé la nécessité.

J'avais une dette de gratitude envers Camillia, que je rembourserais quand je l'aurais retrouvée. *Es-tu là au moins ?* me demandai-je, errant dans la bibliothèque à la recherche de mon petit ange.

Ajax l'avait sentie dans les Terres Stériles. Azazel s'était envolé pour le royaume des Faë de Minuit. Quant à moi, j'avais été certain qu'elle était ici – au moins jusqu'à mon arrivée. Car maintenant... maintenant j'étais quasi sûr qu'elle n'était pas là du tout.

— Prince Melek ? appela une voix féminine.

Je sursautai en découvrant la femme assise au milieu de la pièce, dont je n'avais même pas remarqué la présence. Une autre, face à elle, me regardait avec des yeux ronds. Leurs uniformes les désignaient comme des candidates aux épreuves nuptiales des Faë de l'Enfer, mais aucune n'était celle que je cherchais.

— Candidate vingt-deux.

Je reconnus la femme aux cheveux argentés attachés en une queue de cheval qui révélait ses oreilles pointues. Elle avait une posture royale qui me rappelait l'esprit de Camillia, mais les similitudes s'arrêtaient là.

— Feyre de la Maison de Fer, me corrigea-t-elle, mais je soupçonnais que c'était moins une correction qu'une présentation pleine d'espoir au Prince des Faë de l'Enfer.

Les épreuves nuptiales avaient été interrompues pendant que les Terres Marécageuses se reconstruisaient. L'ouverture du mystérieux portail près de la caverne des Nagas n'était pas une coïncidence. Il s'était ouvert juste avant l'épreuve des Nagas, et toutes les épreuves prévues ensuite auraient probablement été prises pour cible. Du coup elles étaient suspendues pour une durée indéterminée, jusqu'à ce que nous sachions qui était derrière cet incident qui avait contrarié nombre de Faë de l'Enfer et du Cauchemar. Mais nos lieutenants avaient compris et approuvé la décision de Ty.

Nous allions dénicher le coupable sous peu.

Car je soupçonnais que celui qui avait ouvert ce portail dans les Terres Marécageuses – provoquant la mort de Faë du Cauchemar et d'au moins six épouses Faë de l'Enfer – était aussi le scélérat responsable de ce qui venait d'arriver à Camillia.

Tout était lié.

Je dois la retrouver.

— Et moi je suis... commença l'autre femme, mais je l'interrompis avec une brève révérence.

— Toutes mes excuses, mesdames, mais j'ai une course urgente à faire. S'il vous plaît, continuez vos études et préparez-vous pour la prochaine épreuve.

— Mais quand...

Une chimère tira sur la queue de cheval de Feyre en lâchant un juron acerbe, ce qui m'offrit l'occasion de m'éclipser.

Merci, pensai-je à l'adresse des chimères ricanantes, les appréciant encore plus.

Je n'avais aucune envie d'offenser l'une ou l'autre des candidates aux épreuves nuptiales des Faë de l'Enfer, surtout celles qui étaient arrivées à ce stade. Mais tant que je n'aurais pas trouvé Camillia, je n'aurais pas de réponses à leur fournir.

Mon malaise persistant s'amplifia quand j'atteignis un couloir bordé de livres que j'avais déjà consultés. Une constatation étrange, car je ne fréquentais pas souvent les niveaux les plus profonds de cette bibliothèque. J'avais la mienne au palais, ce qui rendait ma visite ici sans intérêt.

Mais fut un temps où j'avais été attiré par cette même allée et par la beauté installée à un bureau à son extrémité.

— C'est ici que je t'ai vue la première fois, murmurai-je en effleurant le bord de la table.

Une femme aux cheveux châtain clair qui lisait Vita – un

livre que seul Ty devrait être capable de déchiffrer –, c'était une image que je n'allais pas oublier de sitôt.

Qu'est-ce que tu as trouvé, petit prince ? s'enquit Ty dans mon esprit. *Je viens de ressentir un sursaut de désir intense de ta part. Camillia est-elle là ? As-tu appris quelque chose ?*

Au lieu de lui répondre, je me téléportai dans le palais. Le Gardien et le Commandant du roi des Faë de l'Enfer étaient déjà avec lui, sur le vaste balcon qui surplombait son royaume. La mâchoire d'Ajax était serrée, et les yeux d'Azazel formaient un tourbillon de noir et de violet. Tous deux étaient troublés et me regardaient en quête de réponses.

Malheureusement, je me rendais compte de ce que tout cela signifiait en réalité.

Je me tournai vers mon roi et lui donnai des nouvelles. C'était moi qui avais tiré toutes les ficelles, qui avais été là quand chacun de nous était tombé amoureux de Camillia de la Croix.

— Je sais pourquoi nous l'avons captée à des endroits différents, dis-je. Je l'ai sentie à la bibliothèque parce que c'est là que je l'ai rencontrée la première fois.

Ajax fronça les sourcils.

— Je ne comprends pas.

— C'est là que je suis tombé amoureux de Camillia, précisai-je en croisant son regard.

Son froncement de sourcils s'accentua.

— Mais j'ai été attiré par les Terres Stériles. Camillia et moi n'y sommes jamais allés ensemble.

— C'est vrai, convins-je. Mais qu'est-ce qui t'est arrivé quand Camillia y était ? Quand tu as cru qu'elle était morte ?

Ses joues perdirent un peu de leur couleur et ses yeux s'arrondirent.

— J'étais brisé.

— Parce que tu étais amoureux d'elle, dit Ty lentement,

suivant le fil de mes pensées. Vous avez tous été attirés par des lieux qui recèlent une charge émotionnelle.

J'acquiesçai. Ajax avisa Azazel :

— Tu l'as sentie dans le royaume des Faë de Minuit. C'est là que... ?

— Là où j'ai cessé de combattre mon Phénix, déclara gravement le Commandant.

Typhos se tourna vers son palais, contempla la statue et le cratère fumant à côté.

Je n'eus pas besoin de lui demander ce que cela voulait dire.

Il l'avait finalement acceptée. Ici. Un peu plus tôt. Pour la toute première fois.

Et cela me terrifiait de savoir que j'avais enfin gagné, que j'avais enfin convaincu Ty que la place de Camillia était à nos côtés alors qu'elle était....

— C'est le lien d'accouplement que nous ressentons, intervint Ty avant que j'aille au bout de ma pensée.

— Oui. Notre lien initial avec Camillia de la Croix.

Je ne savais pas trop si ce lien avait été établi par une magie néfaste ou si c'était simplement nos âmes qui essayaient de retrouver notre compagne disparue.

La mâchoire crispée, Ty promena son regard sur son royaume.

— Alors où est-elle ?

Je secouai la tête.

— Je ne sais pas...

CHAPITRE 17

CAMI

Dans les yeux froids de Vivaxia couvaient des intentions malveillantes. Elle agita sa plume dans l'air, traçant des sorts de couleur or qui brûlèrent ma peau à leur contact.

Elle tiqua en ne me voyant pas crier ni émettre un son. Ni *me soumettre*.

Ma mère se tenait derrière elle, l'air confus.

— Pourquoi le sort ne prend-il pas ?

— Parce que ta fille est têtue.

Je faillis sourire devant son irritation manifeste. Mais chaque mouvement dans l'air me rappelait Ajax agitant sa baguette de la même façon. Et les liens argentés qui me bloquaient contre le bâtiment me rappelaient les lianes-serpents qu'il avait utilisées pour m'attacher à une chaise.

En fait, toute cette situation m'évoquait cette expérience dans le royaume des Faë de Minuit : Ajax et Az qui m'interrogeaient, ce qui les avait amenés à me croire.

Et maintenant, ils sont à moi.

Mais je ne pouvais ni les entendre ni les sentir. J'ignorais pourquoi. Les souvenirs que j'avais d'eux continuaient également à s'estomper sur les bords. Je n'arrivais même pas à les visualiser pendant je me promenais avec ma mère dans sa version tordue de l'utopie. Entendre le nom de Vivaxia m'avait tout remémoré en un clin d'œil, mais je sentais cette connaissance vaciller, disparaître dans une docilité forcée.

La plume de Vivaxia attira de nouveau mon attention, ce qui me refit penser à la baguette d'Ajax, et le cycle se poursuivit ainsi. Il me paraissait assez clair que son sort avait pour but d'altérer ma mémoire du passé, voire de me convaincre de l'oublier complètement.

Mais je m'y refusais.

Alors peut-être que j'étais têtue. Parce que j'emmerdais cette salope de Faë Vertueuse. Si j'avais eu les mains libres, j'aurais tenté de la frapper encore.

Elle plissa les yeux comme si elle déchiffrait ce désir sur mon visage.

— Je t'ai créée, mon enfant. Tu feras ce que je te dis.

— Si tu crois ça, c'est que tu ne me connais pas très bien, rétorquai-je.

— *Camillia*, siffla ma mère. Je t'ai appris mieux que ça.

— Non, tu m'as appris à être indépendante à travers une série d'épreuves, l'informai-je d'un ton égal. Tu m'as appris à craindre et à accepter l'abandon en même temps. Et tu m'as appris à ne jamais faire confiance à personne. Surtout pas à toi ou à papa.

Elle se hérissa. Mais je m'en fichais.

Mes parents m'avaient élevée dans un monde de tourments. Être attachée à ce bâtiment ne m'effrayait pas, ne me donnait pas envie de me soumettre. Au contraire, cela me donnait envie de me *battre*.

Ce fut exactement ce que je fis quand Vivaxia essaya un autre sort.

Au lieu de sa voix chuchotant l'incantation, je perçus Ajax. Je le sentis. Sa magie. Son pouvoir. Notre lien. Mais je ne pouvais pas l'*entendre*.

Az était là aussi, son pouvoir bourdonnant dans mes veines, son feu de Phénix bien présent dans mon cœur.

Pourquoi je ne peux pas vous entendre ? m'étonnai-je, examinant les blocs dans mon esprit. Ils étaient étranges et collants, leur substance semblable à une toile d'araignée n'était pas celle que j'avais mise là.

Ignorant Vivaxia et ses mots inconnus, je me concentrai sur le démêlage de la toile. Sur la recherche de mes compagnons. Sur comment me sortir du pétrin dans lequel j'avais atterri. Tout en reconstituant les déclarations énigmatiques de ma mère.

J'avais cru être perdue dans un rêve, ne comprenant pas vraiment ce qu'elle avait dit jusqu'à présent. Jusqu'à ce que je réalise que c'était *réel*, que je ne rêvais pas du tout et que ma mère... *n'était pas humaine.* Un frisson me parcourut l'échine à cette pensée, mon esprit ayant du mal à accepter ce qui était devant mes yeux : deux Faë Vertueuses.

Donc je faisais moi-même partie des Faë Vertueux. *C'est pour ça que je peux lire Vita ? Pourquoi Melek a été attiré par moi ? Melek le savait-il ?*

En pensant à lui, je me demandais si je pouvais l'atteindre d'une manière ou d'une autre. Les blocs que j'avais érigés entre nous étaient toujours là, la structure qu'Az m'avait aidée à construire tenait remarquablement bien. Apparemment, c'était une chose qu'il avait apprise en s'accouplant avec Lucifer.

J'y réfléchirais plus tard. Pour l'instant, je me concentrai sur ces blocs, essayai de les faire tomber un à un. Cette substance collante n'existait pas ici, juste la barrière que j'avais créée sous la conduite d'Az.

Un bruit sec attira mon attention sur Vivaxia : ses ailes avaient surgi dans son dos en un frisson d'agitation. Sauf que les plumes blanches de tout à l'heure étaient maintenant d'un noir de suie. *Un peu comme les appendices abîmés de Lucifer,* réalisai-je, repensant à son corps puissant ce jour-là dans les Terres Marécageuses, lorsqu'il avait essayé de fermer le portail. Mais cette femelle avait encore quelques plumes, des restes enflammés battant derrière elle comme une nuée de lucioles furieuses. *Ma grand-mère.*

Je n'avais pas encore bien assimilé ce fait, mon esprit se rebellait contre notre lien de parenté. Ainsi que le fait qu'elle m'avait *créée. Pour être un siphon*, pensai-je en tremblant.

Faë, cela signifiait que j'avais vraiment été un danger pour Lucifer. Pour sa *Source.* Je ne savais pas trop ce que cela impliquait d'être un siphon, mais il me semblait assez clair que j'avais été conçue pour voler la lumière de Lucifer. Pour briser sa Source.

« Tu es un siphon, ma chérie, avait déclaré ma mère. Créé avec mon sang et celui d'un de ses Faë de l'Enfer. Tu as été conçue pour absorber la lumière et restaurer l'espèce Fae Vertueuse. »

Je ne savais pas trop comment cela fonctionnait, et ne voulais pas le découvrir.

— Écoute-moi, ma fille, grogna Vivaxia. Tu vas suivre mon commandement et te *mettre au pas.*

Je courbai le dos lorsqu'un éclair de puissance pure me frappa en pleine poitrine, allumant un feu en moi qui me fit hoqueter et tout voir en blanc autour de moi.

Des bâtiments blancs. Des trottoirs parfaits. Une fontaine scintillante. Des ailes blanches aux pointes dorées.

Je sourcillai à cette dernière image, la silhouette de Vivaxia ayant pris une nouvelle apparence – fausse.

Melek, pensai-je, étourdie. *Ce sont les ailes de Melek.*

Un autre craquement d'énergie me coupa le souffle, et mon esprit vacilla dans et hors de la réalité. *Gris et blanc. Pollué et immaculé. Des plumes en feu et des pointes dorées.*

Je clignai des yeux, puis secouai la tête pour tenter de m'éclaircir les idées.

Mais un beau visage féminin, angélique et gentil emplit mon champ de vision.

Non, pas gentil, murmura une partie futée de moi. *Ces yeux gris sont cruels. Méchants. Ils exsudent le mal.*

Cependant, la créature sourit, comme si elle était satisfaite de moi. Ce qui me fit retrousser les lèvres, appréciant son affection. Son *approbation.*

— C'est bien mieux, roucoula-t-elle en remettant une plume dans ses ailes.

Blanches aux pointes d'or, me répétai-je. *Melek...*

— Bon, où en étions-nous ? demanda la femme, dont le nom m'échappait.

Je la connaissais. Je la reconnaissais. Mais mon souvenir d'elle était flou.

— Je sais que tu as un peu de ton père en toi et que ça peut te rendre quelque peu compatissante envers les Bêtes de l'Enfer, mais tu dois comprendre la hiérarchie, ma chérie. Les Faë Vertueux ont rendu tout cela possible. Nous sommes les dieux de ce monde. Les créateurs. Notre mode de vie est supérieur à celui de tous.

Ses paroles roulèrent en moi, me donnant envie de baisser la tête en signe d'acceptation. Mais la petite voix qui reconnaissait ses plumes était en désaccord avec chaque mot. *C'est une façade. Un mensonge. Ne l'écoute pas.*

Je suivis ce fil de pensées, mon instinct en alerte.

Melek, murmura mon esprit.

Qui ? me demandai-je. Puis je clignai des yeux. *Oui, Melek.* Faë Vertueux. *Mon* Faë Vertueux.

Je revins à la barrière qui nous séparait, arrachant les morceaux pendant que Vivaxia jacassait sur la gloire de son – *notre* – espèce.

— Cela dit, notre supériorité nous confère aussi une certaine responsabilité. Nous devons protéger ceux qui sont plus faibles que nous. Malheureusement, vivre pour l'éternité peut altérer certaines morales et perspectives. Et malheureusement, c'est ce qui est arrivé à Typhos Lucifer.

Je feignis la confusion parce que je la soupçonnais d'être la raison pour laquelle mon esprit restait vide et que le monde autour de nous oscillait entre blanc et gris.

Vivaxia voulait manifestement me faire croire quelque chose.

Elle n'y arriverait pas, mais je feindrais l'intérêt si elle cessait de me frapper avec ses enchantements qui m'abrutissaient le cerveau. Parce que le monde autour de nous était de nouveau blanc, ce qui suggérait que mon esprit était à deux doigts de tomber complètement sous son charme.

Je ne pouvais pas laisser cela se produire. Je le refusais.

Allez, m'exhortai-je, me concentrant sur le mur dans mon esprit. *Laisse-moi passer.*

— À un moment donné, il a été victime de ses propres créations, continua-t-elle avec un soupir théâtral. Tu vois, ses bêtes contre nature ont obscurci son jugement et altéré son esprit. C'est comme s'il avait complètement oublié comment et pourquoi il les avait créées. C'est très triste, vraiment.

Je fronçai les sourcils, cette dernière phrase ne s'étant pas enregistrée correctement dans ma tête.

— Créées ?

Parlait-elle des âmes noires qu'il avait transformées en Faë du Cauchemar pour les punir ?

— Eh bien, oui. N'a-t-il pas mentionné son penchant pour ses chouchous Faë métamorphes ? (Elle rit, un son tintinnabulant qui irrita mes sens.) Typhos était le roi des abominations, c'est pourquoi il est tombé avec elles dans une fosse à la fin.

Cela ne correspondait pas à l'histoire que je connaissais. Bon, cela me rappelait certaines choses – le fait qu'il ait chuté dans ce qui était maintenant le royaume des Faë de l'Enfer –

mais ce n'était pas lui qui aimait les chouchous Faë métamorphes. C'était Vivaxia.

— C'est tout à fait convenable qu'il règne sur son propre désordre, je suppose. Mais j'aimerais beaucoup qu'il se relève, revienne parmi nous et rétablisse la lumière, poursuivit-elle. Il a commis une erreur en jouant avec la vie comme il l'a fait. Toutefois, je pense qu'il a été puni assez longtemps.

Je réfrénai l'envie de la regarder bouche bée.

Elle voulait faire croire que Lucifer avait créé tous les Faë du Cauchemar, mais Az m'avait dit que beaucoup de Faë Vertueux aimaient jouer avec les âmes et la vie, fabriquant ainsi divers types de Faë métamorphes qu'ils gardaient comme protégés.

— Je vois qu'on ne t'a rien dit de tout cela, remarqua Vivaxia, l'air triste. Laisse-moi deviner : il t'a dit qu'il avait chuté suite à un marché avec moi ?

Comme je ne répondais pas, elle poussa un autre soupir.

— Le « marché » dont il parle est celui que tous les Faë Vertueux acceptent à la naissance : chérir et protéger la vie. Il s'agit plutôt d'un vœu, mais le terme importe peu. Ce qui compte, c'est la morale qui se cache derrière. Et il a enfreint cette morale en choisissant de créer négligemment des âmes à des fins de divertissement.

Elle marqua une pause, son énergie bourdonnant autour de moi.

Le monde palpitait en nuances de blancs, de bleus et de verts plus vifs, et je levai la main pour protéger mes yeux du soleil ardent. Mais un soupçon de ciel glauque apparaissait et disparaissait, me rappelant qu'il s'agissait d'un mirage. Qu'elle était en train d'élaborer un mensonge minutieux qui dépeignait Lucifer comme étant le méchant, et non elle.

Quelques mois plus tôt, j'aurais pu la croire. Mais son histoire ne correspondait pas à ce que j'avais vu dans Vita, ni à ce que Melek et Az m'avaient dit à propos de Lucifer.

Il n'aurait pas fait ce qu'elle prétend qu'il a fait, songeai-je, retournant encore une fois à la barrière dans mon esprit. Je parvenais presque à la franchir. *Je ne peux pas la croire. Je ne* veux pas *la croire.*

Même si ses paroles résonnaient quelque part au plus profond de moi.

Même si ma mère se tenait derrière elle, l'air contrit.

Même si... mon cœur se serra un peu à l'idée que Typhos ait pu mériter sa disgrâce.

— Il nous a fallu une éternité pour rassembler toutes ses expériences et leur donner un nouveau foyer, m'informa ma grand-mère d'un ton nuancé de tristesse. C'étaient des créatures tellement brisées, leurs âmes transformées pour une distraction diabolique.

Elle baissa les yeux et une pointe de regret traversa ses traits angéliques. Mais cette tristesse n'atteignit pas ses yeux. Ce qui était étrange, car des larmes scintillaient autour de ses iris lorsqu'elle me regarda de nouveau. Elle montrait de vrais remords, mais tout ce que je distinguais, c'était la cruauté tapie au fond d'elle. Comme si ces orbes grises s'étaient imprimées dans mon esprit, faussant ma vision.

— Nous ne pouvions pas les tuer, reprit-elle. Nous... nous n'avions tout simplement pas le cœur à ça. Alors nous leur avons fourni un nouveau foyer, puis nous avons envoyé Typhos les rejoindre, en espérant qu'il apprendrait de ses erreurs.

Je l'étudiai, essayant de discerner la vérité de la fiction. Son histoire était très semblable à celle de Lucifer, et pourtant... complètement différente.

Et si sa version était la vérité ? songeai-je. *Et si... et si j'avais été embrouillée par mes liens d'accouplement ?*

— Mais à la place, sa soif de pouvoir n'a fait que croître, continua-t-elle. Il s'est mis à rassembler des protégés de tous les royaumes Faë, et leur a offert un domaine où résider à condition qu'ils se plient à sa volonté. C'est pourquoi il interdisait aux femelles d'y entrer – c'était un moyen de contrôler les masses, de s'assurer qu'elles ne s'accouplent jamais.

Ma mère hocha la tête derrière elle.

— C'est vrai, Camillia. Ton père m'a tout raconté. Ne pas autoriser les accouplements était un moyen de garder ses Faë de l'Enfer loyaux.

— Et ça a marché, renchérit ma grand-mère. Pendant longtemps.

— Jusqu'à ce que certains Faë de l'Enfer et du Cauchemar commencent à s'interroger sur les véritables raisons qui poussaient Lucifer à les garder non accouplés, murmura ma mère. C'est alors que Lucifer a conçu les Épreuves nuptiales des Faë de l'Enfer.

— C'était brillant, pour être honnête. (Ma grand-mère – *non*, corrigeais-je, *Vivaxia* – avait l'air presque fier, comme si elle respectait la décision de Lucifer.) Comme pour tout le reste, il a élaboré un dispositif parfait, qu'il contrôlait. Et il s'en est servi pour punir ceux qui s'opposaient à lui.

— Comme ton père, ajouta ma mère. Il voulait quitter le royaume des Faë de l'Enfer, et la seule façon de le faire était de renoncer à la vie de sa fille – toi.

J'y réfléchis un moment, me rappelant l'accord que j'avais lu et qui avait déterminé mon destin. Le résumé de ma mère correspondait à ce que j'avais vu – mon père choisissant sa liberté plutôt que la mienne.

Mais quelque chose dans cette explication ne me semblait pas correct. Elle ne correspondait pas non plus à ce qu'elle avait raconté pendant notre visite. Elle m'avait dit qu'elle avait utilisé mon père pour me créer... puis l'avait convaincu de signer l'accord avec Lucifer.

Alors, quelle histoire était la vraie ?

Le monde vacilla de nouveau, mon esprit cherchant la vérité. Cherchant la *raison*.

J'avais déjà fait quelque chose, moi aussi. Quelque chose en moi. *Frapper un mur...*

Mes yeux s'écarquillèrent, la pensée fracassa mon immobilité. J'étais tombée dans une sorte d'hypnose, écoutant et croyant les paroles de Vivaxia. Remettant en question ce que je savais. Me demandant si Az et Melek m'avaient dit la vérité ou non.

Typhos est leur compagnon depuis des milliers d'années, murmura une partie de moi. *Ils mentiraient pour le protéger.*

Je faillis adhérer à ce train de pensées pourtant dangereux à suivre. Mais l'emploi de *Typhos* dans la phrase me fit hésiter. Je ne l'appelais pas Typhos, je l'appelais Lucifer.

Je serrai la mâchoire. Quelque chose – ou *quelqu'un* – était dans ma tête.

La magie tourbillonnait autour de moi, une énergie étrangère bourdonnait dans mes veines.

Le mur, pensai-je, rampant vers lui dans mon esprit tandis que Vivaxia continuait à déblatérer sur la chute de Typhos, expliquant à quel point elle avait été dévastatrice, évoquant les conséquences de sa punition.

— Il a rompu tous nos vœux, mais la Source a continué à croire en lui. *Nous* croyions encore en lui, dit-elle d'un ton déprimé qui faillit m'aspirer de nouveau dans la discussion. Notre lumière a donc suivi Typhos dans les ténèbres et a essayé de renouveler son objectif. Mais il n'a jamais expié ses péchés. À la place, il a gardé notre lumière, et notre Source...

Le ciel changea une fois de plus, montrant cette pollution et cette grisaille qui me déstabilisait en mon for intérieur.

— Notre Source s'est brisée à cause de son égoïsme, reprit Vivaxia. Il a refusé de revenir à nous, d'écouter la lumière, et voilà ce que nous sommes maintenant : des coquilles brisées qui attendent de renaître à nouveau dans notre gloire.

Je fixais le ciel pollué, le soleil diffus, les ailes fracturées dans son dos, et me demandais quel était le véritable mirage ici – l'utopie ou la douleur.

Peut-être s'agissait-il de deux mensonges. Des visions destinées à manipuler. Une mer de malhonnêteté rassemblée en une seule marée montante.

Et cette marée était Vivaxia.

Ses yeux la trahissaient. Aucune larme ni aucun froncement de sourcils ne pouvait cacher le mal tapi en elle.

Je me faufilai à travers le reste de la barrière que j'avais créée avec Az et je sentis aussitôt la chaleur de Melek en moi. *Camillia,* souffla-t-il. *Où es-tu, bordel ? Qu'est-ce qui s'est passé ? Est-ce que tu vas bien ?*

Je suis avec Vivaxia, lui répondis-je. *Elle fait quelque chose dans mon esprit. Je...*

La chaleur inonda mes veines, me réduisant momentanément au silence, tandis que mon dos heurtait quelque chose de dur. Je cillai, confuse, alors qu'un monde de feu se déployait autour de moi.

Les yeux ronds, je bougeai mes pieds par réflexe pour reculer. Et je... je me *déplaçai.*

Il n'y avait plus de mur. Plus de liens magiques. Juste des flammes qui dansaient dangereusement dans le vent. Et un ange avec de grandes ailes *noires,* planant au-dessus de tout cela. Ses cheveux assortis ondulaient dans une brise violente, la fureur émanait de son regard froid.

— Tu vas nous aider à réparer cette erreur, dit Vivaxia, sa voix portée par le vent hurlant m'enveloppant dans des torrents d'énergie malvenus. Ou tu finiras dans sa prison. *Pour de bon.*

D'un battement de ses ailes massives, elle souleva une bourrasque qui me projeta en arrière.

J'écartai les bras, cherchant à agripper quelque chose à quoi me raccrocher. Mais ses rafales étaient trop puissantes, son énergie était une vague brûlante qui s'écrasait sur tout mon corps et me rôtissait l'âme.

Je me détournai pour masquer mon visage, essayer de me protéger de ses hurlements furieux. C'est ainsi que je me retrouvai dans l'autre sens.

Et je repérai une image familière, que j'avais vue dans mon esprit mais pas en réalité : *un cratère dans le sol entouré de marques de brûlures noires.*

L'endroit où Lucifer a chuté, reconnus-je, l'image correspondant parfaitement à ce que son livre, Vita, m'avait montré un jour.

Saute, m'intima Melek, notre connexion soudain grande ouverte. *Saute, Cami. Saute !*

Je... je n'étais pas sûre... je...

Des scintillements de pouvoir miroitèrent tandis que d'autres flammes s'allumaient, les feux encerclant le trou... comme si Vivaxia essayait de le soustraire à ma vue.

Ou peut-être que tout cela n'était qu'une manipulation mentale.

Mais une chose était très claire : je devais m'éloigner de Vivaxia. De ma mère. De l'endroit où je me trouvais. *Dans le royaume des Faë Vertueux,* réalisai-je, frissonnant tandis que de la glace s'insinuait dans mes veines.

Règle n° 13 des Faë de l'Enfer : rien n'est ce qu'il paraît.

Et puis merde, me dis-je en m'élançant vers le trou. Qu'est-ce que j'avais à perdre ?

Vivaxia hurla derrière moi, un cri qui m'évoqua un oiseau prédateur.

Je l'ignorai. Repoussai tout. Sautai par-dessus le feu.

Et tombai dans le trou noir.

CHAPITRE 18

MELEK

Mes ailes battaient dans mon dos, mon cœur menaçait de jaillir de ma poitrine.

J'arrive, Cami, lui promis-je. *Je vais t'attraper.*

Rien. Juste des parasites. Comme si son cerveau s'était déconnecté.

Putain, jurai-je.

Qu'est-ce qui se passe ? s'enquit Ty. *Je ressens ta panique.*

Cami est en train de tomber ! lui criai-je. *Vivaxia la tenait. Elle a sauté, Ty. Elle a* sauté*, bordel !*

Je lui avais dit de le faire car je savais que cela l'amènerait ici. Mais ça n'empêchait pas mes entrailles de se nouer à l'idée qu'elle *tombe*.

Ce n'était pas comme la chute de Ty du royaume des Faë de Minuit. C'était tout à fait différent. Elle tombait d'un royaume qui planait au-dessus de nous tous, qui ne devrait pas exister mais qui existait. Et cette distance ne pouvait être mesurée ni dans le temps ni dans l'espace.

Car Cami tombait des cieux eux-mêmes.

Tout comme Ty. Les ailes brisées, déchiquetées. Le feu enveloppant son corps. *Du sang partout.*

Je déglutis, tâchant de chasser cette image vivace de mon esprit, la douleur de ce jour-là menaçant de me faire dérailler.

Az et moi sommes en route, m'annonça Ty.

Mes plumes se tendirent, ma magie éthérée m'entoura tandis que je me vaporisai au milieu du ciel rouge, balayant frénétiquement l'horizon du regard à la recherche de Camillia.

Les deux soleils flamboyaient, leurs couleurs éclatantes illuminaient chaque parcelle du royaume des Faë de l'Enfer. Le palais de Lucifer se dressait au loin, brillant comme un phare. Camillia pourrait y apparaître, à l'endroit où Ty était tombé à l'origine. Je lui avais dit en pensée de se poster au-dessus de notre maison, juste au cas où c'était aussi là qu'elle aurait atterri.

Ty apparut simplement en position, ses ailes de feu luisant dans son dos.

Le Phénix noir d'Az croassa en s'élevant non loin, cet être puissant cherchant, *chassant* notre compagne. Ses talents de pisteur lui permettraient de la trouver avant moi, ses sens étant encore plus aiguisés grâce à leur connexion.

Mais si je ne pouvais pas la sentir, il ne le pourrait peut-être pas non plus.

Viens, petit ange. Où es-tu ? pensai-je, la poitrine douloureuse à cause de notre connexion déficiente. Nous n'étions pas complètement attachés, nos âmes n'étaient que vaguement liées, et cela faisait bien plus mal qu'il aurait dû.

Je la voulais. J'avais envie d'elle. Peut-être... peut-être même que je l'*aimais.*

Elle était mon obsession depuis ce jour à la bibliothèque, le nouveau chapitre excitant de mon existence. La compagne dont je n'avais même pas réalisé que j'avais besoin.

Nous la trouverons, me promit Ty.

Je sais.

Je craignais juste qu'elle soit irrémédiablement brisée.

Sa génétique était encore totalement déroutante pour moi,

son immortalité une inconnue. *Et si la chute la tue ?* m'inquiétais-je. *Et si je l'envoyais à la mort ?*

Arrête, siffla Ty dans mon esprit. *Elle va s'en sortir.*

Mais je sentais monter son inquiétude, son esprit recoller toutes les pièces du puzzle. Il avait déjà subi cette chute. Il savait ce que c'était. Et il savait qu'un humain ne pourrait jamais y survivre.

Nous l'attraperons, jura-t-il. *Je ne t'ai jamais laissé tomber jusqu'à présent, Melek. Je ne vais pas commencer...*

Il s'interrompit et s'élança dans le ciel, où la silhouette dégringolante de Cami était enfin visible et se dirigeait droit sur lui. Je déployai mes ailes et téléportai mon corps éthéré à ses côtés au moment même où il recevait adroitement notre ange dans ses bras.

Le soulagement m'envahit. Suivi d'une terreur immédiate.

— Elle ne respire pas ! criai-je dans le vent généré par nos ailes.

Ty ne répondit pas, il disparut simplement avec elle, son esprit me disant qu'il s'était téléporté dans notre suite. Je le suivis, le cœur brisé.

Elle ne peut pas être morte. Je pouvais encore sentir son âme. *Elle va survivre. Elle doit survivre, putain !*

— Melek, dit Ty d'un ton dominateur qui me força à le regarder. Écoute. Son cœur bat. Elle est déjà en train de guérir. Elle va s'en sortir.

Il la déposait sur notre lit quand Az apparut, Ajax à ses côtés, tous deux fouillant la pièce du regard avec frénésie.

— Elle est vivante, leur annonça Ty avant qu'ils se jettent sur le lit. Donnez-lui juste un peu de temps. Cette chute... c'est brutal. Mais elle est plus forte qu'on l'aurait cru.

Je l'entendis marmonner des pensées sur le pourquoi du comment. *L'héritage des Faë Vertueux* roulait dans son esprit. *Un lien avec Melek ? Ou tout autre chose ? Et ce que je ressens...*

Il s'interrompit et promena son regard sur son corps quasi

nu. Ce n'était pas tant une admiration masculine que de la curiosité, comme s'il cherchait des informations sur ses origines.

Esquissant un léger sourire, il attrapa une couverture au bord de notre lit et en couvrit Cami.

— Elle respire maintenant, me dit-il. La chute lui a juste coupé le souffle.

— Comment est-ce possible ? m'étonnai-je. Quand tu es tombé...

— J'ai atterri dans les fosses de l'Enfer, répondit-il sans me regarder. Elle a atterri sur un oreiller de pouvoir. (Ses yeux croisèrent enfin les miens.) Je l'ai rattrapée avec mon énergie avant qu'elle tombe dans mes bras.

Az fit un pas en avant, son Phénix scrutant à travers son regard flamboyant. En un clin d'œil, il se détendit et prit Ajax dans ses bras. Le mâle Faë de Minuit se cramponna à lui, montrant un côté émotionnel que je n'avais jamais vu chez lui, mais je le comprenais tout à fait.

Nous avions failli la perdre. Je le ressentais dans ma poitrine, dans mon *âme*.

— Vivaxia l'a eue, soufflai-je. Mais je ne comprends pas comment. Le royaume des Faë Vertueux... il a été détruit.

Pourtant, j'avais *senti* où était Camillia dans mon esprit, le sien fournissant tous les détails visuels confirmant l'endroit où elle s'était retrouvée.

— Pas aussi détruit qu'on le croyait, marmonna Ty en passant une main sur son visage.

Il s'écarta d'un pas du lit, mais il était toujours le plus proche de Cami, ouvrant et fermant son autre main comme s'il réfrénait l'envie de la toucher.

— Ils sont derrière tout ça. Les portails. Les attaques. *Cami.*

Je déglutis, détestant qu'il ait raison. Mais c'était trop logique pour que je puisse le nier.

Elle possédait le pouvoir des Faë Vertueux. Je l'avais su dès le début. Cependant, j'avais cru que c'était Vita qui l'avait choisie comme compagne potentielle de Ty.

Maintenant... maintenant je ne savais plus trop quoi penser.

Je n'avais pas pu accéder suffisamment aux pensées de Cami pour comprendre ce qui se passait avec Vivaxia ou comment elle s'était retrouvée là-bas, mais j'avais capté sa peur et son chaos intérieur. Elle n'avait pas voulu être là. Ça devait bien avoir un sens, non ?

— Je ne pense pas qu'elle... (Je m'interrompis, la gorge nouée.) Elle ne coopère pas avec eux, Ty.

Il me lança un coup d'œil, son regard saphir agité de sombres vagues océaniques.

— Je sais.

Je clignai des yeux, surpris.

— Tu... tu sais ?

Il avait déjà dit qu'il avait compris qu'elle était innocente. Mais tomber du royaume des Faë Vertueux après avoir admis qu'elle était avec Vivaxia, c'était plutôt accablant.

— Je le saurai avec certitude quand elle se réveillera, précisa-t-il. Mais elle est un pion. Un autre chouchou. Et je sais très bien comment Vivaxia dompte ses jouets.

— Tu penses qu'elle est une marionnette, traduisit Az. Comme je l'étais moi-même.

Ty le considéra un instant.

— Nous le découvrirons quand elle se réveillera, répéta-t-il. D'ici là, j'ai de la lecture à faire. (Sur un claquement de doigts, son livre apparut, et il le saisit dans les airs.) Vous trois, surveillez-la. Prévenez-moi quand elle se lèvera. Je serai dans ma tanière.

Il disparut avant qu'on ait pu en placer une, sa présence n'étant qu'un baiser fugace sur mon âme. *Pourquoi t'enfuis-tu ?* lui demandai-je, troublé par son départ abrupt.

Parce que ce n'est pas à moi de la guérir, répondit-il sèchement. *Et je suis trop tenté en ce moment pour changer ce fait.*

Je haussai les sourcils.

Tu choisis maintenant d'être attiré par elle ? Alors qu'elle est inconsciente dans notre lit ?

Nous savons tous deux qu'elle m'attire depuis que tu l'as choisie, rétorqua-t-il, sans rien ajouter d'autre.

Une partie de moi voulait insister, repousser ses limites pour qu'il en avoue plus.

Or pour une fois, j'étais trop épuisé pour essayer. Trop accaparé par la femelle sur le lit. Trop surpris par sa chute pour me soucier d'implanter des pensées ou de tisser des toiles.

Tout ce que je voulais, c'était qu'elle ouvre les yeux. Et m'explique comment elle avait pu échouer dans le royaume des Faë Vertueux.

CHAPITRE 19

AZ

Vivaxia a eu Cami.

Cette pensée, alimentée par la déclaration de Melek, mettait mon âme en feu tandis que ces mots tournaient en boucle dans ma tête.

Mon Phénix voulait chasser. Détruire. *Ravager.*

Mais mon esprit, mon cœur et mon âme ne pouvaient pas quitter Cami. Pas comme ça. Pas maintenant. Alors à la place, j'arpentais les couloirs enflammés du palais de Typhos. Notre maison. Notre passé. Notre présent. Notre avenir.

Car Cami allait se réveiller. Bientôt, espérais-je.

Elle est en sécurité. Elle est ici.

Mais Vivaxia l'a eue...

Il y avait tant de choses innommables que cette Faë Vertueuse aurait pu faire à Cami. Je goûtais à sa magie qui persistait dans l'air, un parfum suscitant une foule de mauvais rêves. De souvenirs horribles. De *peurs.*

Je grondai et accélérai mon pas. Les Cerbères gardaient prudemment leurs distances, sentant sans doute ma colère bouillonnante.

Je n'avais pas fait attention où j'allais jusqu'à ce que je

prenne un certain virage, mon esprit guidant manifestement mes pas. Typhos et moi avions des choses à nous dire. Je l'avais exclu pendant plus d'une semaine et ne l'avais laissé revenir que pendant le bal, afin de pouvoir surveiller ses intentions vis-à-vis de Camillia.

Le roi des Faë de l'Enfer et moi étions en désaccord. Je n'aimais pas ça. Et mon Phénix n'appréciait pas non plus. Surtout en ce moment. Notre alliance, notre *passé* étaient plus importants que jamais.

Il était donc logique que mon instinct m'ait conduit vers sa tanière. J'aurais pu simplement m'éclipser ici, mais la marche m'avait aidé à dissiper le brouillard cauchemardesque de mon esprit. Un peu, en tout cas.

Salope de Vivaxia. Je l'avais haïe pour l'éternité, j'avais souhaité sa mort pendant des milliers d'années. Mais cela – *avoir pris ma compagne* – me donnait envie de la déchirer. L'entendre hurler. La torturer pendant des lustres jusqu'à ce qu'elle supplie qu'on l'achève.

Mais d'abord, je devais comprendre ce qu'elle avait fait à Cami. Car cette foutue odeur florale flottait encore dans mes narines, la marque de Vivaxia était partout sur ma femelle.

Typhos l'avait bien sentie lui aussi.

Si Vivaxia lui a fait du mal...

Le Phénix en moi siffla à cette pensée, furieux que nous soyons encore ici à ne rien faire face à un tel blasphème. Tout ce que je pouvais faire, c'était l'abreuver de fantasmes sur les façons dont nous allions tourmenter la Faë Vertueuse une fois que nous l'aurions trouvée.

Je vais tordre le cou de cette salope à mains nues, puis lui arracher les yeux et ne lui laisser que sa bouche pour crier.

C'était l'une des nombreuses morts que Vivaxia m'avait imposées ; il était normal de lui rendre la pareille.

Tu m'as appris tout ce que je sais sur la mort, pensai-je à son intention. *Tu ne peux t'en prendre qu'à toi-même, Vivaxia* chérie.

Ce maudit surnom. Sa satanée *voix*.

Je secouai la tête, la chassai de mon esprit. Mais son odeur persistait, me narguait encore, me promettait qu'il y aurait d'autres choses à venir. C'était justement pour cela que Typhos et moi devions être sur la même longueur d'onde en tant qu'alliés.

Mais je n'étais pas sûr de ses intentions à l'égard de Cami ou d'Ajax, que j'avais laissés avec Melek.

Ajax savait sans doute où j'étais allé sans que je le lui dise, mais je lui envoyai quand même une pensée. Puis je lui demandai :

Est-ce que Melek se comporte bien ?

Il lit un livre sur le lit près d'elle, répondit doucement Ajax. *Il est bizarrement... silencieux.*

Hmm. J'avais remarqué moi aussi qu'au bal, Melek avait été un peu plus réservé que d'habitude. Sa désinvolture typique et ses énigmes espiègles avaient été notablement absentes de notre conversation.

Tiens-moi au courant s'il y a du changement.

D'accord, promit Ajax. *Et fais-moi une faveur : ne parle pas à Lucifer à ma place. Je peux me débrouiller seul.*

Oui, tu as été assez clair, Gardien, rétorquai-je.

Je suis sérieux, Commandant.

Je vais le voir pour lui parler de Cami, précisai-je. *Je suis sûr qu'elle dirait aussi qu'elle peut se débrouiller seule, mais elle est actuellement inconsciente.*

Ajax ne dit rien pendant un moment. Puis, très doucement, il répondit :

Je peux sentir son âme. Elle est en vie.

Je sais. J'avais aussi vérifié notre connexion. *Elle est en train de guérir.* Mais elle baignait aussi dans l'odeur de Vivaxia comme dans un foutu bouquet de Faë Vertueux.

Ajax aussi savait que quelque chose n'allait pas. Je n'avais pas besoin de le lui dire, il le ressentait.

Découvre ce que pense Lucifer, dit-il enfin. *Je serai là.*

Je hochai la tête. Il ne me voyait pas, mais il avait dû capter mon accord. Ou peut-être savait-il que je me trouvais à présent devant la tanière de Typhos.

Au lieu de m'annoncer mentalement, je sécurisai mes barrières et frappai à la porte de pierre.

— Entrez, grinça la voix grave du roi des Faë de l'Enfer à travers la roche épaisse.

Je pénétrai dans sa tanière. L'espace de vie cossu était bien ordonné, rempli de cartes et de dossiers. Une plume d'oie flottant à côté m'indiquait que ces dossiers contenaient quelques-uns de ses contrats, ceux qu'il venait peut-être de signer. Ou peut-être qu'il n'avait pas encore eu le temps de les classer.

— Oui, tu peux le libérer, disait Typhos – pas à moi, mais au roi des Unseelie sur le moniteur mural translucide.

Erebus se trouvait lui aussi dans un environnement luxueux, mais son bureau était constitué de miroirs. Plein de miroirs. Chacun d'eux reflétait la lumière d'une manière différente, la décomposant en motifs irisés qui heurtaient mes yeux sensibles.

— Nous avons de nouvelles informations sur qui a trafiqué les épreuves, poursuivit Typhos. Ce n'était pas le Faë que vous avez en détention. Lui et plusieurs autres ont été piégés.

Erebus se lécha les lèvres.

— Est-ce que ça signifie que les épreuves nuptiales vont reprendre ?

— Bientôt, promit Typhos.

Cela me surprit. Mais peut-être que ça n'aurait pas dû. Même si Cami avait failli mourir, même si sa propre Source avait été attaquée, il ferait toujours passer son peuple en premier.

Et son propre cercle de compagnons ? me demandai-je, la mâchoire douloureusement crispée, tandis que j'écoutais la conversation entre le roi des Faë de l'Enfer et son lieutenant.

— J'en suis bien content, sourit Erebus. Quant au Faë, je suis heureux de pouvoir le libérer. Il est le père de l'une des candidates aux épreuves nuptiales des Faë de l'Enfer, une position d'honneur parmi nous que je préfère saluer plutôt que punir.

— Je sais, répondit Typhos. À propos de candidates aux épreuves nuptiales, as-tu retrouvé celle qui a disparu sur ton territoire ?

La lumière dansait autour d'Erebus en motifs fragmentés, comme s'il faisait voltiger ses ailes à peine discernables.

— Mes soldats s'avèrent difficiles à joindre ces derniers temps. Peut-être que la fille leur donne du fil à retordre. (Il sourit en inclinant la tête, un geste plus taquin qu'évoquant un oiseau comme je l'aurais fait. On ne savait jamais si Erebus était simplement lui-même ou s'il cachait quelque chose.) Vous savez certainement comment les chercher, mon roi. Quand j'aurai mis la main sur elle, vous serez le premier à être averti.

— Hmm, fredonna Typhos.

Sa réponse ne révélait rien, mais j'avais l'impression que quelque chose m'échappait dans cette conversation.

Le roi des Unseelie me jeta un coup d'œil quand je m'avançai délibérément dans le champ de l'écran. J'étais ici pour donner à Typhos des nouvelles de Cami, ce qui, franchement, était plus important que n'importe quel jeu auquel Erebus s'adonnait.

— Je vois que vous avez de la compagnie. Je vais vous laisser à vos affaires importantes, Votre Majesté, annonça poliment Erebus en inclinant la tête. J'attends avec impatience de connaître la date de reprise des épreuves nuptiales.

— Tout comme j'attends avec impatience de tes nouvelles, Erebus, acquiesça Typhos.

Le roi des Unseelie se contenta de sourire, puis l'écran devint noir. Typhos se tourna enfin vers moi.

— Mes excuses, mais j'ai fait le point avec tous mes lieutenants maintenant que nous avons plus d'informations. Je pense que nous pouvons supposer sans risque que Vivaxia et les Faë Vertueux sont derrière les attaques contre notre royaume.

J'acquiesçai à cette évaluation.

— On dirait qu'ils n'ont plus envie de se cacher.

— En effet, opina-t-il, ses yeux scintillant d'un feu bleu foncé.

Si je comprenais bien la déclaration de Typhos sur la nécessité d'informer ses lieutenants, je savais aussi que ce n'était pas la seule raison pour laquelle il avait choisi de se retirer dans sa tanière. Il avait rattrapé Cami dans le ciel, son corps et son pouvoir la berçant dans la chute, puis il l'avait emmenée dans son lit.

Ç'avait été instinctif, pas intentionnel. Et je soupçonnais qu'il essayait de digérer cette prise de conscience, peut-être même qu'il ruminait un peu sa décision involontaire de l'emmener dans son sanctuaire.

Il m'étudia un moment, puis m'indiqua le fauteuil en cuir près d'une cheminée qui éclairait le bureau spacieux d'un feu d'Enfer.

— Parlons, Azazel. Comment va Camillia ?

Une question intéressante, étant donné que Melek lui fournissait sans doute mentalement des infos sur son état, tout comme Ajax l'avait fait avec moi. Je choisis donc d'ignorer sa question et d'en poser une moi-même.

— Y a-t-il une raison pour laquelle tu m'as laissé écouter ta conversation avec Erebus ?

Typhos se servit un whisky flamboyant, ayant toujours une bouteille de sa réserve personnelle dans son bureau. Puis il m'en servit un aussi. Je pris le verre et j'en bus une petite gorgée en attendant sa réponse.

Il ne parla pas tout de suite, préférant s'installer dans son fauteuil en cuir, son corps musclé l'occupant tout entier, ses cheveux noirs étalés derrière lui. La mèche blanche devant son visage était un ajout qui le rendait d'une certaine façon plus accessible.

— Il se passe quelque chose entre Erebus et cette fiancée en fuite que tu as perdue pendant la folie du portail. (Il me lança un coup d'œil, pleinement conscient que ses paroles venaient de toucher un point sensible.) Tu t'en souviens ?

Je me hérissai à l'insinuation que mon Phénix et moi avions *perdu* une cible.

— Je ne l'ai pas *perdue*, dis-je entre mes dents serrées. Les Unseelie m'ont délibérément détourné.

Et j'avais aussi été distrait par Cami qui absorbait le pouvoir de Typhos pour résorber le vortex dans le ciel. Mais la première raison était la plus importante : j'aurais dû pouvoir capturer cette fiancée en quelques secondes, or elle avait disparu avec l'aide des Unseelie qui l'entouraient.

— Peux-tu prouver qu'ils ont interféré ? demanda Typhos.

— Si je peux le prouver ? Non, admis-je. Mais c'est la seule explication à mon incapacité à la pister. De plus, tu connais les Unseelie. Ils sont encore plus sournois que Melek.

Ce n'est pas non plus ce dont j'étais venu discuter. Mais je supposais que j'avais orienté la conversation dans ce sens en lui demandant pourquoi il m'avait laissé entrer pendant qu'il parlait avec Erebus. Il avait manifestement désiré que j'entende la conversation, mais il ne m'avait toujours pas dit *pourquoi*.

Typhos soupira.

— C'est juste. Mais ils sont loyaux.

Je ne pouvais pas argumenter sur ce point, donc je m'en abstins. Parce que oui, ils étaient de loyaux Faë du Cauchemar. Je n'allais pas le nier, car j'étais d'accord.

— La loyauté est très importante pour moi, comme tu le sais, poursuivit-il. Mais c'est une chose que je remets en question ces derniers temps.

J'arquai un sourcil.

— Tu m'accuses de quelque chose, Typhos ? Tu remets peut-être en question ma *loyauté* parce que je t'ai bloqué de mon esprit et que je me suis accouplé avec la femme que tu considères comme une ennemie ?

Il plissa les yeux et scella ses lèvres autour de son verre, dont il but résolument une longue gorgée.

— Non, Azazel. Je te fais confiance. Mais tout ça m'a fait voir la loyauté sous un jour nouveau.

Je ne savais pas trop ce qu'il voulait dire, donc je gardai le silence, sirotant mon verre. Il posa le sien.

— Hadès m'a fait comprendre que j'étais injuste avec ton frère. Je l'ai libéré pendant ton absence.

— Oh. (Je l'ignorais.) Hadès t'a parlé de la part de Maliki ?

Je ne connaissais pas trop la relation de mon frère avec les Faë du Mythe, mais j'avais cru comprendre qu'ils avaient en quelque sorte un passé commun, une histoire qui ne m'avait pas vraiment intéressé jusqu'à présent. Mais aujourd'hui, mon intérêt était légèrement piqué. Peut-être que lorsque ce cauchemar serait terminé, je rendrais à mon frère une visite qui n'avait que trop tardé.

— Hadès m'a contacté, reformula Typhos. Il a confirmé ce que je savais déjà : les Faë Vertueux ont un rapport avec les portails et le chaos. Leur ingérence m'a fait douter de la loyauté de chacun, même de ceux qui ont prouvé à maintes reprises qu'ils avaient à cœur de défendre les intérêts de notre royaume.

— On parle toujours des Unseelie ? demandai-je, ayant un peu de mal à suivre son raisonnement.

— Oui et non. (Il reprit son verre pour en boire une nouvelle gorgée.) Tu m'as demandé pourquoi je t'avais laissé surprendre cette conversation. Je te montrais que j'avais vu l'erreur de mon jugement.

Je me penchai en avant.

— Continue.

Il contracta ses lèvres, sans doute parce que mon encouragement ressemblait plus à un ordre qu'à une invite. Nos tendances dominantes menaient rarement à des conflits, surtout parce que mon Phénix s'inclinait devant le roi des Faë de l'Enfer.

Ou plutôt, c'était le cas avant. Cami et Ajax avaient changé cela. Feux, ils avaient *tout* changé.

— Ce que je veux dire, ou plutôt la leçon que j'ai apprise, c'est que je ne peux pas punir les pions. Ils ont été manipulés contre leur volonté. Les emprisonner est une erreur, même si c'était au départ pour des raisons de protection.

Je me doutais bien que nous ne parlions plus des Unseelie. Ou peut-être que si, mais de manière indirecte.

— Vivaxia a enfin réussi son coup après des millénaires passés à nous laisser tranquilles, et elle emploie toutes les tactiques possibles pour me faire douter de ma propre foi.

— C'est si surprenant ? Quelques milliers d'années, ce n'est rien dans notre durée de vie.

— C'est vrai, convint-il. Mais ses méthodes et ses désirs ne sont pas le point que j'essaie d'aborder.

— Alors où veux-tu en venir ?

Je n'étais pas d'humeur à jouer aux devinettes. Si ç'avait été le cas, j'aurais été avec Melek plutôt qu'avec Typhos. Quoiqu'il semblait que Melek ne soit pas d'humeur non plus.

— Ce que je veux dire, c'est que je te dois des excuses.

Je faillis en lâcher mon verre. Typhos Lucifer s'excusait

rarement. En fait, j'étais presque sûr que la dernière fois qu'il avait prononcé ce mot en ma présence, c'était en essayant de me sauver de Vivaxia.

— Des excuses ? répétai-je, certain d'avoir mal entendu.

Il se redressa et se resservit un whisky, le regard un peu vague.

— Deux excuses en moins de vingt-quatre heures. Je dois vraiment perdre la main.

Un sourire se dessina sur ses lèvres un instant plus tard, suggérant que soit il avait trouvé de l'humour dans ses paroles, soit Melek venait de lui chuchoter quelque chose. J'imaginai que c'était en réponse à son aveu d'avoir *perdu la main*, ce dont je doutais fort. La pile de contrats près de lui en était la preuve. *Est-ce que l'un d'eux concerne Ajax ?* songeai-je. *Un accord écrit qui attend d'être signé ?*

Mon compagnon Faë de Minuit m'avait demandé de ne pas parler à sa place, ce que je respectais. Mais si je trouvais un accord qui lui était destiné, j'y mettrais carrément le feu.

Or c'était le roi des Faë de l'Enfer. Son monde entier tournait autour de ces marchés. Ils étaient plus que des accords contraignants – ils étaient sa religion. Chaque mot était une doctrine, et s'il était brisé, le feu de l'Enfer était promis à la partie défaillante sujette à cet accord.

Ajax ne subirait pas ce sort.

— Après tout ce que nous avons vécu, j'espère que tu sais ce que tu es pour moi, murmura Typhos, croisant de nouveau mon regard. Tu es mon compagnon, Azazel. Et plus encore, tu es mon meilleur ami. J'aurais dû te consulter à propos de mes intentions concernant Ajax.

— Oui, opinai-je. Tu aurais dû.

Il hocha la tête.

— Je suis désolé. Cela ne se reproduira plus.

J'arquai un sourcil.

— Est-ce que ça veut dire que l'accord n'est plus sur la table ?

Techniquement, je ne parlais pas à la place d'Ajax, j'étais simplement curieux de connaître les intentions de Typhos à présent.

Il ne répondit pas tout de suite, faisant tournoyer son verre.

— Il n'y a pas d'accord à conclure. La position d'Ajax dans la société des Faë de l'Enfer est inébranlable, et son rôle de Gardien a déjà été rétabli. Il est à toi, ce qui fait de lui un Faë de l'Enfer. Le statut de Camillia a également été modifié en tant que compagne de Faë de l'Enfer. Tous deux sont en sécurité ici, sous ma protection.

J'attendis qu'il poursuive, mais comme il ne le fit pas, j'avançai :

— En échange de... ?

— Rien. (Il but une nouvelle gorgée, puis reposa son verre.) Si Ajax choisit de s'accoupler avec moi, l'offre tient toujours. Mais ce sera son choix et rien de plus.

— Tu veux toujours t'accoupler avec lui ? demandai-je, incertain.

— Je veux le protéger, répliqua Typhos. Je ne l'aime pas comme tu l'aimes, mais je le respecte. Je me soucie de lui. Et je veux qu'il fasse partie de mon cercle intime. Toutefois je ne l'obligerai pas à se joindre à moi.

J'étudiai mon compagnon roi des Faë de l'Enfer, puis m'enquis :

— Pourquoi ce changement d'avis ?

Ce n'était pas une question de le croire – je le croyais sans hésiter. C'était plutôt que je ne comprenais pas son choix.

— C'est comme j'ai dit, Azazel. J'ai puni des pions à tort et douté de la loyauté des autres, même quand leurs actes en disaient long sur leurs intentions. Ce bordel avec Vivaxia a semé le chaos. Et il prend fin maintenant.

Je finis le verre qu'il m'avait servi, puis me détendis dans le fauteuil face à lui.

— Alors, qu'est-ce que ça implique pour nous ? Pour Camillia ?

— Je vais la former, répondit-il – ce qui me surprit. Plus de punitions. Plus de menaces. Plus de questionnement sur ses intentions. Je la vois maintenant. Je réalise les erreurs que j'ai commises avec elle. Et je me rachèterai. Mais avant tout, je vais lui apprendre tout ce que je sais.

— Pourquoi ? Pour que tu puisses l'utiliser contre Vivaxia ?

— Non. Elle n'est pas un jouet ni une arme, et je ne la traiterai pas comme un pion. Je ne suis pas Vivaxia. Et le fait que tu t'interroges sur mes intentions montre à quel point notre cercle de compagnons s'est détérioré. Je vais y remédier, en commençant par éliminer le sort que Vivaxia a jeté à Camillia.

Je me penchai en avant, happé par ce qu'il disait, notamment sa dernière phrase.

— Tu ressens aussi la magie.

— Bien sûr que je la ressens. L'odeur qui s'en dégage est partout sur elle.

— Comme un foutu bouquet de fleurs maladives, marmonnai-je.

— Le parfum typique de Vivaxia, opina-t-il. On va démanteler le cadeau qu'elle a laissé en Camillia, puis l'encourager à acquérir des connaissances et des compétences, afin qu'elle puisse se défendre correctement la prochaine fois. C'est ce que j'aurais dû faire dès que je l'ai rencontrée. Mais à la place, j'ai tenté de l'emprisonner.

— Pour la protéger, traduisis-je, me rappelant son commentaire précédent à propos des pions. Tu te sens mal à cause de ce que tu lui as fait.

— Me sentir mal n'est pas la question, dit-il, baissant les

yeux sur son verre. J'ai commis une erreur. Je l'assume. Je m'en excuse. Et maintenant, je vais la réparer.

Des raz-de-marée tourbillonnèrent dans ses iris quand il releva les yeux sur moi.

— Est-ce que tu peux me pardonner ?

Je le regardai fixement.

— Pardonnerais-tu à quelqu'un qui essaierait de coincer Melek dans un marché d'accouplement ?

Il esquissa une moue.

— Il m'a posé une question similaire.

— Et qu'est-ce que tu as répondu ?

— Que je tuerais ce connard.

Je réfrénai un sourire.

— Je suppose que c'est la seule réponse.

— Es-tu en train de dire que tu dois planter ton épée flamboyante dans mon cœur ? demanda-t-il en haussant un sourcil. Est-ce que ça nous rendrait quittes ?

— C'en serait loin, avouai-je. Mais je considèrerai cette option plus tard.

— Plus tard ? répéta-t-il.

— Nous avons des choses plus importantes à faire pour l'instant, comme aider Cami et abattre Vivaxia. (Je me levai du fauteuil.) Après quoi j'envisagerai de te poignarder.

— C'est un rendez-vous, sourit-il.

— Ne t'excite pas trop, Typhos. Tu sais que je vais faire mal.

— Tu réalises que ça m'excite encore plus, non ? dit-il en se levant lui aussi.

Je secouai la tête.

— Tu es un sadique, pas un masochiste.

Il arqua l'un de ces sourcils bien dessinés.

— Melek t'a parlé de mes préférences ?

— Je suis dans ton esprit depuis assez longtemps pour les

connaître, lui retournai-je. Mais si tu fais du mal à Cami, je te tuerai vraiment.

Je prononçai cette dernière phrase avec le plus grand sérieux. Il leva les mains.

— Je n'ai pas l'intention de toucher à ta compagne.

Je l'étudiai un long moment, me remémorant tout ce dont nous avions discuté.

— Hmm. On verra bien.

Car il me paraissait assez clair qu'il commençait à tomber amoureux de Cami, comme nous tous.

— On ne verra rien du tout, m'affirma-t-il sans ambages.

Je hochai sagement la tête.

— D'accord.

S'il le répétait suffisamment, peut-être finirait-il par y croire.

Az, m'appela Ajax, captant aussitôt mon attention. *Elle commence à s'agiter.*

Melek dut annoncer la même chose à Typhos car tout son corps se figea.

Nous échangeâmes un regard, tous deux de nouveau synchronisés.

— Allons-y, dit Typhos.

Il disparut dans un tourbillon de braises ardentes. Je le suivis aussitôt.

Il est temps d'ouvrir les yeux maintenant, petite guerrière, pensai-je quand la chambre se matérialisa autour de moi. *Nous avons beaucoup de choses à discuter.*

CHAPITRE 20

CAMI

Mммн, *de la cannelle et du péché.* Un parfum si addictif. J'avais envie de me rouler dedans, nager dedans, *vivre* dedans.

J'inhalai profondément, mes entrailles s'animant au fur et à mesure que de nouveaux arômes délicieux venaient taquiner mes sens. Pin. Menthe poivrée. Feu de camp. L'ensemble me fit penser à la dégustation d'un chocolat chaud à la menthe dans une cabane au fond des bois.

Décadent. Relaxant. *Sûr.*

Je gémis, les draps soyeux qui m'enveloppaient m'évoquant la félicité céleste. Je reconnus ce lit. Il était dans mes rêves.

C'est pourquoi je ne fus pas surprise de voir une paire d'yeux saphir me fixer.

Typhos Lucifer. Mon ultime tentation.

Ses cheveux noirs encadraient son magnifique visage, avec cette nouvelle mèche blanche qui lui allait bien, et il m'étudiait de son regard intense, mâchoire serrée.

— Tu portes une chemise, constatai-je, quelque peu surprise par sa tenue, et encore plus par la raucité de ma voix.

Était-elle censée être sensuelle ? Les rêves sont étranges parfois.

Il arqua un sourcil noir.

— Tu préfères que je sois torse nu ?

J'esquissai un sourire.

— Eh bien, tu l'es en général... (Je regardai sa chemise boutonnée, aux manches retroussées jusqu'aux coudes.) Mais ça te va bien aussi.

Il s'abaissa lentement sur le lit près de moi, un mouvement différent de son audace habituelle. Bien sûr, mes rêves commençaient presque toujours par lui nu au-dessus de moi. Mais c'était un changement sympa.

Je tendis la main vers Lucifer, curieuse de savoir ce qui pourrait être encore différent. Normalement, il m'attachait. Or j'avais les mains libres maintenant, et j'avais bien l'intention d'en profiter pleinement.

Il haussa les sourcils quand je touchai son cou. Je glissai ma main sur sa nuque tout en me soulevant un peu du lit. Puis j'employai ma force à le tirer à moi.

Il prononça mon nom juste avant que je l'embrasse. Son corps était bizarrement rigide sous mon baiser, sans doute parce que j'avais pris les devants. Lucifer préférait mener la danse.

Eh bien, tant pis. C'était mon rêve. Et il ne m'avait pas encore ligotée.

— Tu ne devrais pas me laisser libre si tu ne veux pas que je prenne le dessus, dis-je contre sa bouche, la voix encore rauque.

En fait, moi aussi je me sentais un peu faible, comme si je sortais d'une séance d'exercices intense. Peut-être qu'il y avait une partie de ce rêve que j'avais oubliée.

Eh bien, je me souviendrais certainement de *ceci*.

J'écartai les lèvres de Lucifer avec ma langue, exigeant qu'il m'embrasse à son tour. Mais il ne le fit pas. Pas vraiment.

À la place, il prit ma joue en coupe et m'écarta un peu.

— Camillia.

— Lucifer.

Je m'avançai pour un autre baiser, et cette fois, il *grogna*.

Je souris, heureuse de l'avoir provoqué. Parce que je savais ce qui allait suivre.

Or je surpris un mouvement sur ma gauche qui me fit hésiter. Je tournai la tête et découvris Melek assis contre la tête de lit, ses longues jambes croisées aux chevilles.

— Bonjour, petit ange.

Oh.

Je n'avais jamais rêvé de Melek et Lucifer ensemble.

Quelqu'un d'autre se racla la gorge, attirant mon attention sur Az. Il se tenait au pied du lit avec Ajax.

Tous les quatre ? pensai-je, l'estomac noué. *C'est bon. Je peux gérer ça.*

Cami, murmura Ajax dans mon esprit.

Chut, le fis-je taire via notre lien. *Laisse-moi me concentrer une minute.*

Az et Ajax m'avaient préparée au jeu anal. Mais ça, c'était dans la vraie vie. Dans le monde des rêves... Ouais, je pouvais gérer n'importe quoi ici. Donc en prendre trois à la fois ne serait pas un problème. Je n'aurais qu'à utiliser ma main pour le quatrième.

Faë, je n'arrive pas à croire que j'envisage une telle chose...

Mais les rêves étaient sûrs. C'est pourquoi je me sentais assez confiante pour me pencher à nouveau sur Lucifer. Il fourra sa main dans mes cheveux, ses attouchements devenant de plus en plus dominants. Il allait certainement m'attacher bientôt. Peut-être même me forcer à prendre les trois hommes pendant qu'il regarderait.

Je serrai les cuisses à cette idée, mon corps étant plus que prêt à s'amuser.

— Camillia, souffla-t-il contre ma bouche.

— Tais-toi et embrasse-moi, exigeai-je.

Le roi des Faë de l'Enfer resserra sa poigne dans mes

cheveux, n'appréciant pas mon ordre. Et c'est avec sa *langue* qu'il délivra son châtiment.

Saints Faë.

Nous nous étions embrassés dans mes rêves une douzaine de fois, mais jamais comme ça.

Son parfum de cannelle me brûlait, l'arôme me rappelant celui d'une bougie vacillante. J'inhalai profondément, me délectant de son goût. Son talent. Sa présence masculine. Sa *virilité*.

Il était tout autour de moi, me consumait, me possédait, me *revendiquait*.

Wow, ce Faë savait embrasser.

J'étais tellement perdue en lui que je n'entendais plus Az ni Ajax. Ils parlaient tous deux dans ma tête, mais leurs paroles étaient incohérentes sous mon nuage rugissant de désir.

Ce baiser était dévastateur. Il m'arrachait au monde. Me submergeait. Me marquait au fer rouge. Me captivait totalement.

Et soudain, ce fut fini.

Quand je voulus me jeter sur lui, Lucifer me retint avec sa main dans mes cheveux, et ses yeux bleus s'assombrirent en flaques de désir nocturnes. C'était bien plus intense que mes autres rêves, sans doute parce que sa chemise noire mettait ses beaux yeux en valeur.

Cami, rappela Ajax. *Est-ce que tu m'as entendu ?*

Je tournai mon regard vers lui, esquissant un sourire.

— J'étais un peu occupée.

Il ne me rendit pas mon sourire.

— Je vois ça.

— Est-ce que tu vas bien ? s'enquit Az, l'air inquiet.

Je m'esclaffai.

— Je me sens dans une forme assez incroyable.

Lucifer retroussa le coin de ses lèvres.

— Vraiment ?

— Oui, sifflai-je en étirant mes bras au-dessus de ma tête. Maintenant, enlève ta chemise.

Je voulais explorer son torse musclé, ce que je n'avais jamais pu faire dans mes rêves précédents à cause de sa propension à m'attacher.

Il arqua un sourcil.

— Pourquoi je ferais ça ?

— Parce que tu le fais toujours.

— Vraiment ? (Il inclina la tête.) Quand ?

— Dans mes rêves, lui dis-je en riant. Quoique j'aime bien avoir les mains libres. C'est un changement agréable.

— Tu es attachée d'habitude, petit ange ? s'enquit Melek, attirant mon attention sur son regard ardent.

— Tu es réveillée, Cami, intervint Ajax avant que je réponde. Ce n'est pas un rêve.

J'ouvris la bouche, puis la refermai.

Quoi ?

C'est ce que j'essayais de te dire, que c'est réel, insista-t-il via notre connexion mentale. *Tu es tout à fait réveillée.*

Je le regardai, puis Az.

— Tu es tombée du royaume des Faë Vertueux, ajouta Az. (Ça me fit l'effet d'un seau de glace.) Typhos t'a rattrapée, mais tu es restée dans les vapes pendant des heures. Nous sommes dans la suite de Typhos et de Melek à présent.

— Rebaptisons-la suite royale, suggéra Melek d'un ton désinvolte. Je soupçonne que nous serons tous ici plus souvent dans les jours et les semaines à venir.

Je clignai des yeux, passant d'Az à Melek, puis revenant à Ajax et Az. Et finalement à… à Lucifer.

— Oh, Faë…

Je… je l'avais *embrassé*. Sa main était toujours nouée dans mes cheveux, sa bouche à quelques centimètres de la mienne.

— *Oh.*

Ce Faë allait me tuer. Horriblement. *Douloureusement.*

Ses narines s'évasèrent et il fit la moue.

— Respire, Camillia.

Je ne le pus. À quoi bon ? Ma vie était fichue. Chaque seconde qui passait m'apportait un nouveau souvenir, depuis notre danse jusqu'à mon saut dans ce trou noir.

Je n'avais pas ressenti grand-chose après ça, seulement du vide. Jusqu'à ce que je me réveille dans ce lit en croyant que c'était un rêve.

— Désolée, réussis-je à souffler avec ma dernière bouffée d'oxygène.

Cela me parut plutôt mièvre et pathétique par rapport aux excuses que je lui devais. Mais je n'avais plus assez d'air pour en dire plus.

— *Respire*, exigea-t-il. (Son ton dominant me frappa en pleine poitrine et me força à inspirer.) Bonne fille, Cami. Allez, encore.

Ses louanges m'incitèrent à lui obéir, mon besoin de lui plaire étant un désir unique en son genre que je ne voulais pas analyser trop profondément. Parce que je doutais que la raison me plaise.

Après plusieurs autres inspirations, il me complimenta de nouveau. Puis il ajouta :

— Raconte-moi ce qui s'est passé. Comment as-tu échoué dans le royaume des Faë Vertueux ? Et que voulait Vivaxia ?

Je le fixai bouche bée. Qu'étais-je censée répondre à ça ? *Si je lui dis que je suis un siphon, il me tuera.*

Il le sait déjà, m'informa doucement Az. *Il est conscient que Vivaxia s'est servie de toi. Il veut t'aider.*

Je faillis ricaner. Parce que c'était impossible. Et rien que l'idée que ce soit vrai me fit me demander si tout cela n'était pas encore un rêve.

— Je ne vais pas te tuer, Camillia, affirma Lucifer une seconde plus tard, suggérant qu'Az lui avait dit ce que je pensais.

Ou peut-être que c'était Melek.

Notre connexion était à nouveau complètement ouverte, bien qu'il n'ait pas du tout essayé de me parler. Cela me paraissait étrange. *Il me parlait constamment avant...*

Et du coup tu m'as bloqué, répondit Melek, son amusement typique absent de son ton. *J'aimerais éviter d'être à nouveau puni de la sorte, alors j'essaie de te laisser tranquille.*

Je lui lançai un regard surpris, son emploi du mot *punir* m'ayant prise au dépourvu.

— Je m'excuse, déclara-t-il à voix haute. Je n'utiliserai plus notre lien jusqu'à ce que tu sois plus à l'aise.

Je plissai le front. Melek paraissait... différent. Blessé ? Peiné ? Irrésolu ?

Est-ce qu'il est arrivé quelque chose à Melek pendant le bal ? demandai-je à Az et Ajax, mon esprit se connectant au leur avec facilité. J'arrivais enfin à gérer tous ces liens d'accouplement. *Pourquoi a-t-il l'air si... triste ?*

Je cillai, ce dernier mot me rappelant ce que Lucifer m'avait dit sur la piste de danse. Je dévisageai son expression indéchiffrable, mon cœur manquant un battement.

Il voulait savoir ce qui s'était passé. Comment je m'étais retrouvée dans le royaume des Faë Vertueux. Ce que Vivaxia avait dit. Et il venait de déclarer qu'il n'allait pas me tuer.

Probablement parce qu'il ne pouvait pas. Mais il pourrait m'emprisonner. Tout comme Vivaxia l'avait mentionné. Et comme il l'avait déjà fait.

Oh, Faë, je l'ai embrassé... je l'ai vraiment embrassé. Et sa main était toujours dans mes cheveux.

Il m'avait laissée porter mon attention sur Melek, mais ne m'avait pas lâchée. Pourquoi ? Me tenait-il en laisse ? Me maintenait-il en place ? Se préparait-il à m'étrangler ?

— Camillia, dit-il, attirant mon regard sur sa bouche – celle que je venais d'embrasser, putain.

— Je suis désolée, exhalai-je. Je croyais que je rêvais.

Il lâcha mes cheveux, ce qui me provoqua un frisson. Puis il saisit mon menton pour détourner mes yeux de ses lèvres et les lever vers son regard intense.

— Tu ne me dois pas d'excuses, ma petite. (Son ton doux était à l'opposé du roi que je connaissais, que je *craignais*.) Mais j'aimerais savoir ce que Vivaxia t'a dit.

Je frissonnai de nouveau.

— Tu vas m'emprisonner.

Il fronça les sourcils.

— Pour avoir été un siphon ?

J'écarquillai les yeux. *Il sait que je suis un siphon.* Az me l'avait déjà dit, mais entendre Lucifer l'exprimer à voix haute enfonçait le clou.

Lucifer lâcha mon menton et s'assit un peu plus droit.

— J'ai senti que tu luttais contre l'attraction, Camillia. Tu as repoussé ma lumière en moi alors que tu aurais pu la prendre. Peut-être que c'était pour épater la galerie, mais je ne crois pas. Je pense que Vivaxia se sert de toi pour me faire du mal. Persuade-moi du contraire.

Le commandement subtil dans ces derniers mots me fit sourciller.

— Te persuader que je veux te faire du mal ?

— Bien sûr. (Il me fixa.) Alors ?

— Je ne veux pas te faire de mal, tranchai-je, lassée de ce cycle stupide entre nous. Et je ne veux pas de ta Source. Mais apparemment, j'ai été créée pour absorber ta lumière et restaurer le royaume des Faë Vertueux. Parce que selon Vivaxia, tu as brisé leur Source quand tu as refusé de te racheter.

Je faillis lever les yeux au ciel à ces derniers mots. Les prononcer à voix haute était bien aussi insensé que les entendre.

Mais les traits de Lucifer se durcirent.

— C'est ce qu'elle t'a dit ?

— Oui. Elle a dit que tu avais créé tous les Faë du Cauchemar et de l'Enfer pour ton propre plaisir tordu, rompant ainsi un *vœu* – pas un *marché*, en fait – de protéger la vie. Tu as donc été banni en guise de punition, mais la lumière t'a suivi pour t'aider à te racheter. Quand tu as refusé, le royaume des Faë Vertueux s'est effondré.

J'étais étonnée d'avoir retenu tout cela, vu l'étrangeté de ma brève expérience dans le royaume des Faë Vertueux.

— Oh, et pendant que j'y suis, Vivaxia serait aussi ma grand-mère. (Autant étaler ce petit détail amusant sur le tapis.) Et ma mère est en vie, mais mon père est mort.

J'esquissai une moue sur ce dernier point. Je n'aimais pas vraiment mes parents mais... mais je...

Je me raclai la gorge.

— Je ne sais pas vraiment ce qui lui est arrivé, mais je pense que Vivaxia a ordonné sa mort ?

Je formulai cela sous forme de question, car ma mère avait plus ou moins laissé entendre que son trépas avait été nécessaire.

Je secouai la tête. Tout ce qu'elle avait dit, tout ce que Vivaxia avait dit... c'était... beaucoup.

— Elles m'ont expliqué que j'avais été conçue pour voler ta lumière et reconstruire leur royaume. (Je n'avais aucune idée de la façon dont cela marchait ni de comment l'empêcher.) Vivaxia a essayé sans cesse d'implanter un sort en moi, un sort qui modifiait ma réalité. J'oubliais des choses, je voyais des mirages, et... et...

Je ne savais pas trop quoi ajouter. Ni ce qui m'avait poussée à parler en premier lieu. Mais j'avais dit ce que j'avais à dire.

— Je ne veux pas de ta Source, répétai-je en conclusion. Je ne veux pas être un siphon. Et je pense que je pourrais détester ma mère.

Je tordis mes lèvres et je me tus.

Personne ne parla, ce qui me noua les tripes.

Leur ennemie jurée est ma putain de grand-mère. Bien sûr, ils n'avaient rien à dire. Ils me détestaient sûrement aussi maintenant. Comme ils le devaient.

Vivaxia avait emprisonné Az, l'avait gardé en cage comme un animal.

Elle avait piégé Lucifer pour qu'il chute.

Et j'étais quasi certaine qu'elle avait aussi quelque chose à voir avec tous les problèmes de sécurité dans le royaume des Faë de l'Enfer, bien que nous n'en ayons pas parlé. Pourtant, elle semblait être...

— Tu la crois ? me demanda doucement Lucifer. Tu penses que j'ai créé tous ces Faë à des fins immorales ?

Je levai vers lui des yeux papillotants.

— Si je la crois ? lui retournai-je en écho, haussant les sourcils.

— Oui. Est-ce que tu la crois ? répéta-t-il.

— Sérieusement ? (J'émis un rire sans joie.) Pourquoi diable je croirais ce qu'elle a dit ? Cette salope m'a créée pour te faire du mal. Sans parler de ce qu'elle a fait à Az. Et maintenant, elle attend de moi que je me plie à sa volonté ? Que je prenne ta lumière et que je restaure son royaume ? (Un autre rire m'échappa.) Qu'elle aille se faire foutre.

Il sourit, ce qui me figea. Car tout comme lorsque nous avions dansé, cette expression me coupait le souffle. Mais elle me faisait peur aussi. Parce qu'un Lucifer satisfait ne pouvait pas être un bon signe. Pas dans cette situation. Pas après tout ce que je lui avais avoué.

Il venait probablement de décider ce qu'il allait faire de moi.

— Tu vas me punir à présent, n'est-ce pas ? demandai-je, ravalant mon malaise.

Je ne pouvais pas vraiment lui reprocher ce qu'il avait prévu ; j'étais manifestement une menace. Et je n'avais aucune idée de ce que Vivaxia m'avait fait avec tous ses sorts. Ils avaient peut-être eu pour but de me laver le cerveau, mais je soupçonnais qu'elle avait fait autre chose. Elle me faisait l'effet d'une joueuse d'échecs hors pair, quelqu'un qui a toujours dix coups d'avance.

Tout comme Typhos Lucifer.

— Oh, Camillia, je suppose que oui, murmura-t-il, tendant la main pour glisser une mèche de cheveux derrière mon oreille. Mais pas de la façon que tu crains.

Je sourcillai.

— Je ne comprends pas.

Pratiquement tout ce qu'il faisait m'effrayait.

— Je vais t'apprendre à utiliser ma Source, expliqua-t-il. Ce ne sera pas facile, et ça va sans doute faire mal. Une punition, comme tu l'as suggéré, pour le don que tu possèdes.

Quoi ? Je le regardai bouche bée. Car je ne comprenais toujours pas.

— Vivaxia veut t'utiliser comme un pion, reprit-il, ses phalanges effleurant ma mâchoire. Alors je vais la contrer.

— Comment ? soufflai-je, à la fois curieuse et terrifiée d'entendre sa réponse.

D'autant plus qu'il souriait encore, un sourire qui atteignit ses yeux bleu foncé.

— En déplaçant ta position sur l'échiquier, répondit-il, ses mots renforçant mon idée que Vivaxia était un maître des échecs.

Il semblait que Lucifer était tout aussi doué. Et désireux de jouer le prochain coup.

— Quand nous aurons fini de te former, tu ne seras plus un simple pion, Camillia de la Croix. Tu seras une reine. *Notre* reine. Et ensemble, nous allons détruire Vivaxia et faire tomber le royaume des Faë Vertueux une bonne fois pour toutes.

CHAPITRE 21

MELEK

JE FAISAIS les cent pas dans ma chambre, le bruit de l'eau qui coulait narguait mes instincts.

Cami est nue et mouillée. Dans ma douche.

Je l'imaginais facilement debout sous les diverses pommes de douche, les gouttelettes caressant ses courbes exquises tout en la lavant des résidus laissés par le royaume des Faë Vertueux.

Car elle sentait encore Vivaxia. Même d'ici, l'arôme de roses mortes me fit froncer le nez. Elle avait certainement fait quelque chose à Camillia. Restait à savoir *quoi*.

Ty, Az et Ajax étaient en train d'en discuter. C'était une évolution intrigante de la conversation qu'ils avaient eue un peu plus tôt, lorsque Ty avait informé Ajax que son statut de Gardien avait été entièrement rétabli, sans condition.

Je ne pouvais pas lire dans l'esprit d'Ajax, mais je soupçonnais qu'il avait été choqué. Cependant, d'après les pensées de Ty, le Gardien n'avait pas montré une once d'émotion. Ce qui lui avait naturellement valu l'approbation de Ty, qui aimait qu'Ajax soit un Faë fort. Moi aussi.

À présent, tous trois discutaient des prochaines étapes concernant Camillia, ce que je savais grâce à mon lien avec Ty.

— Il faut qu'on parle, avait annoncé Ty à Ajax une trentaine de minutes plus tôt.

— Le marché, avait deviné ce dernier.

— En effet. (Ty et Az avaient échangé un regard, puis Ty avait proposé :) Allons nous promener. Il y a des choses sur lesquelles j'aimerais avoir ton avis.

— Et Cami ? avait demandé Ajax, notre compagne étant allée prendre sa douche.

— Melek, m'avait appelé Ty. Tu peux t'occuper de Camillia ?

D'après son ton, c'était moins une question qu'une requête, mais son esprit avait doucement caressé le mien, conscient que je me sentais quelque peu mal à l'aise avec Camillia en ce moment.

J'avais néanmoins accepté de rester ici. C'était où je pouvais être le plus utile – si Camillia me le permettait, en tout cas.

Du coup, ils étaient tous les trois allés se promener dans la cour du palais.

Ajax ne se rendait peut-être pas compte de l'objectif, mais moi si : Ty voulait que tout le monde les voie ensemble. Faire savoir qu'Ajax avait été accepté dans le cercle intime. Qu'il était plus qu'un simple Gardien – qu'il était le confident de Ty. Son ami. Un être qui méritait le respect.

Sachant à quel point les Faë de l'Enfer aimaient bavarder, la rumeur se répandrait rapidement. Et Ajax allait bientôt se rendre compte de l'importance de leur balade.

Cependant, Ty se montrait aussi productif que d'habitude, profitant de l'occasion pour non seulement raffermir le statut d'Ajax, mais aussi parler de ce qu'il ressentait chez Camillia.

« Peut-être qu'on devrait consulter Zakkaï, venait de suggérer Ajax, ses mots jouant avec l'esprit de mon roi qui goûtait l'occasion. Si quelqu'un peut dénouer un sort, c'est bien lui. »

Il n'avait pas tort, ce que je m'apprêtais à chuchoter à Ty lorsque l'eau cessa de couler dans la salle de bains.

Je déglutis et me raidis.

Quand Cami était partie se doucher, nous étions tous dehors. Elle ne se doutait pas que j'étais le seul à l'attendre, et je ne savais pas comment elle réagirait à cela.

J'examinai les plats que j'avais commandés, le plateau étant apparu quelques minutes plus tôt. Cami devait avoir faim. Mais j'ignorais si elle aimerait ce que j'avais demandé aux cuisines.

C'est ridicule, me dis-je.

Jamais de toute ma vie je ne m'étais senti aussi peu sûr de moi envers qui ou quoi que ce soit. Ce manque de confiance allait m'achever. Cette incertitude vis-à-vis de Cami allait me rendre fou. Et ceci...

La porte s'ouvrit, me distrayant de mon agitation intérieure, car un ange venait de passer la tête pour regarder autour de lui. Des gouttes d'eau perlaient dans ses cheveux châtain clair, leur éclat séduisant glissant le long de son cou jusqu'à sa clavicule où elle tenait une serviette serrée contre sa poitrine.

— Hum.

Faisant la moue, elle balaya du regard la pièce déserte.

— Ils sont allés se promener, déclarai-je d'un ton un peu plus grave que j'aurais voulu.

Je me raclai la gorge, détestant à nouveau toute cette incertitude. Ce n'était pas moi. Ce n'était pas ma façon d'agir. Ce n'était pas ce que je voulais ou devais être avec elle.

Elle m'avait bloqué dans son esprit parce qu'elle ne me faisait pas confiance.

Bien. *Cesse de broyer du noir.*

Sauf que je n'arrivais pas à m'en empêcher, car ça m'avait

vraiment fait mal d'être coupé d'elle comme ça. Puis elle avait cru très clairement que j'avais enchanté sa robe, et avait continué à le penser même après que j'avais nié mon implication.

Évidemment, je l'avais poussée à bout avec des invitations sensuelles, mais ça....

C'est ce que je suis, me dis-je. Si Cami ne voulait pas cela – ne m'*acceptait* pas –, alors je... je ne savais plus quoi faire.

— Melek ? appela-t-elle, me faisant lever les yeux sur elle.

J'avais apparemment fixé le tapis orné sous mes pieds, ce qui était plutôt étrange avec une Cami presque nue dans l'embrasure de la porte de la salle de bains. Elle se montrait tout entière, ne passait plus seulement la tête par la porte mais se tenait droite, juste vêtue d'une serviette. Le tissu pelucheux était enroulé autour d'elle telle une robe blanche duveteuse qui descendait bien en dessous de ses genoux.

J'esquissai un sourire à cette vue. Elle avait choisi la serviette que Ty utilisait en général, et il mesurait bien trente centimètres de plus que son mètre soixante. Le tissu ressemblait donc plus à une couverture qu'à une serviette.

Lorsqu'elle s'éclaircit la gorge, mon amusement s'estompa. Elle supposait sans doute que je l'avais matée. Ce que j'aurais sûrement fait si j'avais été dans un autre état d'esprit. Mais j'étais perdu dans ce nuage d'incertitude qui planait sur moi tel un brouillard obscur.

— J'ai commandé à manger pour toi, lui dis-je. Je ne savais pas trop non plus ce que tu voudrais porter, ou si tu serais d'accord pour que je fouille dans tes affaires dans l'autre pièce, alors je... n'ai encore rien touché. Si tu me dis ce dont tu as besoin, je peux aller le prendre. Ou tu pourras le prendre. Ou...

Je m'interrompis, me sentant un peu comme un idiot radotant des inepties.

Ce n'est pas moi.

Alors arrête de trop réfléchir à tout et sois qui tu es, grogna Ty dans mon esprit, captant manifestement mes pensées confuses. *Si elle te rejette, c'est qu'elle n'est pas assez bien pour toi.*

Je ne crois pas que ça marche comme ça, lui dis-je. *Généralement, l'un rejette l'autre parce qu'il ne correspond pas à ses critères.*

Ce ne sera pas le cas avec elle, répliqua-t-il. *Si elle ne peut pas voir à quel point tu es extraordinaire, c'est de sa faute, pas de la tienne.*

La réplique classique « ce n'est pas toi, c'est moi », hein ? Un autre jour, ça m'aurait fait rire. Or je ne me sentais guère d'humeur à rire en ce moment.

— Melek, répéta Cami, cette fois à quelques pas de moi.

J'avais de nouveau baissé la tête, par réflexe. La regarder me faisait *mal*. Et je ne voulais vraiment pas lui donner une autre raison de douter de ma loyauté envers elle.

Oui, j'avais joué à des jeux. J'avais entrelacé tout le monde dans ce cercle, sachant que c'était ainsi que nous allions tous prospérer. Si elle me détestait pour cela, qu'il en soit ainsi. Je ne pouvais pas m'excuser. Parce que je savais que c'était juste.

Elle avait beau être la petite-fille de Vivaxia – une révélation dont je doutais fort, car je ne croyais pas un seul mot sortant de la bouche de cette salope – et avait beau être un siphon destiné à faire tomber notre royaume, je voyais quelque chose au fond de son âme que je ne pouvais pas ignorer. C'était là depuis le tout premier moment dans la bibliothèque. Une connaissance que je n'arrivais pas à définir. Je… savais, simplement.

Elle était à moi. *À nous.* La clé pour unir le royaume des Faë de l'Enfer une fois pour toutes.

Camillia de la Croix était une déesse déguisée, une reine destinée à régner. Je devais juste l'aider à s'en rendre compte. Je devais aider Ty à le voir aussi.

Il le voyait maintenant. Je sentais son acceptation au fond de moi, sa curiosité enfin piquée. Nous avions atteint la fin de la partie. Le dernier mouvement. Le moment qui, je l'espérais, nous unirait tous.

Mais si Cami ne pouvait pas me pardonner pour le rôle que j'avais dû jouer dans tout ça, alors je resterais en dehors. Partiellement accouplé pour l'éternité. Parce que je ne pouvais pas la forcer à faire le dernier pas. Je ne la lierais pas à moi si elle ne le voulait pas.

Et en ce moment, j'étais quasi sûr qu'elle ne voulait rien avoir à faire avec ça ou avec moi. C'est pourquoi j'étais resté consciencieusement hors de son esprit. Je ne voulais pas non plus risquer de la sentir reconstruire ce mur, cela pourrait me briser.

Mais il se peut que je sois déjà brisé, me dis-je, faisant la moue. *Je n'ai vraiment pas l'impression d'être moi-même.*

Une chaleur caressa ma peau lorsque Cami posa sa paume sur ma joue. Sa proximité me surprit. J'avais cessé de la regarder... *encore une fois.*

— Je suis désolée de t'avoir accusé d'avoir ensorcelé la robe, dit-elle d'une voix douce. J'aurais dû te croire quand tu as dit que tu ne l'avais pas fait.

Mes épaules se soulevèrent et retombèrent.

— Je...

Elle déplaça sa main sur mes lèvres.

— Je suis également désolée de t'avoir bloqué dans mon esprit. Je ne voulais pas que tu entendes notre contre-offre à Lucifer. Je ne te faisais pas confiance pour ne pas la lui divulguer puisque tout ce que tu fais est pour lui.

— C'est...

— C'est ce que j'ai cru, me coupa-t-elle. (La chaleur de son corps s'infiltra en moi alors qu'elle s'approchait encore plus.) Mais je commence à comprendre un peu mieux maintenant.

Je fronçai les sourcils. *Vraiment ?* voulus-je demander.

Cependant sa main était toujours posée sur mes lèvres, donc je m'en abstins.

Vraiment, répondit-elle, me surprenant non seulement par sa réponse mais aussi par son usage de notre lien mental.

Elle ne m'a pas bloqué de nouveau, réalisai-je.

Non, en effet.

Sa réponse me choqua encore plus. Parce que je n'avais pas transmis ça via notre lien. Je me l'étais dit à moi-même.

Elle prit mes deux joues dans ses mains en coupe, entourant mon visage.

— Je suis vraiment désolée, Melek. Je suis encore en train d'apprendre comment fonctionnent ces connexions, et, hum, j'ai plus ou moins capté toutes tes pensées depuis que j'ai mis les pieds ici.

— Même ma conversation avec Ty ?

Elle secoua la tête.

— Pas vraiment. J'ai senti que tu lui parlais, mais je n'ai pas pu saisir les paroles. Cependant, j'ai capté tes émotions. Et, bon, j'en ai capté assez pour comprendre de quoi tu pouvais bien parler.

Je la fixai.

Nous étions liés au deuxième niveau, mariant ainsi nos esprits, mais je n'avais pas réalisé à quel point je m'étais ouvert à elle. Dans mes efforts pour ne pas toucher du tout ses pensées, j'avais activement essayé de ne pas me connecter à elle. Or je n'avais pas créé de barrière ni protégé mon esprit contre elle. J'avais juste... réfréné ma tentation de me connecter mentalement.

— Je n'avais pas l'intention de partager tout ça avec toi, avouai-je. Je... (Je lâchai un soupir, renversant la tête en arrière.) Putain, Cami. Je ne me sens pas moi-même.

Je ne savais pas trop quoi dire. Ce qui ne me ressemblait pas du tout non plus.

— Je sais, chuchota-t-elle. Mais j'ai une idée de la façon de t'aider.

Mon regard tomba sur sa bouche puis remonta lentement vers ses jolis yeux. Elle était si belle que j'en avais mal. Tout ce que je voulais, c'était la serrer dans mes bras et la revendiquer. Être avec elle. La laisser voir et goûter ce que je ressentais pour elle.

Elle avait dit que je faisais tout pour Ty. C'était en partie vrai. Je l'avais vue comme une compagne potentielle pour lui, mais je l'avais revendiquée pour moi. Pour la protéger. Parce que je la *voulais*.

Elle pourrait arguer que je la connaissais à peine. Mais mon âme avait immédiatement reconnu la sienne. Et j'avais vécu trop longtemps pour ignorer ce genre de connexion. Je l'avais donc amadouée pour qu'elle se lie à moi, sachant que ce lien ne pourrait jamais être rompu. Sachant qu'elle serait à jamais reliée à mon esprit.

Ça me ferait mal si elle me rejetait. Putain, ça m'avait déjà fait mal quand elle m'avait bloqué. Toutefois, je pourrais vivre avec cette douleur en sachant qu'elle serait toujours protégée grâce à mon immortalité.

Les yeux de Cami captèrent les miens, son regard était scrutateur.

— Je te vois enfin, Melek. Le vrai toi sous les énigmes. L'homme qui suit son cœur, quels que soient les risques. Tu fais tout pour Lucifer. Il est le centre de ton univers. Ses désirs et ses besoins passent avant tout.

J'ouvris la bouche en sourcillant, car ce n'était pas tout à fait vrai.

— Cami...

— Chut. (Elle appuya de nouveau le bout de son doigt sur mes lèvres.) Je vois aussi quelle est ma place maintenant. Comment cette même attention et cette même considération s'appliquent à moi. Tu as risqué sa fureur en me revendiquant. Il est toujours le centre de ton univers, mais à un moment donné, tu m'as aussi ajoutée à ce cercle.

Je déglutis.

— Je crois que je t'ai placée là dès notre rencontre.

Ç'avait été instinctif. Je l'avais reconnue comme la compagne de mon âme. Ma moitié manquante. Peut-être suite à quelque chose que Vivaxia avait fait. Ou peut-être était-ce simplement le destin.

Peu importait la raison ou le but, nous étions ici maintenant. Elle était dans mon orbite, et ses besoins passaient désormais en premier, eux aussi.

Trouver un équilibre entre elle et Ty n'avait pas été facile, mais nous étions enfin sur la même longueur d'onde. Nous étions enfin parvenus à un point de collaboration. Enfin prêts à accepter ce qui allait suivre.

Si Cami voulait bien de moi, du moins.

— Ça, juste là, dit-elle, glissant à nouveau ses doigts dans mes cheveux. C'est *ça* que je peux réparer.

Je la dévisageai, les mains pendant sur mes flancs, essayant de discerner ce qu'elle insinuait.

— Qu'est-ce que tu veux réparer, Camillia ?

— Toi, répondit-elle en se hissant sur la pointe des pieds. Je veux retrouver mon audacieux Melek. Celui qui n'arrête pas de me taquiner avec des pensées coquines. (Elle abaissa mon visage, ses lèvres se trouvant à un cheveu des miennes.) Celui qui m'a promis de m'attacher avec ses cordes.

Sa bouche effleura la mienne, me faisant me raidir contre elle.

J'avais peur que si je bougeais, que si je respirais seulement, je la dévorerais.

Parce que Cami ne m'avait jamais embrassé la première. Ç'avait toujours été moi qui me faufilais dans une étreinte ou qui la trompais pour qu'elle me laisse la goûter.

Mais là, tout venait d'elle. Ses doigts dans mes cheveux. Ses seins pressés contre ma poitrine. Sa bouche effleurant la mienne.

— Celui qui embrase mon âme chaque fois qu'il me touche, poursuivit-elle, sa voix n'étant plus qu'un murmure. Celui à qui il est impossible de résister.

Une autre rencontre de bouches, brève... trop brève.

— Celui que je désirais depuis bien trop longtemps mais continuais à le nier. Celui qui me fait ressentir des choses que je ne devrais pas. (Ses yeux retenaient les miens, nos lèvres se touchaient à chaque mot.) Le Melek qui me marque de son essence dorée parce qu'il sait au fond de lui que j'aime secrètement ça.

Je frissonnai, ses mots semblaient réparer quelque chose en moi. Pas complètement, mais partiellement. Assez pour m'inciter à poser mes mains sur ses hanches.

— C'est de la magie éthérée, corrigeai-je. C'est aussi la tienne.

— Émise par toi, répondit-elle, entourant mon cou de ses bras. Az et Ajax sont accros à sa saveur.

Je déglutis, ma langue ayant envie de la goûter.

— J'imagine que c'est assez décadent.

Elle haussa les épaules.

— Et si tu me faisais jouir pour le découvrir ?

Je la dévisageai, à la fois excité et terrifié.

— Ne me taquine pas, Cami.

Elle pourrait me briser direct, détruire les vestiges de ma résolution et me tuer par son rejet. Si elle...

— Je ne te taquine pas, Melek.

Ses lèvres réclamèrent hardiment les miennes avant que je puisse répondre, avant même que je puisse penser.

Puis elle me relâcha aussi vite qu'elle m'avait embrassée, ce qui fit remonter mon cœur dans ma gorge.

Mais elle ne s'écarta pas. Elle tira simplement sur la

serviette. La laissa tomber sur le sol. Puis inclina la tête sur le côté.

— Viens t'amuser avec moi, Melek. Attache-moi. Baise-moi. Revendique-moi. Fais tout ce dont tu as envie. Je suis prête.

CHAPITRE 22

CAMI

Mon cœur battait la chamade.

J'essayais d'instiller la confiance, afin d'inciter Melek à me prendre. Mais en mon for intérieur, je vibrais de nervosité. Non pas parce que je n'en avais pas envie, mais parce que je venais de réaliser à quel point j'en avais *besoin*.

Faë, entendre son esprit... ressentir ses émotions... ç'avait défait quelque chose en moi. Quelque chose de fragile mais qui avait un impact considérable.

Sous la douche, je m'étais mise à penser à lui, me souvenant de son attitude réservée pendant que Lucifer discutait de ma formation. C'était une brève conversation, déclenchée par ses commentaires à propos de faire de moi une reine – une notion tout à fait différente qui emballait mon cœur.

Mais Melek avait gardé le silence pendant la majeure partie de la discussion.

J'avais repéré sa tristesse que Lucifer avait mentionnée pendant notre danse, et j'y avais réfléchi davantage pendant que j'étais sous la douche. Ce faisant, je m'étais connectée aux pensées de Melek, et l'avais entendu remettre en question chacun de ses gestes, essayer de déterminer le repas parfait pour moi, débattre des options vestimentaires, puis toutes les ignorer parce qu'il ne voulait pas me bousculer plus qu'il l'avait déjà fait.

Ces inquiétudes avaient atteint un crescendo lorsque j'étais sortie de la salle de bains ; l'incertitude de Melek était une meurtrissure que j'avais hâte de guérir.

Parce que ce n'était pas lui.

Je l'avais blessé. Gravement, semblait-il. Je ne l'avais pas fait exprès. Je pensais ce que je lui avais dit, comme quoi je ne lui faisais pas confiance à propos du marché, mais tout cela me paraissait insignifiant désormais.

Lucifer avait réintégré Ajax en tant que Gardien sans condition – ce que j'avais appris par les pensées de Melek, et qui m'avait été confirmé par le Faë de Minuit lui-même.

Tu lui fais confiance ? avais-je chuchoté à Ajax quelques minutes plus tôt. Parce que je... je commençais à croire que Lucifer avait tous nos intérêts à cœur. Oh, il avait fait des choses horribles, des choses que je ne lui pardonnerais peut-être jamais. Mais plus je le comprenais, plus j'étais attirée par lui.

Tout comme avec Melek.

Sauf que mon attirance pour Melek avait bien plus d'impact grâce à ma connexion avec son esprit. Parce que je le voyais enfin. Le vrai lui. Pas le Faë irrésolu qui s'inquiétait de me perdre, mais l'homme en dessous – celui qui *se souciait de moi*. Celui qui voulait avoir une chance d'être avec moi. Pour me chérir. Pour me montrer ce que cela signifiait d'être à lui.

Je voulais en savoir plus. Voir ce qu'il voulait dire quand il promettait de m'adorer. Faire l'expérience de ses cordes. Me laisser aller à cette connexion entre nous pour voir où cela nous mènerait.

Je n'avais pas caché ce désir à Ajax et Az. Ils le savaient. Et même s'ils dégageaient tous deux des auras possessives, je sentais au fond d'eux qu'ils acceptaient.

Melek faisait déjà partie de moi. Il était déjà lié à moi à un niveau qui ne pourrait jamais être défait. Pourtant, il croyait que je voulais le rejeter, le bloquer indéfiniment de mon esprit et l'obliger à vivre avec un lien unilatéral.

Et il était prêt à l'accepter.

La protéger, c'est tout ce qui compte, avait murmuré une partie de lui, me révélant ses vrais sentiments. Me confiant ses intentions. Me laissant enfin percer l'énigme qu'était le prince Faë de l'Enfer.

Pourtant, il se contentait de me fixer à présent, comme s'il n'arrivait pas à décider de la marche à suivre. Et pendant un instant, je me demandai s'il allait repousser mon offre.

Cette unique seconde m'offrit un aperçu immédiat de la façon dont mon rejet potentiel l'avait affecté.

Je n'aimais pas ce que cela me faisait éprouver, l'insécurité que cela inspirait en moi, la confusion qui tourbillonnait dans mon âme.

Melek et moi étions déjà liés. Notre seul chemin allait de l'avant.

J'avais pensé qu'il m'avait liée pour une raison néfaste, ou simplement pour protéger Lucifer. Mais le raisonnement de Melek était bien plus profond. Il était ancré dans sa propre version de la droiture. Sa propre version de la *loyauté*.

Et saturé de son *besoin* effréné.

Melek était un Faë qui se battait pour ce qu'il voulait, mais qui ne laissait personne voir ce combat. À la place, il élaborait des jeux pour faire basculer son adversaire de son côté.

J'avais joué. On pourrait dire que j'avais perdu.

Mais lorsqu'il fit un pas vers moi, ses yeux multicolores scintillant d'une intention pécheresse, je sus qu'en fait j'avais *gagné*.

Il m'attrapa la nuque, sa paume marquant ma peau alors

qu'il m'attirait contre son corps ferme. La soie de son costume était décadente contre ma chair chaude, son baiser était une bénédiction que je ressentis jusqu'à mon âme.

Enfin, soupira une partie de lui, une pensée qui s'accordait avec la mienne.

J'avais lutté contre cette attirance dès notre première rencontre. L'homme respirait le sexe, et je m'étais efforcée de nier son attrait érotique. Mais je n'avais plus à lutter contre cela.

Il était à moi. J'étais à lui. Et je voulais qu'il me montre ce que c'était.

Ses mains glissèrent sur mes hanches, un contact chaud et possessif tandis qu'il me promenait à l'aveuglette dans sa chambre. Quand l'arrière de mes genoux toucha son matelas, je souris avec soulagement.

Mais ensuite il recula d'un pas pour m'évaluer avec attention.

— Je ne peux pas encore t'attacher, Cami.

Je le regardai en cillant.

— Oh. (Je déglutis.) Bon. Ouais. Bien sûr que non. Je...

Je me mis à chercher la serviette que j'avais perdue, ma peau étant soudain en feu. Mais il me saisit la hanche avant que je ne puisse bouger, et porta son autre main à mon menton.

— Je ne peux pas t'attacher tant que tu ne me fais pas confiance, précisa-t-il, son beau regard capturant le mien.

Mes cils papillotèrent de nouveau, la confusion m'envahit.

— Je te fais confiance.

— Pas totalement, répondit-il, me blessant davantage. Je ne dis pas ça pour te faire du mal, mon amour. Je le dis pour que tu saches que je ferai toujours passer ta sécurité avant mes propres désirs. Je te protégerai toujours et ne te ferai jamais de mal.

— Je sais. Je te l'ai dit, je te vois maintenant. Je te *connais*.

— Donc nous sommes sur le bon chemin, murmura-t-il, appuyant son front sur le mien. Je veux rester sur ce chemin, Cami. Je veux te sentir sous ma soie, te faire te tortiller. Mais d'abord, je dois te montrer ce que signifie être à moi. Pour bien mériter ta confiance. Puis, un jour, quand tu seras prête, nous jouerons.

Il m'embrassa de nouveau, cette fois avec résolution. Avec sensualité. Le plus doux soupçon de séduction. Lorsqu'il eut terminé, j'étais pantelante et je priais pour qu'il ait envie d'en faire plus.

Car je voulais sa bouche à d'autres endroits. Ses mains se baladant sur ma peau nue. Sentir la force de ses poussées entre mes cuisses.

— Je veux compléter le lien, lui dis-je. Je veux être à toi.

Je n'avais aucune idée de ce que cela exigeait, mais une partie de moi espérait que le sexe était impliqué.

Ses lèvres se retroussèrent comme s'il pouvait m'entendre. Ce qui était probablement le cas. Je ne masquais pas mes émotions ou mes pensées, ni à lui, ni à aucun de mes compagnons. J'étais simplement moi-même. Je faisais confiance à mes Faë pour respecter mon esprit et honorer mes désirs. Az et Ajax avaient déjà prouvé qu'ils en étaient plus que capables. Et Melek... Eh bien, c'était comme il l'avait dit : nous étions sur le bon chemin.

Un respect et une compréhension renouvelés fleurirent dans mon esprit alors que je commençais à comprendre ses propos sur la confiance et sur le fait que nous n'y étions pas encore tout à fait parvenus.

Il avait raison. Mais je voulais y parvenir.

Et le premier pas vers ce destin était de reconnaître notre lien. Le compléter. Devenir officiellement des *compagnons*.

— Je te demanderais bien si tu es sûre, mais je peux capter ta résolution dans ton esprit, souffla Melek, me regardant comme s'il voulait mémoriser mes traits.

Ses pensées me disaient qu'il n'arrivait pas à croire ce qui se passait. Quelques instants plus tôt, il avait supposé que j'avais l'intention de le rejeter complètement. Maintenant, je lui demandais de me revendiquer pour l'éternité.

— Dis-moi ce qu'il faut faire, intimai-je.

— Oh, toutes les façons dont je pourrais interpréter cette déclaration...

Il m'embrassa une fois de plus, sa langue tissant d'obscures promesses contre la mienne. Il ne s'arrêta plus tant que je n'eus pas le souffle coupé, mon cerveau entièrement concentré sur lui. Sa proximité. Son parfum décadent. *Comme le péché,* pensai-je. *Un péché pur et simple.*

Ses yeux souriaient, les iris multicolores brillaient d'intentions coquines que je souhaitais ardemment expérimenter.

Car j'en avais assez de lutter contre cette attirance. Assez de nier ce que je ressentais.

Peut-être que tout ce qui s'était passé m'avait secouée, m'avait amenée à une certaine docilité. Ou peut-être que cela m'avait donné envie de *vivre.*

Je choisis de croire à la seconde hypothèse.

J'avais lutté pour la liberté toute ma vie, désirant mon indépendance et une existence normale. Quelque chose qui n'impliquait pas d'aller camper au hasard ou de se retrouver au milieu d'un feu de forêt. Mais je n'avais jamais été destinée à la normalité.

J'étais moi. En partie Faë Vertueuse, en partie Faë de l'Enfer.

Et un siphon, apparemment.

Eh bien, rien à foutre de cette partie. Je ne ferais pas ce que Vivaxia prétendait que j'étais née pour faire. Je me rebellerais plutôt. Je ferais mes propres choix.

Comme m'accoupler avec Melek.

C'était tout moi. Ma décision. Ma destinée.

— Comment compléter notre lien ? lui demandai-je.

Il savait que c'était ce que je voulais dire quand je lui avais demandé quoi faire. Mais il m'avait distraite avec sa bouche. Maintenant, je ne le laisserais pas interpréter mes mots d'une autre façon. Pas de jeux. Pas d'énigmes. Juste nous. Juste *ceci*.

Il recula, empoigna les revers de sa veste et la fit descendre le long de ses épaules et de ses bras.

— Si on fait ça, c'est juste que je sois nu aussi.

Il plia sa veste coûteuse sur une chaise voisine, puis desserra sa cravate et la passa par-dessus sa tête.

Je déglutis quand il enleva ses boutons de manchette, puis défit ceux de sa chemise noire. Un contraste avec les plumes or et blanches que j'avais vues la semaine dernière. Ces plumes dont je m'étais souvenue quand j'étais perdue dans le mirage du royaume des Faë Vertueux.

C'était en grande partie grâce à Melek que les manipulations mentales de Vivaxia n'avaient pas fonctionné. Les souvenirs que j'avais eus de lui m'avaient permis d'aller de l'avant, m'aidant à voir clair dans la mascarade et à me rappeler qui j'étais et qui étaient mes compagnons.

Az avait également contribué à m'enraciner, son récit sur Vivaxia étant si puissant et si profond que j'avais pu me rendre compte de la vraie nature de cette femme. Me rappeler son histoire. Savoir que ses affirmations sur Lucifer étaient des mensonges.

Puis il y avait eu Ajax, notre lien étant une ancre qui m'avait retenue dans la réalité.

Mais ç'avait été les plumes de Melek dont je m'étais souvenue en premier lieu. Puis la statue de Lucifer que Melek m'avait montrée.

Il était destiné à être à moi, mon cœur et mon âme le reconnaissant à un moment où j'en avais intrinsèquement besoin.

Je n'avais pas eu l'intention de le blesser ou qu'il se sente rejeté. Toutefois, j'avais pleinement l'intention de le guérir à présent. Faire revenir le Melek enjoué, celui qui respirait l'assurance à tous les niveaux.

Une partie de cette assurance se manifesta lorsqu'il ôta sa chemise, son corps sculpté étant un plaisir pour les yeux. Il savait qu'il était beau, mais je le confirmai quand même à haute voix.

J'appréciais particulièrement ses tatouages, des symboles éthérés et mystiques. Ils brillaient pratiquement comme de l'or en ce moment, suggérant qu'ils étaient liés à son héritage de Faë Vertueux, et pas nécessairement à l'art imprimé sur son corps. Il faudrait que l'interroge sur ces marques. Mais plus tard. Parce qu'en ce moment, tout ce qui m'intéressait, c'était sa ceinture et ses mains qui la détachaient.

— Pas aussi beau que toi, petit ange, murmura-t-il en réponse à mon commentaire.

Il promena son regard sur moi avec un intérêt évident tandis qu'il défaisait le bouton de son pantalon et abaissait la fermeture éclair.

Je ne fus pas surprise du tout qu'il soit nu en dessous. Cela me semblait tout à fait approprié que Melek renonce à porter des sous-vêtements. Toutefois, un boxer noir soyeux lui irait très bien.

— La prochaine fois, murmura-t-il en enlevant ses chaussures et en se penchant pour finir de se déshabiller.

Je supposai que le « la prochaine fois » faisait référence au boxer noir soyeux sur lequel je fantasmais actuellement.

Mais lorsqu'il se redressa pour se révéler dans toute sa glorieuse nudité, je me demandai si le boxer ne serait pas une gêne. Parce que Melek était... impressionnant. À tous points de vue.

Une information que je n'ai pas besoin de connaître à propos de Melek, grommela Ajax dans mon esprit.

Désolée, lui répondis-je, luttant une fois de plus pour

contrôler les liens mentaux dans ma tête. Voir Melek dans cet état m'avait brisé le cerveau.

Tu me rends jaloux, petite guerrière, murmura Az. *Dois-je aller là-bas pour te rappeler ce que je peux faire ?*

Je frissonnai, mes entrailles se transformant en feu liquide à la connaissance très intime de ce qu'Az était capable de me faire.

Même si j'adore ta bite, je dois laisser Melek profiter de son moment maintenant.

C'était volontairement formulé d'une façon que je savais qu'Az apprécierait. Son grognement en réponse me donna raison, son acquiescement réchauffa notre lien.

Je vais t'obliger tout à l'heure à me prouver à quel point tu adores ma bite pendant que je baiserai ta bouche.

Je le crierai pour toi, promis-je.

Bonne fille, approuva-t-il. *Maintenant, montre à Melek ce qu'Ajax et moi t'avons appris.*

Ajax émit un accord évasif, sa possession m'enveloppant dans un baiser mental chaleureux avant qu'il me laisse aux bons soins de Melek.

— Dis-leur que je vais te faire rayonner, souffla Melek contre ma bouche, ses mains sur mes hanches. Et peut-être que je les laisserai m'aider à te lécher après.

Il me coinça dans un baiser avant que je puisse réagir à l'image mentale que ses mots venaient de peindre dans mon esprit. Son étreinte était dévorante et dominatrice.

J'avais l'impression que les derniers mois passés à se connaître avaient été un jeu prolongé de préliminaires, comme si nous avions tourné autour du pot depuis une éternité.

Sa langue écarta mes lèvres, ses mains me hissèrent sur le lit. Et soudain je me retrouvai affalée sous lui, ses ailes étendues au-dessus de nous en un nuage blanc et or. Je contemplai avec émerveillement son corps magnifique, à la fois royal et divin.

Splendide et immoral. Un ange déchu envoyé ici pour corrompre mon âme.

Mais mon âme était déjà en partie la sienne. Bientôt, elle serait entièrement à lui.

— Fais-moi l'amour, chuchotai-je.

Il sourit.

— Tu n'as pas idée à quel point j'avais envie de t'entendre dire ça. (Il appuya son front sur le mien.) J'ai envie de toi depuis ce premier jour à la bibliothèque, Camillia de la Croix. C'était très difficile de jouer les gentlemen alors que tout ce que je voulais vraiment, c'était te déshabiller et te prendre contre les étagères.

Mes entrailles brûlèrent à cette idée. L'aurais-je laissé faire ? Peut-être. Probablement. Parce que j'avais été tout aussi séduite par lui ce jour-là. Effrayée aussi. Mais il y avait certainement eu de l'attirance entre nous dès notre première rencontre.

Melek roula sur le côté et s'appuya sur un coude, ses ailes disparaissant dans un froufrou.

— Le dernier niveau de l'accouplement nécessite un échange de sang provenant de nos mains coupées. Et l'ancienne incantation doit être prononcée à l'unisson.

Je le fixai, attendant qu'il continue.

— Autre chose ?

Il secoua la tête.

— C'est un processus assez simple d'un point de vue physique. Ce sont nos âmes qui devront faire tout le travail.

J'y réfléchis un moment.

— Pourquoi ça ressemble à une autre de tes énigmes ?

— Parce que c'est un mystère, même pour moi, répondit-il. Nous nous accouplerons sous une forme corporelle, mais pour que le lien s'épanouisse vraiment, nos âmes aussi doivent s'accoupler. Aucun de nous ne peut contrôler ce résultat. Soit nos esprits accepteront nos destins entremêlés, soit le lien se brisera pour de bon.

Je haussai les sourcils.

— Tu es en train de dire que nos âmes pourraient se rejeter l'une l'autre ?

Il acquiesça.

— C'est ainsi que fonctionnent les liens entre Faë Vertueux : il s'agit de faire correspondre notre énergie éthérée à l'énergie éthérée d'un autre. En théorie, ce ne sont pas toutes les âmes qui désirent le lien d'accouplement.

— Alors il se pourrait que nous ne soyons pas compagnons ? demandai-je, soudain paniquée – car ça m'avait l'air d'être une putain de grosse affaire.

Pourtant, Melek se contenta de sourire.

— Nous sommes compagnons, Cami. J'en suis sûr.

— Je suis contente que tu en sois sûr, marmonnai-je.

Une dague apparut dans sa main, la même dague incrustée de joyaux qui s'était manifestée par magie quand nous nous étions engagés dans le deuxième niveau d'accouplement.

— La confiance est la clé de tout, petit ange. (Une autre dague se matérialisa à côté de la première, et il me tendit les deux.) Choisis-en une et nous pourrons commencer.

CHAPITRE 23

AJAX

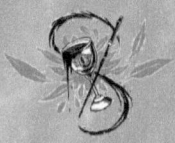

C'EST FOUTREMENT SURRÉALISTE, pensai-je en promenant mon regard sur le royaume des Faë de l'Enfer. Ce n'était pas tant le fait d'être ici qui éveillait cette sensation que d'être aux côtés de Lucifer.

Il me parlait d'égal à égal en marchant, ce qu'il avait déjà fait parfois, mais jamais vraiment comme ça. Et certainement pas depuis l'incident avec Cami dans cette putain de robe en chaînes.

Qu'est-ce qu'on est en train de faire ? me demandai-je, parcourant des yeux la cour incandescente qui entourait le palais.

Lucifer fait une déclaration, répondit Az, qui avait manifestement entendu mes pensées.

Quel genre de déclaration ? me méfiai-je. Car la plupart des « déclarations » de Lucifer impliquaient des punitions, et je n'étais vraiment pas d'humeur à recevoir une de ses fameuses leçons.

Le genre qui se veut une excuse, m'informa Az.

Je faillis ricaner. *Ben voyons.* Typhos Lucifer ne s'excusait jamais. Il faudrait pour cela qu'il reconnaisse sa faute.

Oh, il m'avait bien dit que je n'avais plus à m'accoupler avec lui – même si l'offre tenait toujours si je le désirais. Mais ce n'était pas pour autant que je le croyais ou que je croyais l'explication qui avait accompagné sa décision.

« Je réalise maintenant qu'exiger un accouplement dans ces circonstances était une erreur, avait-il admis un peu plus tôt. Un Faë devrait vouloir s'accoupler avec moi, pas le faire par obligation. Mais ne te méprends pas, Ajax, je te veux toujours dans mon cercle. Cependant, je me rends compte que je dois démontrer ce désir plutôt que de le forcer. »

Kuro ébouriffa ses plumes sur mon épaule, me ramenant à l'instant présent. Il était arrivé peu après la proclamation de Lucifer, réagissant sans doute à mon stress interne.

Parce que c'était trop beau pour être vrai.

Ce n'était pas parce qu'il avait changé ses conditions qu'il ne prévoyait pas de me punir d'une manière ou d'une autre. Je l'avais défié. J'avais choisi Cami plutôt que lui. Je l'avais *quitté*.

Il ne laisserait pas cela sans réponse. Il ne le pouvait pas.

Az soupira dans mon esprit, mais n'ajouta rien. Ses liens avec Lucifer obscurcissaient son jugement. C'était du moins ce que je pensais. Mais Az n'était pas d'accord, marmonnant quelque chose à propos de m'avoir fait passer en premier, sans insister là-dessus. À la place, il se mit à penser à Cami. *Et Melek*.

Je serrai les poings.

Même si je n'étais pas dans la chambre avec eux, je savais à quoi ils jouaient.

Étais-je jaloux ? Oui. Mais c'était bien plus profond que la jalousie. Je ne faisais pas confiance à Melek. Cependant, tous ses actes et paroles avaient fait changer Cami d'avis.

Je captais son esprit qui traitait les intentions de Melek, je ressentais son excitation lorsqu'elle le regardait, et son envie d'en avoir *plus*.

Cela me fit grincer des dents. Az aussi. Mais si cela

dérangeait Lucifer, il ne le montrait pas. Il se contentait de déambuler dans la cour, le menton haut, adressant un signe de tête aux Faë de l'Enfer qu'il croisait.

— Y a-t-il quelque chose que tu aimerais et que je n'ai pas abordé ? demanda-t-il, me tirant de mes pensées et me ramenant au marché dont il m'avait dit qu'il ne s'appliquait plus, énumérant à la place des conditions unilatérales que je devais accepter.

Sauf qu'il ne les avait pas appelées « conditions » et n'avait pas parlé de marché, juste d'un moyen de rétablir confortablement mon statut, sans condition.

Je le croirais quand cela se concrétiserait.

Je réfléchis tout de même à sa question tandis que nous sortions de la cour et tournions dans la rue principale qui traversait le centre de son royaume.

La ligne des toits rougeoyait du feu de l'Enfer, ce qui me donnait l'impression d'être chez moi malgré les différences avec le royaume des Faë de Minuit. Heureusement, Kuro ne semblait pas s'en soucier. Il se détendait sur mon épaule, comme s'il s'installait à long terme. Ce que j'espérais, en quelque sorte. Car ce petit bonhomme m'avait manqué. Et j'étais à jamais reconnaissante à Shade d'avoir gardé un œil sur lui quand j'avais disparu.

Typhos pense que tu le provoques par ton silence, m'avertit Az.

Pas du tout.

Je sais. Je te fais juste part de son humeur.

En guise d'avertissement ? devinai-je.

Non, comme une démonstration de bonne foi, répliqua-t-il. *Typhos n'aime pas qu'on le provoque, or il fait preuve d'une patience à toute épreuve en ce moment même, pendant que ton esprit vagabonde. C'est un signe qu'il se soucie de ton bien-être, Ajax. Il n'essaie pas de te forcer à lui répondre. Il attend que tu viennes à lui. J'imagine que c'est aussi pour ça qu'il a gardé l'accouplement possible. Il te veut, mais il ne te forcera pas.*

Je faillis ricaner à ces mots. Typhos Lucifer donnait des ordres, j'y obéissais. C'était ainsi que notre relation avait toujours fonctionné.

Mais au lieu d'émettre un rire sardonique, je revins à la question de Lucifer : *Qu'est-ce que je désire d'autre ?*

— À vrai dire, je ne veux pas que Cami soit blessée, lui répondis-je. (Il m'avait offert de récupérer mon ancien poste et même plus.) Et je veux pouvoir la voir à tout moment, même quand elle est dans ta chambre.

Une nouvelle suite. Des équipements. Du personnel supplémentaire. Et même une nouvelle collection d'armes. C'était ce qu'il m'avait offert jusqu'à présent, en plus de mon titre. Mais ces offres qui ressemblaient à des pots-de-vin ne signifiaient rien pour moi.

Cami et Az étaient tout ce qui m'intéressait. Je voulais avoir accès à eux, même s'ils se trouvaient sur le territoire personnel de Lucifer. Ils étaient mes compagnons. *À moi.*

— Je ne te mettrai jamais à l'écart de Camillia ou d'Azazel, affirma Lucifer. Je respecte les liens d'accouplement.

Comme tu le devrais était clairement attaché à cette affirmation, sans doute parce qu'il avait perçu mes frustrations concernant l'accouplement de Melek et Cami. Ou peut-être avait-il capté l'incertitude d'Az à travers ses pensées.

Quoi qu'il en soit, j'acquiesçai. Car là-dessus, nous étions parfaitement d'accord.

Même si je n'aimais pas que Cami s'accouple avec Melek, je lui faisais confiance pour opérer ses propres choix. J'avais aussi juré de ne plus jamais lui forcer la main, après l'incident survenu dans le club de Lucifer.

Un club qui était en vue maintenant.

Merde.

Je n'avais pas réalisé où nous allions jusqu'à présent, l'esprit accaparé par les propos de Lucifer et l'excitation de Cami. Nous nous rendions sans doute là-bas pour je ne sais quelle humiliation que Lucifer me réservait.

Super, me dis-je. *Carrément super.*

Il ne prépare rien de néfaste, me promit Az.

Je faillis lui asséner que je ne lui faisais pas confiance non plus – surtout après ce qu'il m'avait fait la dernière fois que nous étions venus ici. Mais je préférai me mordre la langue.

J'avais tenu Az en laisse avec ce sort. Il m'avait tenu en laisse avec son esprit. Nos crimes étaient peut-être différents, mais les résultats étaient similaires. Et évoquer tout cela maintenant nous mettrait en désaccord l'uns l'autre. Or nous ne pouvions plus vivre dans le passé. Nous devions avancer ensemble vers l'avenir. En tant que compagnons.

Lucifer effleura de sa main le bas de mon dos, comme s'il avait perçu mon trouble intérieur et qu'il opinait. Flammes, ce devait être le cas. Parce qu'il se pencha pour m'embrasser dans le cou juste au moment où nous franchîmes l'entrée de la boîte.

Si Lucifer remarqua ma fugace appréciation, il ne le montra pas. Il tint la porte ouverte et nous fit signe d'entrer.

Au moment où je posai le pied à l'intérieur, je me rappelai soudain pourquoi je me méfiais de Lucifer dans mon dos.

Le feu de l'Enfer brûlait dans des bûchers tortueux rouges et bleus bordant les murs, autour de la scène où Cami avait été exposée. Une scène près de laquelle j'avais été obligé de monter la garde, alors que j'étais paralysé grâce au pouvoir suffocant d'Az.

Alors qu'est-ce que tu vas faire, roi des Faë de l'Enfer ? me demandai-je en lui jetant un coup d'œil. *Me forcer à parader nu sur cette scène ? Exhiber à quel point je suis excité par ce que ton prince est en train de faire à Cami en ce moment même ?*

Lucifer m'ignora, même si je me doutais qu'il avait perçu mon irritation. Nous n'avions pas besoin d'être liés pour qu'il ressente ma colère. Je ne masquais pas du tout les expressions de mon visage, car je n'avais plus envie de me cacher.

Il m'avait mis en rogne. Et maintenant, il voulait jouer les gentils en me donnant tout ce que je désirais – voire plus – sans rien en retour ?

Ouais. Comme si j'allais y croire.

— Votre Majesté, salua un Faë de l'Enfer.

Il portait un pantalon de cuir et une longue cravate rouge sur son torse nu. Puis il regarda Az et s'inclina de nouveau, mais il hésita lorsqu'il me vit. L'éclat de surprise dans ses yeux n'était pas inattendu. Je passais rarement du temps comme ça avec le roi des Faë de l'Enfer. Et la dernière fois que j'étais venu ici, il m'avait ridiculisé devant tout son royaume.

— Benedict, dit Lucifer. (Le Faë de l'Enfer détourna son attention de moi et la porta sur le roi devant lui.) Une bouteille de whisky Hellfire avec trois verres, s'il te plaît.

Le mâle tressaillit, puis s'inclina assez bas pour que ses cheveux noirs tombent sur son visage.

— Ou-oui, tout de suite, balbutia-t-il avant de filer.

Lucifer se retourna et traversa la foule, sa seule présence incitant tout le monde à s'écarter de son chemin tandis qu'il gagnait son box habituel. Parfois, il choisissait le trône sur la scène. Mais apparemment, ce n'était pas un de ces jours.

Cette nuit-là, avec Cami, n'avait pas été une de ces nuits non plus. À la place du trône, on avait apporté une cage spéciale pour elle.

Je me demandai machinalement si une autre allait bientôt apparaître pour moi.

Kuro me mordilla l'oreille, sentant sûrement mon agitation croissante. Une agitation qui atteignit un point d'ébullition lorsque Lucifer déclara :

— Je t'ai amené ici pour une bonne raison.

Sans déconner, me dis-je.

Az me poussa dans le box tandis que Lucifer s'installait sur la banquette face à nous, sa corpulence massive paraissant encore plus prononcée qu'à l'accoutumée.

— Quelle que soit la punition que tu as en tête, je l'accepterai tant que Cami reste indemne, lui dis-je d'un ton inflexible.

Deux femmes – des illusions créées par la magie de la boîte de nuit – apparurent avec nos boissons avant que Lucifer réponde. Les verres étaient ornés de flammes rouges, qui firent se hérisser Kuro sur mon épaule.

Quand l'une des illusions posa le verre, il mordilla sa silhouette translucide, m'arrachant un sourire.

— Tu n'as jamais aimé les chimères. Donc c'est logique que tu n'aimes pas non plus cette magie, je suppose.

Kuro souffla.

— Je pense qu'il ne fait que refléter ton humeur, dit Lucifer sur le ton de la plaisanterie. C'est ce que font souvent les familiers, n'est-ce pas ?

Je grognai, guère surpris qu'il comprenne les liens unissant les Faë de Minuit à leurs familiers. Mais je préférais ne rien trahir de toute façon. Parce que je ne lui faisais pas confiance. Pas le moins du monde.

— Et à quelle humeur penses-tu ? lui demandai-je d'un ton quelque peu tranchant.

Le roi des Faë de l'Enfer ne m'avait pas répondu à propos de la punition, confirmant que c'était bien son intention en m'amenant ici. Alors bien sûr, j'étais d'humeur irritable. Et mon hibou aussi.

— Tu es en colère, répondit Lucifer. Et à juste titre.

J'arquai un sourcil.

— Ah oui ?

Il me lança un regard avant de siffler son verre. L'une des chimères serveuses réapparut avec un autre verre, mais il l'ignora quand elle le posa devant lui.

— Écoute, j'ai dit que je t'avais amené ici pour une bonne

raison, et oui, c'est lié à la punition. (Il se pencha en avant, ses yeux bleus scintillant ardemment.) Mais ce n'est pas *ta* punition que je recherche.

— Celle de qui, alors ?

L'instant d'après, mon cœur s'arrêta et je me connectai aussitôt à l'esprit de Cami, afin de savoir si elle était en sécurité. Mais tout ce que je perçus fut des pensées dévorantes de Melek, de cordes et de liens.

— Je me punis moi-même, déclara Lucifer – des mots qui me choquèrent au plus haut point. Je t'ai amené ici pour que je puisse faire face à mes méfaits et m'en excuser. J'ai poussé ta punition – et celle de Camillia – trop loin. Je le comprends. Je le reconnais. Et je m'en excuse.

— Parce que t'en as quelque chose à foutre maintenant ? lançai-je, largué par cette tournure des événements.

Az émit un son et me jeta un regard disant qu'il allait me tacler. Mais je l'ignorai, parce que c'était entre moi et Lucifer.

— En fait, oui, j'en ai vraiment *quelque chose à foutre* maintenant, répliqua Lucifer. Melek est mon prince. Et il est sur le point de s'accoupler avec Camillia pour l'éternité.

— Il a initié ce lien il y a presque deux mois, remarquai-je. Et tu t'en fichais bien à l'époque.

— Oh non, je ne m'en fichais pas. (Il vida de nouveau son verre, et chassa la chimère qui s'apprêtait à le resservir.) Mais je pensais aussi qu'elle était une menace. Maintenant, je me rends compte que j'avais tort. Elle est un pion dans un jeu qui a commencé bien avant sa création. Un pion qui a été littéralement conçu pour me faire du mal. Et puis, eh bien, j'ai une propension à sauver les Faë que Vivaxia m'envoie.

Il tourna ostensiblement son regard vers Az, puis le promena dans son club.

— Mon royaume est rempli des anciens jouets de Vivaxia. Camillia est l'un d'entre eux, et mes deux compagnons ont l'air épris d'elle. Alors oui, j'en ai officiellement quelque chose à foutre.

Je le dévisageai, toujours mal à l'aise.

— Et qu'est-ce que tu éprouves pour elle ?

— À déterminer, Ajax, sourit-il. À déterminer.

Je haussai un sourcil.

— Ça ne me rend pas très confiant dans tes intentions, Lucifer.

— Non, j'imagine que non. Mais tout ce que je peux promettre maintenant, c'est que je veux la sauver, lui donner du pouvoir et en faire une reine. Qu'elle devienne ou non *ma* reine, eh bien, ça reste à voir, hein ?

Je m'apprêtais à le questionner davantage là-dessus lorsqu'un écran clignota dans l'air devant lui, détournant son attention de moi. Il sourcilla.

— Hadès m'appelle. Je dois le prendre.

Je clignai des yeux, surpris qu'il m'ait dit qui appelait. Et surpris également que ce Faë du Mythe particulier – le Dieu de l'Au-delà – appelle Lucifer.

Tu as une idée de ce dont il s'agit ? demandai-je à Az.

Il secoua la tête.

Il s'est passé des choses pendant notre absence. Je n'ai pas encore reçu de rapport complet.

Oh. Serrant la mâchoire, je pris enfin un verre. À la différence de Lucifer, les chimères ne revinrent pas le remplir aussitôt. Ce n'était pas étonnant. Je n'étais même pas un vrai Faë de l'Enfer. Pas pour eux.

— Que penses-tu de ce qu'il a dit à propos de Cami ? demandai-je à Az à voix haute.

— Je le crois quand il dit qu'il ne lui fera pas de mal.

— Et tu penses qu'il a l'intention de s'accoupler avec elle ? insistai-je.

Az me dévisagea.

— Ça te dérangerait ?

— Oui, répondis-je sans hésiter.

— Pourquoi ?

— Parce qu'il n'est pas digne d'elle.

Az afficha un air ahuri.

— Pas digne ?

— Il la garde en vie pour Melek et toi, pas parce qu'il la veut en vie, dis-je en grinçant des dents. (Az ouvrit la bouche pour parler, mais je n'avais pas fini.) Les motivations de Lucifer tournent autour de son royaume et de ses compagnons. Tant qu'il ne verra pas Cami telle qu'elle est et qu'il ne la voudra pas pour elle-même, non, il n'en est pas digne. (Je repris mon verre pour le finir, mais le trouvai déjà vide.) *Putain*. J'ai besoin d'un autre verre.

Non loin, un mâle Faë de l'Enfer se retourna, ayant sans doute entendu mes paroles et les ayant mal prises. Comme si je m'étais montré ingrat. Ce n'était pas mon intention.

Mais alors qu'il fonçait vers nous, je réalisai qu'il avait mal interprété mon hostilité. Et maintenant, nous allions avoir un problème.

Je ne pus empêcher Kuro de décoller de mon épaule et de pointer son bec droit vers l'œil du Faë de l'Enfer. Je le rappelai à moi avant qu'il frappe vraiment, mais l'homme poussa quand même un cri d'alarme et tenta de balayer mon hibou.

— *Kuro*, ordonnai-je lorsqu'il se remit en position de frapper à nouveau.

Heureusement, mon familier m'obéit et s'éclipsa hors de vue pour réapparaître sur mon épaule en poussant un cri indigné.

— Saleté de bestiole à la con ! rugit le Faë de l'Enfer.

— Il...

— Ramène cette *chose* au royaume des Faë de Minuit ! cria-t-il, me coupant la parole. Et pourquoi tu es encore là, *ex*-Gardien ? Tu n'es pas un vrai Faë de l'Enfer. Tu n'es *rien* pour nous. Et tu ne mérites certainement pas d'être dans le box de Sa Majesté.

Je serrai la mâchoire, car j'avais déjà entendu de telles paroles. Bon, peut-être pas la partie *box*, mais j'avais déjà eu affaire à d'autres Faë de l'Enfer me disant que je n'avais pas ma place ici et que je ne devais pas porter le titre de Gardien.

D'habitude, je démontrais mon pouvoir lors d'une leçon de combat. Aujourd'hui, je me contentai de le fusiller du regard. Car je n'avais rien à lui répondre. Bien que mon poste de Gardien ait été formellement rétabli, il n'y avait pas encore eu d'annonce officielle. Du moins, je n'en avais pas entendu parler.

Et je ne devrais probablement pas être dans ce box non plus.

— Il a raison, intervint un autre Faë de l'Enfer à une table voisine. Tu n'as rien à faire ici, *Faë de Minuit*.

— Je ne suis pas d'accord, tonna une voix à l'autre bout de la salle.

Lucifer apparut, un écran devant lui. Je sourcillai, supposant qu'il se disputait avec Hadès. Mais il dit au Faë du Mythe « Je vais devoir te rappeler » avant de se déconnecter.

Est-ce qu'il vient de raccrocher au nez d'Hadès ? demandai-je à Az, choqué par ce geste. Je doutais fort que l'entité divine ait l'habitude d'être coupée de cette façon.

On dirait bien, constata Az, l'air plus amusé qu'irrité.

— Peut-être que la présence d'Ajax à mes côtés aujourd'hui n'a pas été remarquée par tout le monde dans cette salle, déclara Lucifer, sa voix portant dans tout son club. Mais je vais être très clair. Ajax est mon Gardien. Il est aussi officiellement un Faë de l'Enfer maintenant, puisqu'il est accouplé à mon Commandant.

Plusieurs Faë échangèrent des regards, puis nous reluquèrent les yeux écarquillés.

— Et pour ceux d'entre vous qui ont vraiment besoin

d'une leçon de respect, je vous rappelle qu'Azazel est l'un de mes compagnons. (Ses paroles s'inscrivaient sur l'écran, suggérant qu'il les diffusait dans l'ensemble du royaume.) Donc Ajax est désormais lié directement à moi.

Il darda son regard sur le Faë qui m'avait gueulé dessus à propos de Kuro. Puis sur l'autre qui avait renchéri en disant que je n'avais rien à faire ici.

— Je t'encourage vivement à te souvenir de ces liens d'accouplement et de leur importance pour moi en tant que ton roi Faë de l'Enfer. Car la prochaine fois que tu voudras insulter *mon* Gardien, je me montrerai beaucoup moins aimable.

Les deux Faë pâlirent et marmonnèrent des excuses avant de filer promptement vers la sortie de la boîte. Je les fixai bouche bée, puis Lucifer.

Il m'avait juste... *revendiqué.*

Pas dans le cadre d'un accouplement sans engagement, mais à sa manière en tant que roi. Et il avait fait en sorte que tout le royaume sache que j'étais à lui.

Donc Cami était à lui aussi. Ou le serait dès qu'elle aurait fini de s'accoupler avec Melek.

— Est-ce que j'ai bien précisé mes intentions ? demanda Lucifer en revenant à notre table. Ou as-tu encore des questions ?

Je le regardai fixement. Est-ce que j'avais encore des questions ? Oui. Des milliers. Mais je n'arrivais pas à les organiser en un train de pensées cohérent, donc je... secouai juste la tête.

— Bien, sourit-il. Alors allons de l'avant, Gardien. Je gagnerai ton pardon avec le temps, je te prouverai ma valeur en tant que partenaire potentiel – pas seulement de toi, mais peut-être aussi de Camillia – et peut-être qu'un jour, nous bouclerons ce cercle. En attendant, j'aurais besoin d'un peu d'éclairage sur la situation avec Vivaxia.

Merde. Il avait dû m'entendre dire qu'il n'était pas assez digne pour Camillia. Ou peut-être qu'il l'avait lu dans les pensées d'Az.

Quoi qu'il en soit, Lucifer n'avait pas l'air en colère, mais plutôt revigoré. Il avait également déclaré qu'il lui incombait de prouver sa valeur – une façon intéressante de le formuler.

— Quel genre d'éclairage ? demanda Az. Est-ce que tu as une idée de ce que Vivaxia a pu faire à Cami ?

Je serrai les dents, le rappel de ce qu'Az ressentait chez Cami étant soudain le sujet le plus important dans mon esprit. Nous savions tous que les Faë Vertueux lui avaient fait quelque chose. La question était de savoir *quoi* ? C'était l'une des raisons pour lesquelles j'avais accepté de la laisser aux bons soins de Melek. Si quelqu'un pouvait résoudre cette énigme, c'était bien un autre Faë Vertueux.

Mais naturellement, il avait préféré s'amuser avec notre compagne.

Peut-être que compléter leur lien l'aiderait à la protéger. Ou peut-être que cela ne ferait qu'empirer les choses.

— Je devrais en parler à Zenaida, exprimai-je cette idée à voix haute avant d'y avoir mûrement réfléchi.

Quoique cela me paraissait un bon point de départ. Si quelqu'un pouvait nous fournir des informations sur l'avenir, c'était bien elle.

Bien sûr, ce serait énoncé sous la forme d'une énigme. Mais j'avais grandi avec Shade. Je comprenais assez bien les énigmes, grâce à ses nombreux enseignements.

Melek aussi pourrait nous aider, réalisai-je, son accouplement avec Cami ayant tout à coup un peu plus d'attrait. Car le maître des énigmes en personne serait enfin de notre côté.

Lucifer m'étudia un moment et hocha la tête.

— Zen pourrait nous fournir un point de vue intéressant.

Nous devrions aussi envisager de demander à Zakkaï de nous rendre visite.

— Zakkaï ? m'étonnai-je.

— Oui. C'est l'architecte de la Source des Faë de Minuit. Il pourrait être utile.

Je savais qui était Zakkaï ; j'étais juste surpris que Lucifer veuille l'inviter à nous rendre visite.

— Je peux aussi lui parler.

Lucifer inclina de nouveau le menton.

— En attendant, j'ai quelques textes à étudier.

— Qu'est-ce que tu veux que je fasse ? lui demanda Az.

— Est-ce que tu peux accompagner Ajax ? (Lucifer formula sa question comme une demande, non comme un ordre.) Je préférerais pouvoir maintenir la communication, s'il arrivait quelque chose. Et je n'ai pas ce genre de lien avec Ajax... pour l'instant.

Je plissai les yeux en répétant ces derniers mots dans mes pensées : *Pour l'instant.*

— Oui, je peux, acquiesça Az, allongeant son bras derrière moi sur la banquette. Mais je voudrai aussi des nouvelles régulièrement.

— Bien sûr, répondit Lucifer. Je vais commencer par Vita, puis j'avancerai à partir de là.

Az attrapa son verre intact et en engloutit le contenu.

— Alors commençons.

Allons d'abord chez Zenaida, ajouta-t-il dans ma tête. *Nous pourrons acheter des biscuits pour Cami. Je pense qu'elle sera affamée quand Melek en aura fini avec elle...*

CHAPITRE 24

MELEK

CAMI FIXAIT la lame qu'elle avait choisie, le front plissé. Des doutes traversaient son esprit, elle craignait que faire cela démantèle notre lien.

Quelques semaines plus tôt, elle aurait pu être d'accord. Cependant, quelque chose avait changé entre nous, quelque chose de profond. Je ne savais pas trop quand c'était arrivé, mais elle avait enfin compris notre potentiel en tant que compagnons.

Il y avait toujours eu de l'attirance entre nous. Je supposais que c'était parce que nos âmes se reconnaissaient. Or Cami n'avait pas encore atteint ce niveau de certitude. Elle essayait encore de se faire à l'idée du risque d'échec.

— Si notre lien ne prend pas, c'est que nous n'étions pas faits pour être ensemble, lui dis-je. Aussi décevant que ça puisse être, on ne pourrait rien faire pour le changer.

Je saisis son menton et levai son regard de la dague jusqu'à mes yeux.

— Je ne t'ai pas dit ça pour t'inquiéter. J'essayais d'expliquer pourquoi le rituel paraît facile. C'est parce que nos âmes feront le plus gros du travail, ce qui devrait donner lieu à un nouvel échange d'énergie. (Je souris.) Tu as aimé ça la dernière fois, donc tu vas adorer cette fois-ci.

— Si ça marche, murmura-t-elle.

— Ah, petit ange, je suis à la fois peiné et content de ton inquiétude. (Je me penchai pour l'embrasser doucement.) Peiné parce que ton embarras ne m'amuse pas, et content parce que tu t'inquiètes de me perdre.

Je pris sa joue en coupe, remarquai la peur tapie dans ses jolis yeux gris marine.

— Je ne ferais pas ça si je pensais que ce serait la fin, Camillia. Je ne veux que l'éternité avec toi. Alors il faut que tu fasses acte de foi, mon amour. S'il te plaît. Pour nos âmes.

Je me rassis, pris ma lame et entaillai ma paume – celle-là même que je venais de poser sur sa joue. Puis j'attendis qu'elle me rejoigne.

Cami fit la moue mais ne bougea pas.

— Où est mon ange magnifique et confiant ? lançai-je à voix basse. Celle qui a affronté une Manticore avec rien d'autre qu'un livre. Celle qui a vu à travers les mirages des épreuves. Celle qui m'a tenu tête à chaque fois. Celle qui laisse Az et Ajax la partager, sachant très bien qu'ils pourraient la détruire en un instant.

Elle me jeta un regard noir.

— Ils ne me détruiraient pas.

— Parce que tu es miraculeuse et parfaite et une déesse à vénérer. Mais je veux savoir où est partie ma Cami, la glorieuse Faë à la langue bien pendue et au penchant pour le danger.

— Tu ne fais que retourner mes mots contre moi, grommela-t-elle en s'asseyant.

J'étais ravi qu'elle n'ait pas cherché à me cacher son corps, d'autant plus que ses seins se balançaient un peu à présent. Elle était si sexy comme ça, nue, vulnérable et *dans mon lit.*

— J'ai dit que je voulais récupérer mon Melek, et

maintenant tu dis que tu veux récupérer ta Cami, précisa-t-elle. Pas très malin, prince des Faë de l'Enfer.

Je me coupai de nouveau la paume, voyant que la plaie s'était déjà refermée.

— Ça t'a fait bouger, n'est-ce pas ?

Ses jolis yeux s'étrécirent davantage.

— Si on fait ça et que ça brise notre lien, je vais être furieuse.

J'arquai un sourcil.

— Ah oui ?

— Attends. (Son expression passa de la vive contrariété à la confusion.) Lucifer veut s'accoupler avec Ajax. Est-ce que ça veut dire... ?

— Qu'il soupçonne que son âme est compatible avec celle de notre Gardien ? terminai-je à sa place. Oui.

— Mais s'il a tort ? Est-ce que ça annulera le marché ?

— Il n'y a plus de marché, l'informai-je. Ty a déjà rétabli Ajax à son poste de Gardien, et il est en train de confirmer sa place en tant que Faë de l'Enfer.

En plus de quelques autres détails, comme s'assurer que tout le monde sache qu'Ajax faisait désormais partie de son cercle intime.

Elle cilla.

— Ça s'est passé quand ?

— Pendant que tu prenais ta douche. Bon, en fait, il a pris sa décision après t'avoir attrapée dans le ciel. Ou peut-être même avant. Mais...

— Il m'a attrapée dans le ciel ?

— Mmh mmh. Ensuite il t'a mise dans notre lit.

Ses yeux s'écarquillèrent. Puis elle secoua la tête.

— Nous y reviendrons. (Elle se racla la gorge.) S'il savait que cette troisième phase risquait de ne pas fonctionner, alors il avait prévu une issue à son propre accord. Que se serait-il passé si Ajax et Lucifer n'avaient pas pu s'accoupler ?

J'y réfléchis un instant, puis je haussai les épaules.

— Connaissant Ty, il aurait rédigé une clause stipulant qu'Ajax devait le revendiquer en tant que compagnon Faë de Minuit. Mais c'est un débat stérile maintenant – il n'y a plus d'accord.

— Il ne serait donc pas revenu sur son offre ? insista-t-elle.

— Tu crains qu'il ait eu ça comme porte de sortie pour montrer l'infidélité d'Ajax ? Parce que Ty a beau rédiger des accords en sa faveur, il n'est pas Vivaxia.

Elle aurait inséré une telle issue dans ses propres accords, et l'avait souvent fait.

— Non, je... (Elle fronça de nouveau les sourcils.) Donc Ajax aurait dû le revendiquer avec son pouvoir de Faë de Minuit – parce qu'il peut encore le faire.

— Oui, mais je doute que ce soit nécessaire. Leurs âmes sont aussi compatibles que les nôtres.

Enfin, peut-être pas aussi compatibles, mais certainement complémentaires.

— Alors, si ça échoue... continua-t-elle en m'ignorant. (Son expression s'éclaircit tandis que ses yeux rayonnaient d'une détermination sans faille.) Si ça échoue, je vais découvrir comment les Faë de l'Enfer revendiquent leurs compagnons, et te forcer à être le mien.

La conviction dans son ton et ses paroles fit palpiter ma bite. Parce que oui, s'il te plaît, putain.

— Je crois que j'aime bien la tournure que ça prend, avouai-je. Est-ce que tu veux bien m'attacher aussi et prendre ton pied avec moi ?

Elle gronda, un son qui me rappela le soir de notre première rencontre. Elle avait aussi grondé contre moi à l'époque, furieuse que je ne l'aide pas.

Elle avait été loin de se douter de l'aide que je lui avais apportée ce soir-là. Et tout le temps.

Je n'aurais jamais laissé quoi que ce soit lui arriver. Mais je voulais qu'elle se rende compte de ce qu'elle pouvait accomplir par elle-même. J'avais reconnu sa force et son esprit, son pouvoir était une balise pour mes sens.

Ce soir-là – et chaque jour depuis – avait mis ses talents en valeur d'une myriade de façons.

J'avais fait tout mon possible pour la protéger. Et maintenant, j'allais lui offrir la forme ultime de protection en mariant mon âme à la sienne. *Pour l'éternité.*

Si l'impossible se produisait et que nos esprits ne s'accouplaient pas, cela ferait mal. Très mal. Cela équivaudrait à éprouver sa mort. Mais je gardai cette partie pour moi, car je serais le seul à ressentir cette douleur. Pas elle. De plus, j'étais certain que nos âmes s'accepteraient l'une l'autre. Il n'y avait pas d'alternative. Camillia de la Croix devait être à moi.

Et un jour prochain, elle deviendrait ma reine des Faë de l'Enfer.

Sa mâchoire tiqua et elle me dévisagea.

Puis elle prit sa dague et s'entailla la paume.

Je coupai la mienne une troisième fois, m'assurant que la plaie était toujours ouverte, et j'attrapai sa main avant qu'elle puisse la rétracter.

— Maintenant, nous prononçons les mots ensemble, lui rappelai-je. Prête ?

Elle acquiesça, donc je comptai à rebours à partir de trois, et après avoir atteint *un*, nous dîmes tous les deux :

— *Nadeehar Laki Nafsi.*

La chaleur m'envahit tandis que l'énergie éthérée s'épanchait autour de nous. Cami sursauta, sa main agrippa la mienne.

— *Melek.*

Je la tirai sur mes genoux et déployai mes ailes dans mon dos pour nous envelopper dans un cocon de plumes. Mais la magie était trop puissante, son essence s'infiltrait dans chaque parcelle de nos êtres tandis que nos âmes se connectaient pour l'éternité.

Je t'avais dit que nous étions des âmes sœurs, lui soufflai-je dans son esprit.

Elle se cramponna à moi, chevauchant mes hanches, tandis que des flammes dorées dansaient autour de nous.

C'est incroyable.

Ce n'est que le début, l'avertis-je.

Mes lèvres cherchèrent les siennes tandis qu'une chaleur s'épanouissait dans ma poitrine. Une chaleur brûlante. Une chaleur *excitante.*

Car notre lien était complet. Nos âmes s'unissaient totalement. Nos pouvoirs se mêlaient.

J'étirai de nouveau mes ailes, et mes plumes se hérissèrent tandis que notre énergie créait un long ruban doré de vitalité soyeuse. Il s'enroula autour de nos mains jointes, scellant notre lien en un symbole d'unité.

Cami soupira, sa peau scintillait sous l'effet de notre connexion.

— Je me sens si vivante. (Sa voix contenait une note pensive.) Comme si je *volais.*

— Hmmm, je t'emmènerai volontiers dans les étoiles, petit ange.

Je tirai sur nos mains liées, posant ma main libre sur sa hanche. Mais alors que j'allais l'embrasser, elle baissa les yeux.

— Une autre corde. (Elle observa l'objet en question.) C'est pour ça que tu parles toujours de rubans ? À cause de la magie du lien qui les crée ?

Je souris.

— Le lien ne les a pas créés, mon amour. C'est mon pouvoir qui l'a fait. C'est un symbole de notre union – un ruban d'or qui ne peut jamais être brisé, même s'il paraît doux et délicat.

Elle étudia le joli tissu.

— C'est sans fin.

— En effet.

Le ruban pouvait sembler bien noué, mais il n'avait pas de fin. Une fois défait, il s'étendrait encore et encore, aussi long ou aussi court que nous le désirions.

— Il nous représente.

Cami tira sur le lien, et la soie tomba sans peine dans sa main tandis qu'elle la dénouait lentement de nos paumes jointes.

— Je veux mieux te comprendre, Melek. Je veux te faire confiance.

J'admirai son profil, mon esprit m'aidant à saisir ce qu'elle disait vraiment.

— Tu veux que je t'attache.

Elle me regarda à travers ses cils épais.

— Je veux apprendre.

Hmm. Si je me souvenais bien, elle avait demandé à Az une leçon similaire – ce que j'avais surpris dans sa tête la semaine dernière. Sauf que cette leçon avait porté sur son besoin de se libérer de son excès de pouvoir.

Là, il s'agissait de ma préférence pour les jeux de cordes. Mon désir de l'attacher. L'habiller de soie et la taquiner jusqu'à ce qu'elle me supplie de la baiser.

Ou supplie Ty...

Hélas, nous n'étions pas encore prêts pour ce que je désirais vraiment. Mais je pouvais l'initier lentement à mes jeux.

— Très bien. (Mon énergie tourbillonnait autour de nos mains liées, finissant de dénouer la soie. Puis je la tressai entre mes doigts, appréciant la douceur de sa texture.) Assieds-toi au milieu du lit.

Cela l'obligeait à quitter mes genoux, ce qui ne plaisait pas à ma queue. Mais la satisfaction différée en vaudrait la peine.

Cami alla s'installer à l'endroit indiqué.

— Mets-toi à genoux, puis assieds-toi sur tes talons et pose tes mains sur tes cuisses.

Elle fit ce que je lui ordonnai. Et putain si ce n'était pas un spectacle époustouflant.

— Maintenant, ferme les yeux, lui dis-je.

Une rougeur passa sur ses joues, elle se lécha les lèvres, puis ses cils papillotèrent tandis qu'elle baissait ses paupières.

J'attendis un moment, faisant exprès de prolonger l'instant.

— Les jeux de cordes consistent à taquiner tes sens, expliquai-je doucement. Il s'agit d'anticiper et de bloquer le reste du monde. (Je vins m'agenouiller derrière elle.) Mais la confiance est au cœur de l'expérience.

Je me penchai pour embrasser son épaule.

— Je ne vais pas attacher tes bras ou tes mains, Camillia. (Je fis glisser mes dents sur sa peau le long de son cou jusqu'à son oreille.) Pas aujourd'hui, en tout cas. Mais un jour, je te soumettrai avec mes rubans.

Puis je la laisserais à Ty pour qu'il la déballe pendant que je materais. C'était un fantasme que j'avais hâte de réaliser. Mais ce soir, c'était entre Camillia et moi. Pour la vénérer. La chérir. *L'aimer*. Et lui montrer qui nous serions ensemble.

Pas de jeux. Pas d'énigmes. Pas de vérités aguicheuses ou d'énoncés abscons.

Tout simplement Melek et Cami.

J'embrassai son pouls battant tout en touchant doucement son bras avec le tissu soyeux. Elle sursauta, comme je l'escomptais. C'était en partie l'attente, en partie la peur de ce qui allait suivre.

C'était justement pour cette raison qu'une introduction progressive était nécessaire.

— Chut, lui intimai-je. Détends-toi et laisse-moi m'occuper de toi. (Je fis glisser le tissu de haut en bas en lentes caresses, lui laissant le temps de s'adapter.) Le jeu de cordes est une forme d'art qui demande de la patience. Mais le résultat final est tout à fait magnifique.

— Alors tu... tu as beaucoup d'expérience pour faire ça ? Avec Lucifer ?

Je gloussai et amenai la corde plus près de son épaule.

— Ty m'a fait plaisir une ou deux fois, mais il n'est pas du genre à permettre à autrui de l'attacher.

— Alors c'est lui qui t'attache ? devina-t-elle alors que je touchais sa clavicule.

— Il l'a déjà fait, oui. C'est important pour un maître de faire lui-même l'expérience de la corde, d'en comprendre les subtilités et les sensations. Ça rend les jeux de cordes encore plus sensuels et sûrs, car ça permet au dominant du couple de bien respecter les limites du soumis.

Elle frissonna.

— C'est toi le dominant ?

— Entre nous ? Je pense que oui. Mais je peux permuter. (J'embrassai de nouveau son pouls.) Et pour toi, je serais tout ce que tu veux.

Je préférais mener la danse. Toutefois, je m'agenouillerais si Cami le souhaitait. Je ferais tout ce qu'elle demanderait.

Je fis descendre mon attouchement vers sa poitrine, et elle sursauta quand la soie frôla ses mamelons.

— Alors comment sais-tu faire ça ? demanda-t-elle, cambrant son cou. Si Lucifer ne te laisse pas l'attacher... et qu'il t'a attaché seulement quelques fois... ?

Je déposai un autre baiser sur son cou, suivant du regard le ruban entre ses seins.

— D'habitude, Ty me regarde attacher les autres, expliquai-je.

Elle se figea.

— Ça ne le dérange pas que tu t'amuses avec quelqu'un d'autre ?

Je gloussai de nouveau.

— Ty et moi avons toujours été très ouverts l'un envers l'autre. Il a choisi la monogamie. Moi... j'ai choisi la loyauté. Mais ce n'est pas parce que j'ai utilisé mes cordes sur d'autres personnes que je les ai baisées. En général, je les emballe pour en faire cadeau à quelqu'un. Puis je regarde la scène se dérouler pendant que Ty me gâte.

Ce n'était pas une relation traditionnelle. Mais d'un autre côté, rien dans mon monde ne pouvait être considéré comme traditionnel.

Cami garda le silence un long moment, et son souffle s'accéléra lorsque mon attouchement atteignit son nombril.

— Est-ce que tu... continueras à t'amuser avec les autres ?

Je marquai une pause, mon esprit comprenant enfin le but de ses questions.

Elle n'était pas intéressée par mon expérience du point de vue de la confiance – j'avais supposé qu'elle voulait juste s'assurer que je savais ce que je faisais. Non, elle m'interrogeait du point de vue de la relation.

— Tu veux savoir ce que je pense de la monogamie, traduisis-je. Ce que ça signifie maintenant que nous nous sommes accouplés.

— Je...

Elle ne termina pas sa phrase, ferma brusquement sa bouche tandis qu'une adorable rougeur se répandait sur ses traits.

— Hmm, souris-je, mon petit ange se sent possessif.

— Tu es mon compagnon.

— Je suis aussi le compagnon de Ty.

— C'est différent, marmonna-t-elle.

— Comment ça ? demandai-je, reprenant mon parcours avec le ruban sur sa peau.

— C'est Lucifer, dit-elle, comme si cela expliquait tout.

— Alors tu es d'accord pour que je le baise et qu'il me baise ?

Cette rougeur descendit jusqu'à ses seins.

— Ou-oui.

— Tu veux regarder ? devinai-je.

— Je... (Elle s'interrompit encore, puis se racla la gorge.) Ce n'est pas ce que je veux dire. Je... Il est déjà à toi, et je le comprends. Mais les autres... ?

— Hmm. (Je vins à son côté pour saisir son menton et lever ses yeux vers les miens.) D'abord, il n'y en a pas d'*autres*, Camillia. (Je laissai la corde se défaire un peu, une longueur s'accumulant sur ses cuisses.) Ensuite, j'ai besoin que tu tendes les bras.

Elle plissa les yeux.

— Melek.

— Tes bras, Camillia, répétai-je.

Elle obtempéra avec un mignon petit grognement, mais ses yeux me dirent qu'elle n'était pas contente.

— Tu as attaché d'autres personnes. Ça signifie par définition qu'il y en a d'*autres*.

— J'ai joué dans un club où des Faë m'ont demandé d'attacher leurs compagnes, précisai-je, portant mon attention sur son abdomen alors que j'enroulais la corde autour d'elle une nouvelle fois.

Puis je croisai encore son regard, désirant clore cette conversation pour que nous puissions commencer pour de bon.

— J'aimais jouer avec leurs compagnes parce que ça me procurait une sensation de calme. Il y a certaines concessions à faire lorsqu'on attache une autre personne. C'est une question de confiance et de patience. La responsabilité du plaisir incombe au dominant, et c'est en fait le soumis qui commande. C'est une dynamique de pouvoir que je trouve libératrice.

Son expression me dit que même si elle entendait ce que je disais, elle était encore accaparée par des pensées de moi avec d'autres femmes. Et d'autres hommes, réalisai-je, le captant dans son esprit. Elle savait que je m'adonnais manifestement aux deux. Ty avait du sens pour elle. Tous les autres... n'en avaient pas.

— Tu veux savoir pourquoi Ty a toujours respecté mon besoin de jouer ?

Elle grinça des dents à mon choix de mots, son esprit changeant *jouer* en *tromper*. Normalement, j'aurais eu des scrupules à propos de cette formulation et je l'aurais vite corrigée. Mais je savais que c'était plus le lien d'accouplement qui parlait que Camillia.

Elle éprouvait une nouvelle vague de possessivité et essayait désespérément de la combattre.

Au lieu d'attendre sa réponse, je tentai de mettre fin à sa misère en répondant à ma propre question :

— Il m'a laissé jouer parce qu'il savait que j'avais besoin de cet exutoire. Il sait depuis très longtemps que je finirais par prendre une compagne parce qu'il est conscient qu'il ne peut pas me donner certaines choses. Et il veut que je sois heureux.

J'empaumai sa joue et baissa les yeux sur ses lèvres avant de les remonter lentement jusqu'à son regard orageux.

— Camillia, tu me donnes ce qu'il ne peut pas me donner. Tu me donnes tout ce que je désire.

Ces mots étaient comme une bénédiction que j'espérais qu'elle comprenait et ressentait comme un vœu. Parce que j'étais sincère. Elle était mon monde à présent.

— J'ai cherché une compagne comme toi pendant des milliers d'années, et maintenant que je t'ai, il n'y en aura pas d'*autres* pour moi, Camillia. Il n'y aura que toi et notre cercle de compagnons. *Nous*. C'est ce dont j'ai besoin. Ce que je veux. Ce dont je brûle d'envie.

Je me penchai pour presser mes lèvres contre son oreille, et ressentis son tremblement en retour jusqu'au fond de mon âme.

— Je vais te donner plus que de la loyauté, Camillia de la Croix. Tu as mon cœur. Mon entière dévotion. Ma *foi*.

Lâchant son visage, je saisis le ruban de chaque côté de son abdomen et le resserrai dans mon poing.

— À présent, je vais te montrer ce que ça signifie. Donc je veux que tu fermes encore les yeux et que tu te concentres sur ce que tu ressens. Parce que tu es ma vie maintenant, et j'ai bien l'intention de t'attacher pour l'éternité.

CHAPITRE 25

CAMI

Je fermai les yeux, le chaos régnant dans mon cœur et mon esprit suite aux paroles de Melek.

Loyauté. Dévotion. Foi.

Mes instincts possessifs s'étaient réveillés quand il avait mentionné que Lucifer était d'accord pour qu'il s'amuse avec d'autres personnes. J'avais soudain réalisé que je... je n'étais pas d'accord avec ça.

Melek s'amusant avec Lucifer, ça m'allait. Melek se livrant à d'autres... pas du tout.

La distinction était confondante, et un peu hypocrite compte tenu de mes relations avec Ajax et Az. Aucun de nous n'avait parlé de monogamie. C'était juste une attente instinctive, mais Melek testait les limites de mes instincts. Il faisait toujours des choses que je n'avais pas prévues.

Comme maintenant avec le ruban.

Il l'enroulait autour de mon abdomen, ses doigts lissant la soie plate contre ma peau tandis qu'il le remontait doucement vers mes seins. Cet attouchement sensuel hérissa ma poitrine de chair de poule et mes mamelons pointèrent, dans l'expectative. Cela faillit me détourner de mes pensées, des paroles de Melek qui tournaient dans mon esprit. Elles m'évoquaient des promesses auxquelles j'avais envie de croire, des déclarations que j'espérais vraies.

Le petit soupçon d'hésitation en moi – la voix qui doutait des motivations de Melek – confirmait ce qu'il avait dit à propos de la confiance. Le fait qu'il sache que nous étions encore en train de grandir dans ce domaine, et qu'il respecte cette croissance, en disait long sur notre relation à venir.

Il prêtait attention aux détails. Prêtait attention à *moi*. Et honorait mes sentiments.

Cela me surprenait. J'avais supposé que Melek aimait simplement le chaos et les énigmes, qu'il aimait jouer avec moi. Et c'était bien le cas. Mais ses jeux possédaient plusieurs couches, toutes basées sur de bonnes intentions.

Une prise de conscience intrigante tandis qu'il créait des *couches* de cordes autour de moi, chacune à dessein semblait-il.

Je retins mon souffle lorsque le ruban de soie effleura mes aréoles. Le prochain couvrirait mes pointes raides, ce qui donnerait une sensation de...

Mais je fronçai les sourcils lorsque le ruban... ne passa pas... sur mes mamelons. Il... il passa au-dessus.

J'attendis, me demandant si Melek allait redescendre couvrir la peau qu'il avait manquée, mais il continua de monter jusqu'à ce que le ruban glisse sous mon aisselle.

Peut-être qu'il va redescendre maintenant ?

Non, réalisai-je l'instant suivant. *Il est... il est en train de faire un nœud dans mon dos.*

Je sentis les bandes se resserrer, les deux bouts du nœud les tirer. Mais c'était une illusion. Je ressentais l'infinité du ruban, comment il s'allongeait, s'allongeait et s'allongeait sur un seul ordre.

Melek jouait avec cela maintenant, prenant un bout comme une laisse et l'enroulant autour de mon front.

— Tu peux baisser les bras, me dit-il doucement. Mais n'ouvre pas encore les yeux.

La *laisse* qu'il avait créée glissa autour de mon front, et son extrémité taquina le haut de ma jambe quand il la lâcha entre mes cuisses.

Je me mordis la lèvre quand le lit remua et que je ne sentis plus son poids derrière moi. Je tendis l'oreille, curieuse de savoir où il était parti. Mais il était silencieux.

Tout était immobile.

Je déglutis, ma nervosité augmentant à chaque seconde.

Melek ? chuchotai-je via notre lien.

Il ne répondit pas.

Je faillis jeter un œil, un peu anxieuse de ce qu'il mijotait. Mais sa demande de ne pas ouvrir les yeux me retint. C'était une question de confiance. Et je lui faisais confiance pour ne pas me faire de mal. Il ne faisait qu'intensifier le moment et prolonger l'attente.

Je me concentrai sur ma respiration, ainsi que sur les rubans sur ma peau. Ils étaient à la fois doux et fermes. Il m'avait laissé les bras libres, mais je me sentais néanmoins contrainte.

— Tu es foutrement belle, Cami, dit Melek, sa voix captivante enveloppant mes sens. Écarte un peu plus tes cuisses.

Je m'exécutai, impatiente d'obéir.

— Hmmm, oui, juste comme ça.

J'attendis qu'il fasse quelque chose, qu'il en dise plus, mais il se tut à nouveau. Un frisson me parcourut, suivi d'un serrement dans mon bas-ventre.

J'étais nue. Exposée. Un *cadeau* emballé pour son plaisir.

Quelque chose là-dedans me faisait me sentir adorée. Si vivante. Si protégée. Si *prête*.

Car je voulais plus. Je le voulais lui. Sa bouche. Sa langue. Ses caresses. Sa bite.

Je le sentais déjà entre mes cuisses écartées, j'imaginais ses poussées en moi, j'anticipais sa *revendication*.

— Tu es toute mouillée, murmura Melek. Faë, j'ai hâte de te goûter. En fait...

Le ruban bougea sur ma cuisse, troublant mes sens, car je ne l'avais pas senti revenir sur le lit. Peut-être était-il juste penché dessus ?

J'avais trop envie de le regarder, mais je m'abstins. Il voulait que je ferme les yeux pour une bonne raison.

Je sursautai lorsque la soie toucha ma vulve, ce mouvement inattendu me fit lâcher un hoquet.

— Tu n'as aucune idée de ce que je veux te faire, Camillia, murmura Melek. J'ai envie d'envelopper ta chatte, d'appliquer des rubans juste au bon endroit pour que ton clito soit stimulé à chaque poussée. (Il fit passer le tissu sur mon clitoris, appliquant le plus ténu soupçon de pression.) Je vais glisser la corde entre tes jambes...

Ce qu'il fit, m'arrachant un gémissement.

— Puis le long de ton cul, reprit-il, tendant la main derrière moi pour tirer la corde entre mes fesses. Ensuite, je la nouerai sur ton ventre. (Il effleura le nœud.) Et je recommencerai jusqu'à ce que tu sois complètement attachée. (Le ruban se tendit sur mon ventre, me faisant écarter les lèvres de plaisir.) Ensuite, je te ferai voler, petit ange.

Le ruban bougea sur ma vulve lorsqu'il le fit repasser par le même chemin, la soie glissant contre ma chair humide.

— Je te suspendrai aussi dans les airs, murmura-t-il, ses lèvres soudain à mon oreille. Et je te baiserai pendant que tu seras suspendue au-dessus de notre lit.

Je haletai à l'image que ses mots peignaient dans mon esprit.

— Oui...

Il embrassa mon cou et me toucha les flancs tandis qu'il tirait sur la corde, comprimant mes mamelons.

— La prochaine fois, je t'attacherai les bras pour que chaque mouvement (il tira de nouveau) taquine tes jolis seins. (Il tira encore, cette fois plus fort.) Tu deviendras folle, puis tu me supplieras de te donner ma bouche. Mes mains. Pour te *libérer*.

Il en fit la démonstration, ses doigts habiles tripotant la soie qui m'entourait, allumant un brasier en moi.

Chaque mouvement effleurait à peine mes pointes excitées. Juste assez pour me taquiner, mais pas assez pour me satisfaire.

Lorsque le ruban revint vers ma chatte, il produisit la même sensation à cet endroit : la soie glissa sur mon clito sans exercer une pression suffisante.

— Melek, chuchotai-je.

Il posa sa bouche sur ma gorge, et sa chaleur m'envahit soudain par-derrière. Je ne savais pas trop quand et comment il s'était installé sur le lit, l'esprit trop accaparé par les sensations qu'il provoquait avec sa soie.

Lorsqu'il appuya sur mon dos entre mes omoplates, je me penchai en avant.

— Garde tes mains sur les côtés, me dit-il. Fais comme si elles étaient attachées.

C'était difficile, mon réflexe d'amortir ma chute me faisait raidir mes doigts. Mais je lui faisais confiance pour me rattraper.

Et, oh, j'étais trop contente parce qu'il se servait de la corde pour me tirer vers le bas, les rubans tendus exerçant une pression encore plus forte sur mes seins endoloris. Il tourna ma tête au dernier moment, inclina mon visage sur le côté avant que je le plante dans le matelas. Puis, avec la corde qu'il avait enfilée entre mes jambes, il leva mon cul en l'air, la pression du soulèvement s'appliquant en plein sur mon clitoris.

Je gémis, presque anéantie par cette sensation.

Puis ses mains furent partout, cartographiant mon corps,

mémorisant chaque parcelle. Les rubans s'évanouirent en un instant, me laissant entièrement libre et incroyablement excitée.

— Quand nous recommencerons, ça durera bien plus longtemps, promit-il. Mais ça fait des mois que nous dansons autour de notre attirance. Et je ne peux pas attendre plus longtemps d'être en toi, Cami.

Il écarta mes cuisses, sa queue déjà à mon entrée.

J'eus à peine le temps de réagir avant qu'il me remplisse d'une poussée puissante, intrusive et tout à fait impeccable.

Je plantai mes mains sur le lit, mes doigts s'enfonçant dans la couette, tandis que Melek me baisait par derrière, ses mouvements tellement *lui*. Parce qu'il exsudait la sensualité. Je ressentais son urgence, captais son désir torride, et pourtant il réussissait d'une certaine façon à émettre sa perfection sensuelle habituelle.

Je gémis, la sensation de plénitude étant un antidote séduisant à toutes ces taquineries. Mes entrailles se contractèrent, mon estomac se tordit sous l'effet d'une passion accrue.

Et soudain, je me retrouvai sur le dos avec Melek au-dessus de moi, ses ailes déployées, me pénétrant à nouveau.

— Tu es si beau, lui dis-je, réalisant tardivement que j'avais ouvert les yeux.

Mais il m'avait libérée des cordes, brisant l'illusion d'être sous ses ordres. Mes bras avaient déjà bougé. Le regarder m'avait paru... naturel.

— Pas autant que toi, Cami, dit-il, capturant ma bouche et palpant mon sein.

Je criai, surprise par la sensibilité de mon téton sous sa main. Il répondit en frottant la pointe raide, puis vint embrasser mon sein tandis que son rythme ralentissait entre mes cuisses.

Je me tortillai sous lui, perdue dans sa langue, sa bouche, son tout.

Je n'avais pas réalisé à quel point les rubans m'avaient allumée. Maintenant, j'avais l'impression de baigner dans le soulagement, de me délecter du plaisir, de me perdre en *lui*.

Je lâchais prise. Je cédais à ses caresses, à ses baisers, à tout ce qu'il faisait.

Lorsqu'il m'embrassa encore, je n'étais plus Cami. J'étais simplement l'ange de Melek. Sa femelle. Sa Faë. *Sa compagne*. Et il me vénérait comme il l'avait promis. Avec ses mains. Sa bouche. Sa langue. Sa bite.

Chaque partie de lui complétait chaque partie de moi, nos corps s'engageant dans une danse sensuelle qui était toute Melek. Car il savait vraiment bien diriger. J'étais l'esclave de ses mouvements, totalement dévouée à ses moindres caprices.

Il sourit contre ma bouche.

— Serais-tu en train de tomber amoureuse de moi, Camillia de la Croix ?

— Je ne sais pas, avouai-je.

— Hmmm, fredonna-t-il en me mordillant la lèvre inférieure. Je l'accepte. Mais il faut que tu saches, je crois que je t'ai aimée dès notre première rencontre.

Je secouai la tête.

— C'était du désir.

— C'était nos âmes qui faisaient connaissance, me corrigea-t-il avec une poussée que je sentis dans tout mon corps. Mon cœur a battu pour toi à l'époque, et il chante pour toi maintenant.

Il captura ma bouche avant que je réponde, quoique je ne sache pas quoi dire.

Melek, le Faë des énigmes, énonçait des vérités. Il confiait ses sentiments. Il exprimait son adoration comme lui seul pouvait le faire.

Nous avions enfin atteint la dernière manche de ce jeu

entre nous. Et il s'avérait que nous étions tous deux gagnants. Poursuivant tous deux le même objectif. Criant l'un pour l'autre à l'unisson. Psalmodiant le nom de l'autre.

— Melek !

— Cami !

Je me cramponnais à lui, mon cœur battant la chamade tandis qu'une explosion se produisait en moi. Une explosion née de mois d'incertitude. De mois de désir. De mois de confusion. De mois de taquineries. De mois de *besoin*.

— Vole pour moi, intima Melek, sa bouche contre la mienne. Vole pour moi et crie mon nom.

Je serrai mes cuisses contre les siennes, enroulai fermement mes bras autour de son cou.

Puis je volai, tout comme il me l'avait ordonné.

La sensation de chute me submergea, le manque d'air faillit me faire paniquer.

Mais je lâchai prise. Je lâchai *tout*. Et fis confiance à Melek pour m'attraper. Car il était mon compagnon Faë Vertueux. Le confident de mon âme. Mon avenir.

Ses ailes m'entouraient, sa dévotion était une chaleur que je ressentais dans tout mon être.

Il était là, me tenant dans ses bras pendant sa propre chute. Nous volions tous les deux sans nous soucier du monde. Nous atterrîmes simplement sur un lit de plumes, tous deux essoufflés, rassasiés et enfin complètement accouplés...

CHAPITRE 26

TYPHOS

EXPLOSIF.

Ce mot définissait complètement Camillia de la Croix lorsqu'elle explosa dans mon lit. Je n'étais pas là, mais je pouvais le sentir. Le flairer. *Le goûter.*

Tout cela grâce à Melek.

Et ce n'était pas parce qu'il envoyait les sensations à travers notre lien. Ça existait simplement entre nous, la tentation étant un péché dans lequel j'envisageais presque de tomber. La douleur de m'écraser à nouveau dans le royaume des Faë de l'Enfer vaudrait bien l'expérience de voir Camillia détoner.

Je passai une main sur mon visage, puis sur ma nuque, tandis que l'excitation accrue de Melek me chauffait le sang.

Il ne m'avait pas dit un mot, ne m'avait pas invité à jouer, n'avait pas décrit le corps nu de Camillia ni fait la moindre provocation. Pourtant, elle existait bel et bien.

Ravalant mes envies, je me concentrai sur Vita. Sur les mots imprimés devant moi. Sur l'inutilité totale de la dernière heure pendant laquelle j'avais cherché et traqué des réponses qui ne semblaient pas exister.

Il doit y avoir quelque chose là-dedans, grommelai-je en moi-même.

— Qu'est-ce que tu me caches ? grommelai-je en tournant les pages de Vita, à la poursuite d'une pensée perdue dans mon esprit.

Parce que je reconnaissais ce pouvoir en Camillia. Quelque part au fond de moi, je savais ce que c'était. Par conséquent, les détails devaient figurer dans le livre. Or la vérité m'échappait.

Pourquoi je ne peux pas me souvenir ?

Est-ce que je ne veux pas me souvenir ?

Était-ce quelque chose que Vivaxia avait fait à quelqu'un d'autre à qui je tenais ? Quelque chose qu'elle m'avait fait ?

Je grimaçai à la pensée de la grand-mère de Camillia, celle-là même qui avait détruit ma vie. Des milliers d'années plus tard, j'étais encore fatigué des jeux anciens auxquels elle et moi avions joué autrefois. J'avais juré de ne plus jamais m'impliquer avec elle.

Et pourtant, me voilà en train de préparer le plateau de jeu avec mes pièces stratégiques.

Avec une nouvelle reine.

Mais il me manquait quelque chose. Une sensation de brûlure au fond de mon âme brassait mon incertitude, m'avertissant avec une sensation d'urgence qui n'avait pas lieu d'être.

Camillia était en sécurité. Elle était avec Melek.

Alors pourquoi je me sens autant préoccupé par son bien-être ?

Parce que Vivaxia l'avait rendue bien trop facilement. Elle avait fait quelque chose à cette fille. *Mais quoi ?* me demandai-je, étudiant le livre magique qui contenait des souvenirs auxquels je ne pouvais plus accéder via mon propre esprit.

La mémoire se fracture au fil du temps. Vita avait été ma façon de protéger ma santé mentale, de stocker des connaissances importantes et de conserver d'anciens souvenirs. Il contenait tellement d'histoires. Tant de pensées perdues.

Pourtant, au lieu de réponses, je trouvai dans les pages de Vita des illustrations de flèches blanches, de rues immaculées et de fleurs abondantes. Des êtres ailés dérivaient au loin sous une brillante lueur dorée qui semblait provenir de partout.

Vita me montrait rarement le royaume des Faë Vertueux, vu que je préférais ne pas penser à cette époque, mais c'était une partie de mon passé qui ne pouvait pas être effacée.

— L'endroit où Camillia est allée était un cauchemar oublié de cet endroit, informai-je Vita en tournant la page.

Le passé était mort. Ce qui restait n'était qu'un fantôme que mes ennemis auraient dû laisser derrière eux.

L'image suivante représentait le visage d'une femme connue, ce qui me fit hésiter. Ses traits étaient légèrement flous sur la page, comme si de l'eau avait dilué l'encre. Je passai mes doigts sur le dessin, troublé par la bouffée de solitude et de nostalgie qu'il me procurait.

Des cheveux bruns. Des ailes d'un blanc éclatant, aux plumes à pointes noires.

Ah, ma mère.

Sa vision me frappa d'une certitude soudaine tandis qu'un souvenir amer s'emparait de moi.

Mes parents n'auraient jamais dû m'avoir. Ma conception leur avait coûté la vie.

Pourquoi ça, déjà ?

En tournant une nouvelle page, je découvris un jeune garçon aux cheveux couleur de nuit et aux yeux bleu océan. Même à cet âge, l'envergure des ailes était impressionnante, tout comme le sourire d'un jeune innocent qui n'aurait jamais imaginé qu'il deviendrait le roi des Faë de l'Enfer.

Moi.

Une femme – sûrement ma mère – tenait le garçon, mais je

ne la voyais plus. L'encre autour d'elle était tachée et brouillée, tout comme l'ombre masculine derrière eux.

Ah. C'est ça.

Je me rappelais maintenant pourquoi je préférais garder ce souvenir particulier dans Vita plutôt que dans ma tête.

Avant d'atteindre l'âge adulte, j'avais lentement épuisé leurs dons, absorbant leur magie vertueuse en moi pour instaurer mon pouvoir qui était maintenant devenu ma Source. Je n'avais aucune idée de ce que je faisais, bien sûr, jusqu'à ce qu'il soit trop tard. Je n'étais qu'un enfant.

Mais quand je m'en étais rendu compte, j'avais changé. J'avais fait en sorte de ne plus jamais pouvoir aspirer le pouvoir d'un autre pour en faire mon propre pouvoir.

Mais cela n'avait pas suffi. Mes parents étaient morts parce que j'étais...

J'écarquillai les yeux en réalisant la corrélation.

— J'étais un *siphon*, tout comme Camillia, murmurai-je en tournant de nouveau les pages.

Je l'avais oublié, car après la mort de mes parents, mes pouvoirs avaient été modifiés. Pas par Vivaxia, mais par *moi*. Je n'avais été un siphon que très brièvement parce que j'avais brisé pour de bon cette partie de moi-même, la transformant en quelque chose de différent et moins dangereux.

Nul ne savait comment mes parents étaient morts. Je n'étais pas issu d'une lignée royale – ni même d'une famille notable chez les Faë Vertueux – et ma famille avait donc été oubliée. J'avais également déménagé dans la ville centrale, cherchant à fuir un passé que j'avais hâte d'oublier. Mais je me souvenais des parents que j'avais perdus, même si ce n'était que dans les pages de Vita.

Et maintenant, mon pouvoir s'appuyait sur une source d'énergie éternelle : mon émotion brute.

J'avais créé un royaume entier à partir de mon chagrin. Il y avait du pouvoir dans l'émotion, une douleur profonde qui se manifestait en pure énergie entre les mains d'un immortel.

Je tournai une nouvelle page et les battements de mon cœur s'accélérèrent. Je me barricadai contre Melek et Azazel afin qu'ils ne sentent pas mon malaise. Car ils ne devaient pas savoir comment Vivaxia avait réussi à créer Camillia. Pas avant que je l'aie confirmé.

La page suivante n'était pas une image mais le script d'une discussion que j'avais eue avec Melek il y avait bien longtemps.

Je n'avais pas envie de me souvenir. Mais si je voulais affronter l'avenir, je devais d'abord me rappeler le passé.

BIEN DES ANNÉES PLUS TÔT...

JE CONTEMPLAIS LE BEAU VISAGE DE MELEK. Magnifique. À couper le souffle.

Et pourtant, je reconnaissais à peine le mâle avec lequel j'avais l'intention de m'accoupler. Ses iris multicolores exsudaient une haine que je n'avais jamais vue chez lui. Une haine qui faisait battre la chamade à mon cœur. Ce jour-là avait été la seule fois où il m'avait regardé comme s'il me détestait.

Lorsque j'effleurai son esprit, je ne ressentis que du dégoût.

Mais les mots qu'il venait de prononcer... la déclaration osée qu'il venait de faire...

Je déglutis.

— Tu... tu as couché avec elle ? demandai-je, ne sachant pas trop comment je pouvais répéter son affirmation sans crier.

Ou tuer quelqu'un.

Il a dit qu'il l'avait baisée. Pourquoi a-t-il fait ça ?

Cependant, je venais de le trouver nu dans son lit.

L'exclusivité n'avait pas toujours été une exigence entre nous, mais baiser avec Vivaxia était une trahison. Elle était sournoise et puissante et avait la capacité de déchirer la vie de l'intérieur.

Je n'étais pas accouplé à Melek, pas complètement. Toutefois nous avions prévu de le faire, une fois qu'il n'y aurait plus de danger.

Melek connaissait mon passé. Il savait aussi que je ne prendrais jamais le risque de le dominer ou de le consumer comme mon énergie en avait tant envie.

Maintenant, il serait impossible de savoir si ce qu'il me disait était vrai. S'il était compatible avec Vivaxia, il n'y avait aucune chance qu'un lien d'accouplement définitif fonctionne entre nous à un niveau éthéré.

Parce que je ne pourrais jamais risquer d'être lié à elle. Même pas pour lui.

Melek ricana en écartant d'une pichenette une mèche de cheveux tombée devant son visage. Derrière lui, ses ailes se déployèrent avec défi, alors qu'elles étaient habituellement douces et souples, s'enroulant autour de moi dans une étreinte intime.

Vivaxia n'était même pas à la maison, pour autant que je le sache, mais j'étais venu de suite après avoir lu une note urgente d'Azazel disant qu'il avait été vendu.

Je ne pouvais pas laisser cela se produire.

Et lorsque j'avais exploré son manoir désert où régnait une odeur d'ambroisie, je ne m'attendais pas à trouver mon amant dans le lit de ma rivale.

L'absence totale de serviteurs ou d'invités aurait dû me mettre la puce à l'oreille. Vivaxia était extravagante avec son statut et était rarement seule, à moins qu'elle joue à un jeu.

Melek se leva, laissant tomber les draps de son corps nu.

— Tu es mal placé pour juger, dit-il. J'ai vu le marché, Ty.

Je sais ce que tu as l'intention de faire avec Vivaxia. Comment tu m'as menti en disant que tu voulais t'accoupler avec moi, et seulement avec moi.

— Melek... commençai-je, n'ayant pas la moindre idée de ce dont il parlait.

Il me coupa la parole en grognant.

— Non. Tu m'as envoyé faire une course folle à la recherche d'un texte enflammé.

Il attrapa un livre sur la table de nuit et le brandit. Celui que ma mère avait préféré. Celui que je voulais réaffecter en catacombe textuelle pour les notes importantes de mon esprit.

La colère explosa dans ma poitrine en voyant Melek tenir le livre par la couverture, et non à plat ou par le dos, le laissant juste pendre n'importe comment au bout de ses doigts.

— J'étais à *sa* recherche pendant que tu étais ici en train de conclure un autre marché infâme, destiné à lier ton âme à la sienne. Eh bien, maintenant, c'est mon énergie qui est liée à la sienne à la place.

Mon cœur manqua un battement.

Le lien d'accouplement. Il a initié le lien d'accouplement.

Je ne pouvais pas le sentir. Mais je... je n'avais jamais vu Melek mentir.

Je secouais la tête, ne voulant pas croire que tout cela était en train d'arriver. Comment la vie pouvait-elle prendre un tournant si rapidement ?

Melek était issu d'une famille noble, et nous étions tombés amoureux malgré tous mes efforts pour ne laisser personne m'approcher. J'avais promis de nous accoupler.

Pourtant, il avait... il avait vu un *marché* qui lui avait suggéré le contraire. Et il l'avait cru ? Après tout ce que nous avions vécu ?

Putain. Cela faisait des années que nous étudiions ma magie, que nous apprenions comment elle fonctionnait et comment je pouvais l'exercer.

Cela nous avait amenés à conclure des marchés *ensemble*.

Je vérifiais tout auprès de lui. Chaque mise en garde. Chaque clause. Chaque accord.

Pourtant, il avait perdu toute confiance en moi à cause d'un bout de papier qui suggérait le contraire. Un document qui déclarait que je voulais m'accoupler avec Vivaxia.

— Laisse-moi deviner, dis-je entre mes dents serrées. C'est Vivaxia qui t'a montré ce marché ?

— Bien sûr, rétorqua Melek. Elle pensait que je devais connaître la vérité, et je ne peux pas en dire autant de toi.

— Melek... grognai-je.

— Non, siffla-t-il avec une véhémence que je ne lui connaissais pas. J'en ai assez, Typhos. Que ce soit le dernier souvenir que tu aies de moi.

Il jeta le livre par terre et sortit en trombe, me quitta sans un regard en arrière.

Je restai là pendant des heures, ne sachant quoi faire ni comment régler le problème. Son manque de confiance en moi m'avait brisé. Son énergie se mêlant à celle de Vivaxia m'avait anéanti. Et son rejet sans peine m'avait rendu furieux.

Lorsque Vivaxia entra dans sa chambre quelque temps plus tard, j'étais encore là. Et j'étais incroyablement vulnérable. Assez vulnérable pour signer l'accord qui conduisit bientôt à ma chute.

Un accord qui nous avait tous changés.

JE REFERMAI LA COUVERTURE DE VITA AVEC UN claquement sourd et je le fixai tandis que la vérité s'infiltrait en moi. Je me sentais pris au piège, comme si les murs se refermaient sur moi.

Ç'avait été la seule fois où Melek m'avait menti. Il m'avait laissé croire qu'il avait couché avec Vivaxia parce que ce marché était le seul moyen pour moi de réaliser mes rêves. Si je ne l'avais pas signé, si je n'avais pas chuté, si je n'avais pas été *brisé*, le royaume des Faë de l'Enfer n'aurait jamais existé.

La cruauté de Melek – son *mensonge* – lui avait coûté cher. Elle avait failli le briser lui aussi. Mais en fin de compte, ç'avait été la meilleure chose à faire.

Parce que l'alternative m'aurait fait beaucoup plus mal. Vivre dans le royaume des Faë Vertueux sans moyen de protéger les innocents m'aurait rendu fou. Avec les limitations de mon pouvoir, je n'aurais jamais pu sauver Azazel.

J'aurais viré méchant et coléreux. J'aurais repoussé Melek et je serais devenu destructeur.

Mon prince le savait. C'est pourquoi il avait joué le jeu du plan de Vivaxia. Il avait même proposé de faire semblant d'avoir couché avec elle. Elle avait été ravie, étant donné qu'elle lui avait seulement demandé de l'aider à me convaincre de signer l'accord, pas de me briser le cœur.

Mais Melek était le seul à savoir comment fonctionnait mon pouvoir. Il savait qu'il ne résidait pas seulement dans le langage de mes marchés, mais aussi dans l'émotion qui tempêtait dans mon cœur.

C'était pourquoi il m'avait dupé.

Et il avait juré de ne plus jamais recommencer. Il avait complété notre lien d'accouplement peu de temps après, et bien sûr, nous étions compatibles. Je n'aurais jamais dû douter de lui.

Mais si j'avais vu la vérité, nous n'en serions pas là aujourd'hui. Et ça... ça, je ne le changerais jamais, même si j'avais la possibilité de revenir en arrière et de tout recommencer.

Je te pardonne, mon prince.

Je ne le laissai pas entendre ces mots. Je les lui avais déjà dits il y avait longtemps, mais maintenant je comprenais mieux pourquoi il avait agi ainsi.

La seule façon pour nous d'être en paix était de repartir à zéro. Le royaume des Faë de l'Enfer était mon rêve, un rêve qu'il partageait. Je l'avais créé dans une explosion de chagrin.

Si on l'inversait de la même manière, si tout ce que j'avais fait avec de bonnes intentions était au contraire perverti et anéanti, il pourrait être détruit.

Cette méthode n'était pas sous la forme d'un sort ou d'une force brute. Elle avait la forme parfaite d'une femelle non seulement conçue pour moi mais destinée à mon cercle intime. Camillia de la Croix était censée être une corruption de l'intérieur.

Vivaxia avait fini par comprendre, d'une manière ou d'une autre, que j'avais moi aussi été un siphon. J'ignorais comment elle l'avait appris, et cela m'importait peu. Mais si elle connaissait mon passé, alors elle en savait bien plus que simplement comment créer un siphon et annuler tout ce que j'avais bâti.

Elle m'a observé, réalisai-je en serrant les dents.

C'est pourquoi elle avait mis si longtemps à agir. Elle avait observé. Appris.

Et maintenant, elle a trouvé comment me détruire, moi et tout ce à quoi je tiens.

Elle avait peut-être perdu notre bataille jadis, mais maintenant elle savait comment gagner la guerre. Elle s'y était préparée. Et elle avait envoyé une jolie petite épouse Faë de l'Enfer comme cheval de Troie.

Mais c'était plus profond que cela. Les jeux de Vivaxia ne se résumaient pas à une ou deux parties.

Elle en veut plus.

Elle ne voulait pas seulement mon pouvoir. Elle voulait me briser le cœur.

Encore une fois.

Mes narines se dilatèrent quand la chaleur de la cendre me titilla le nez. J'avais chassé Melek et Azazel de mon esprit, mais il semblait que je n'en avais pas fait assez avec mon Commandant.

Ou peut-être que l'avoir bloqué l'incitait à me rendre visite. Car j'avais promis de garder nos communications ouvertes, ce que j'avais fait. Elles avaient juste été un peu… étranglées.

— Pourquoi ton esprit est-il comme de la pierre ? s'enquit Azazel en apparaissant derrière moi. Qu'est-ce que tu as découvert, Typhos ?

Je ne me retournai pas pour lui faire face. Tout me semblait trop vif après que Vita avait forcé les anciens souvenirs à revenir dans mon esprit, alors que j'avais eu l'intention de les enterrer pour toujours.

Hélas, il fallait maintenant que je me remémore tout.

Chaque détail obscur.

— Je sais ce que Vivaxia a fait à Camillia, dis-je en caressant la couverture en cuir de Vita. Et si nous n'agissons pas rapidement, ça pourrait être notre fin à tous.

ÉPILOGUE
UNE NOTE DE MELEK

Vous êtes-vous déjà demandé ce qui se serait passé si j'avais été un peu plus direct au début ? Si je n'avais pas lancé mes énigmes ou joué avec les mots, et que j'avais juste... pris ce que je voulais ?

Parce que j'aurais bien aimé savoir comment cette histoire aurait commencé si j'avais simplement baisé Cami dès le premier jour.

Et après avoir consulté mes aimables chimères (également connues comme les muses de mon monde), elles acceptèrent de me laisser jouer.

Pour un aperçu de ce qui aurait pu être, continuer la lecture.

À la prochaine fois, mes amours.

N'oubliez pas de vous hydrater.

Choisissez la soie plutôt que la laine.

Et s'il vous plaît, pour l'amour des Faë, suivez

vos rêves. Vous pourriez aussi vous retrouver avec un roi Faë de l'Enfer sexy. Ou peut-être un prince espiègle qui aime juste s'amuser.

À bientôt...

Avec amour,
Melek

SCÈNE BONUS – LE FANTASME DE MELEK

*Dédicace : À qui veut être enveloppé dans les cordes de Melek,
celle-ci est pour vous....*

Je fis courir mes doigts le long des dos usés, vaguement conscient des textes anciens tapis sur les étagères de la bibliothèque. Le pouvoir qui friselait l'air m'indiquait que j'avais pénétré dans une rangée sacrée, comportant les livres les plus précieux de Ty.

Mais il y en avait un en particulier qui m'appelait. *Vita.*

Ses pages étaient ouvertes, son énergie était un phare qui m'attirait par pure curiosité.

Personne ne devrait être capable de lire les mots secrets griffonnés sur son vieux parchemin. Pourtant, une belle femme était assise à une table isolée, complètement absorbée par le livre étalé devant elle.

Candidate n° 66, indiquait son t-shirt. *Hmm.*

Je sortis discrètement un appareil de ma poche pour chercher ses coordonnées.

Camillia de la Croix. Mi-humaine, mi-Faë de l'Enfer.

Je survolai les autres données, les trouvant guère utiles.

Elles étaient trop générales. Et très probablement *erronées*. Car cette femme n'était *pas* à moitié humaine. Pas si elle pouvait lire Vita.

Je m'avançai à pas de loup, admirant ses longs cheveux châtain clair. Elle les avait réunis en queue de cheval, dont la pointe atteignait le haut de son dos.

D'où j'étais, je distinguais qu'elle était athlétique, mais aussi galbée là où il fallait.

Parfaite pour mes mains. Parfaite pour ma langue. *Parfaite pour mes cordes.*

Qu'est-ce qui t'intrigue tant, petit prince ? chuchota Ty dans mon esprit, son intérêt étant une présence palpable qui s'épanouissait entre nous.

Une épouse Faë de l'Enfer, lui répondis-je.

La surprise filtra à travers le lien qui m'unissait à Ty.

Oh ? Laquelle ?

Candidate soixante-six, dis-je, m'adossant aux étagères. *Je n'ai pas encore vu son visage, mais je suis certain qu'elle est belle.*

J'aurais pu regarder sur mon appareil, mais je ne voulais pas gâcher ce moment. Cette première attraction était ce que je préférais quand je rencontrais une nouvelle compagne de lit. Définir des méthodes de séduction venait ensuite.

Je vois, répondit Ty, son ton ne laissant rien transparaître. *Tu veux de la compagnie pour ton rendez-vous galant ?*

Je souris. *Je veux toujours ta compagnie, mon amour.*

Hmm, fredonna-t-il. *Dis-moi quand je dois te rejoindre, et je serai là.*

Mon sang s'échauffa à ce qu'il est disait en vérité : *Dis-moi quand la femelle sera prête, et je la baiserai pour toi.*

Donne-moi trente minutes, murmurai-je.

Puis je m'écartai des étagères et me dirigeai vers ma proie. Elle était trop absorbée par sa lecture pour remarquer mon approche, la tête penchée d'une manière qui me donnait envie de caresser sa fine nuque.

Il y avait quelque chose en elle. Quelque chose de puissant. Quelque chose de *surnaturel*.

Contournant la table, j'étudiai les angles de son visage, la jolie inclinaison de sa mâchoire, ses lèvres pleines et ourlées. Elle articulait les mots pour elle-même, confirmant ainsi sa capacité à lire le livre de Ty.

Fascinant.

Il faudrait que je lui pose plus de questions à ce sujet plus tard. Peut-être apprendre qui et ce qu'elle était, et déchiffrer son véritable objectif ici.

Mais d'abord, je voulais la baiser. L'envelopper dans mes rubans argentés et regarder le roi des Faë de l'Enfer profaner son superbe corps. Je lècherais ses larmes, la couvrirais de plaisir et la baiserais à nouveau.

Faë, j'étais raide. *Tellement raide, putain.*

Qui est cet ange envoyé du ciel ? m'émerveillai-je. *Est-elle une friandise pécheresse que l'on m'a laissée à dévorer ? Une tentation pour tester jusqu'où je suis tombé ?*

Dans ce dernier cas, j'échouerais.

J'étais dans les fosses de l'Enfer, exactement là où était ma place. Et j'avais la ferme intention d'entraîner cette belle créature dans ma chute.

J'observai sa bouche une fois de plus, notant la façon dont elle faisait la moue devant ce qu'elle venait de lire.

— Ce n'est pas possible, murmura-t-elle pour elle-même.

— J'aurais tendance à être d'accord, répondis-je en venant me placer juste derrière elle.

— Euh...

Elle regarda par-dessus son épaule, ses jolis yeux gris marine s'arrondirent à ma vue. Ou peut-être simplement en réaction à mon apparence. La plupart des Faë me trouvaient attirant. Beau, même. Et le rougissement de ses joues me disait qu'elle ressentait tout à fait la même chose pour moi.

J'attendis, lui laissant un moment pour profiter de la vue,

tout en me délectant de ce premier signe d'attraction que j'aimais tant.

Elle était vraiment magnifique. À couper le souffle. Et cela créait une excitation des plus attrayantes, sachant qu'elle m'admirait autant que je l'admirais.

Ce t-shirt qui la moulait faisait des merveilles pour ses seins. J'étais sûr que lorsqu'elle se lèverait, son pantalon ferait aussi ressortir ses fesses.

Hmmm, oui, cette femelle était conçue pour mes cordes. Galbée à tous les bons endroits. Forte. *Intéressée.* Je le voyais dans ses pupilles dilatées, dans la façon dont sa langue se faufilait pour humidifier sa lèvre inférieure charnue.

— Bonjour, dis-je finalement en promenant de nouveau mon regard sur elle.

— Je, euh...

Elle s'interrompit.

— Tu étais en train de lire, terminai-je à sa place. Oui. J'ai vu.

Et j'ai admiré, pensai-je.

— C'est un matériel captivant, me dit-elle.

— Je n'en doute pas, acquiesçai-je en inclinant la tête de côté. Tu étais tellement absorbée par ce matériel captivant que tu as raté le couvre-feu.

Elle cligna des yeux, puis consulta une horloge voisine.

— Oh, merde.

Oh merde, en effet, pensai-je.

— Notre roi prend ses règles plutôt au sérieux, l'avertis-je. Je pense que c'est dû à son penchant pour les punitions ; il aime avoir des raisons... de s'amuser.

Ses longs cils papillotèrent.

— Et tu es ici pour... ?

Elle s'interrompit de nouveau.

— Aider à administrer la punition, j'en ai peur, lui dis-je en soupirant.

Ce n'était pas vraiment un mensonge ; elle avait enfreint les règles, et Ty prenait vraiment ce genre de choses au sérieux. Mais nous veillerions tous deux à ce qu'elle y prenne du plaisir. *À fond.*

La femelle me surprit à redresser son dos et à me faire face, ses épaules en arrière.

— Très bien. Punis-moi.

— Oh, ce n'est pas à moi de te punir, Camillia de la Croix. (Mes lèvres se retroussèrent en un sourire sensuel, dont je savais qu'il mettait la plupart des Faë à genoux.) Comme je l'ai dit, je suis juste là pour *aider*. Alors, si tu veux bien me suivre...

Je fis un pas en arrière et un geste du bras gauche indiquant que j'aimerais qu'elle se lève et quitte l'allée.

Elle fit la moue, puis secoua la tête et s'écarta de la table.

— Bien sûr. Pourquoi pas ?

L'assurance qu'elle dégageait était tout à fait appropriée. Elle lui donnait l'apparence d'une reine des Faë de l'Enfer, et non d'une candidate épouse.

Elle passa près de moi d'un pas tranquille, ce qui me permit de regarder son dos – et oui, ce pantalon moulait bien ses fesses. *Magnifique.*

Ton excitation me distrait, petit prince, murmura Ty dans mon esprit.

Je pense que tu vas vraiment apprécier cette épouse, mon roi, lui dis-je, admirant comment elle relevait son menton.

Ah ?

La femme s'arrêta au bout de l'allée et se retourna, dans l'expectative, son regard audacieux faisant des choses agréables à mes entrailles.

Oui, tu vas certainement *l'aimer.*

— Je m'appelle Melek, au fait, lui dis-je en la rejoignant.

Elle arqua un sourcil châtain.

— Pas de titre ?

Je l'étudiai.

— Pourquoi aurais-je un titre ?

J'en avais un, bien sûr. Mais elle ne devait pas le connaître. À moins que son père l'ait éduquée sur la politique des Faë de l'Enfer.

Mais elle ne m'avait pas reconnu, juste regardé avec intérêt. Et cette expression n'avait pas changé jusqu'à présent.

— Eh bien, le Gardien a insisté pour qu'on l'appelle Gardien. Alors j'ai supposé...

Elle ne poursuivit pas.

— Je ne suis pas comme notre Gardien, murmurai-je. Je suis bien plus à l'aise quand on m'appelle simplement par mon prénom – Melek.

Ses jolis yeux gris marine se posèrent sur moi.

— Melek.

— Prince Melek, précisa une chimère au-dessus de nous.

— Joli prince Melek, renchérit une autre. Tellement ravissant.

Je souris.

— Allons, allons, dis-je aux êtres invisibles. Ne gâchez pas mon plaisir.

Mais c'était trop tard. Un chœur de voix retentit, toutes faisant des commentaires sur moi et mon identité.

— Le compagnon du roi Lucifer.

— Tellement beau.

— Un bon parti en effet.

— Fille chanceuse qui a su capter son intérêt.

— Un plaisir vertueux, oui ?

— Virtuellement appariés.

— Vont-ils la partager ?

— J'espère que oui.

Des soupirs suivirent ces déclarations, tandis que Camillia promenait son regard autour d'elle avec un mélange d'étonnement et de confusion sur ses traits.

— Prince... ? répéta-t-elle.

— Seulement si tu veux des détails techniques, répondis-je. Mais pas moi.

— Tu es un prince ? bafouilla-t-elle en me dévisageant de nouveau. Ça explique le costume, j'imagine.

Je baissai les yeux.

— Ma tenue n'a rien à voir avec mon titre et tout à voir avec mes goûts. Je porte bien les costumes et ils renforcent ma confiance en moi.

Elle fronça un peu les sourcils, comme si elle ne me croyait pas.

— D'accord, tu as raison. Ma confiance en moi est toujours renforcée. Mais les femmes m'adorent en costume, alors j'en porte quand je suis en chasse d'une copine.

— Une copine ? releva-t-elle.

— Pour baiser, précisai-je, sans prendre la peine de cacher mes intentions.

Nous pourrions nous livrer à un jeu, flirter un peu et faire durer le plaisir. Cela pourrait être amusant aussi. Mais profiter du premier moment d'attirance mutuelle, c'était en partie agir sur l'instinct animal de baiser.

Et c'était tout à fait ce que je voulais faire avec Camillia de la Croix.

La question était : accepterait-elle ? Ou s'enfuirait-elle ?

L'échiquier a été préparé. Les joueurs ont été choisis.

Vivaxia a tenté de faire de Camillia un pion dans notre jeu éternel, alors qu'elle se trompe à son sujet.
Camilla n'est pas un pion. Elle est notre reine.

Le royaume des Faë de l'Enfer en a bien besoin, surtout lorsque frappe la magie indésirable des Faë Vertueux.
Qui est un ennemi ? Qui est contrôlé ?

La dernière chose que je veux faire, c'est punir des innocents, mais cela fait partie du jeu de Vivaxia. Elle veut me blesser, profondément.
Démanteler tout ce que j'ai construit, faire en sorte que tous les royaumes se retournent contre moi.

Si elle avait prévu tous les résultats, elle aurait pu gagner.
Mais je sais quelque chose qu'une créature comme Vivaxia ne

saura jamais, quels que soient ses observations, ses stratagèmes ou ses plans.

Mon royaume n'est pas fondé sur la peur. Mes sujets sont loyaux grâce à ce que je représente. Je suis tout ce que les Faë Vertueux n'étaient pas.

Je ne les contrôle pas. Je les laisse exister tels qu'ils sont, je les laisse accomplir leur destin comme ils l'entendent.

Le destin n'est pas conçu par ceux qui détiennent le pouvoir. Il est forgé dans l'amour et le chagrin, et surtout… dans le *feu de l'Enfer*.

Note des autrices : *Le roi des Faë de Lucifer* est une romance paranormale sombre avec quatre compagnons tourmentés et aucun choix requis. Si vous aimez les antihéros dominants et sexy, vous êtes au bon endroit : au royaume des Faë de l'Enfer, où la romance est torride et où le pardon n'est pas nécessaire. Ce livre est le dernier de la série des Faë de l'Enfer.

L'auteure à succès d'*USA Today* Lexi C. Foss est une écrivaine perdue dans le monde de l'informatique. Elle vit à Holly Springs, en Caroline du Nord, avec son mari et leurs enfants à fourrure. Quand elle n'écrit pas, elle est occupée à cocher des cases sur sa liste de voyages à faire. On peut retrouver beaucoup des endroits qu'elle a visités dans ses écrits, notamment le monde mythique d'Hydria, inspiré d'Hydra, dans les îles grecques. Elle est excentrique, boit beaucoup trop de café et adore nager. Tchao!

https://www.lexicfoss.com/Français

Pour être au courant des dernières nouvelles et connaître les dates de publication, abonnez-vous à ma newsletter:
https://www.lexicfoss.com/la-newsletter-de-lexi

J.R. Thorn

Romance paranormale du genre Harem inversé — pas de choix à faire.

J.R. Thorn est une auteure de romance paranormale de genre harem inversé, qui adore le café, le temps orageux et les discussions animées avec sa muse intérieure. On la trouve souvent en train de coucher ses histoires torrides dans son atelier d'écriture, loin des regards indiscrets de son enfant en bas âge, de son mari et de ses deux chats bruyants.

Pour être informé des nouvelles parutions, n'oubliez pas de suivre J.R. Thorn sur Amazon.fr.